KB260994

매향리 사람들

정수리 소설집

매향리 사람들

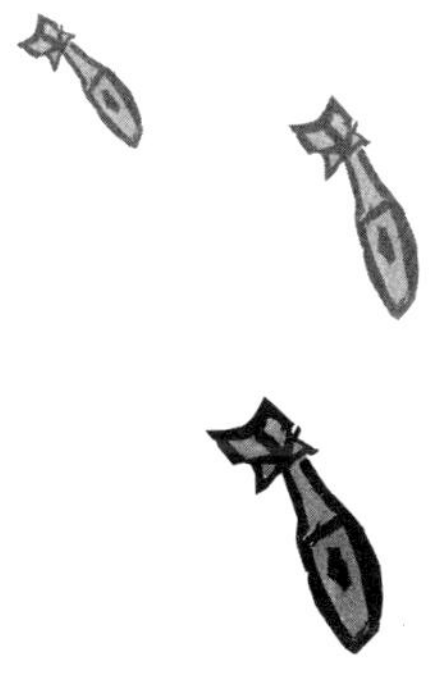

詩와에세이

차례

매향리 사람들 1

―초대받지 않은 손님

아무래도 길수 형이 집으로 온다는 게 마음에 걸렸다. 명절 때도 나타나지 않던 형이 3년 만에 고향집을 찾아온다는 것이 용석으로선 이해가 되지 않았다. 그동안 형수가 가뭄에 콩 나듯 전화했을 뿐 형의 목소리조차 듣기 어려웠던 용석이었다. 아이엠에프로 인해 회사가 구조조정 되면서 형은 회사에서 쫓겨나다시피 했으므로 마음고생이 오죽했을까 싶어 용석은 형을 이해하는 쪽에 서 있었다. 형이 재기하겠다고 아버지의 재산을 거의 몰수하다시피 했지만 지금껏 가타부타 말한마디 하지 않은 것도 형을 안정시키려는 뜻이었다. 아버지는 전화 한 통 하지 않는 게 적이 아쉬울 뿐이지 형에게 재산을 넘겨준 데 대한 후회는 하지 않았다. 그랬으니 형이 아버지를 직접 찾아오겠다는 건 가뭄에 단비 같은 소식이었다. 용석에게 늘 입버릇처럼 "너의 형 소식 없느냐"고 묻던 아버지는 어린애처럼 형의 귀가를 어지간히 반가워하는 기색이었다.

아버지는 해가 중천에 떠올랐어도 하릴없이 대문 밖에서 서성거리며 큰아들 길수가 나타나길 손꼽아 기다렸다. 결국 용석만 개펄에 내몰려 땡볕과 싸우고 있었다.

바지락을 한참 캐던 용석은 하루종일 길수 형 얼굴만 떠올렸다. 등 뒤 농섬에 포탄 세례가 끊임없이 이어졌지만 오늘따라 잠자리 날개 소리마냥 들릴 뿐이다. 여름 땡볕에 등짝이 프라이팬처럼 데워지고 이마에 땀이 비 오듯 했지만 여전히 해는 비웃듯 내리쬐고 있었다. 일정한 거리를 두고 여기저기 바지락을 캐는 아낙네들도 등 한번 펴지 않고 검회색 개펄 위를 게처럼 기어 다니며 호미질을 해댔다. 그들은 해가 질 때까지 기다리는 게 아니라 물이 들어오기 전까지 개펄을 떠나는 법이 없었다. 바지락 하나라도 더 캐려는 마음에 그들은 한껏 말을 아끼고 있었다.

"오늘은 무슨 일로 말 한마디 않고 그래?"

지게를 지고 나타난 성구가 끌끌하게 말을 붙였다. 큰소리도 아니었는데 용석은 어깨가 들썩일 정도로 놀랐다. 용석은 손등으로 이마를 쓰윽 훔치며 말했다.

"인기척 좀 내면 어디 덧나냐? 난 간 떨어지는 줄 알았다."

성구가 실소를 지으며 말꼬리를 물었다.

"전투기가 폭음을 내고 머리 위를 쉭쉭 날아다녀도 놀라지 않더니, 나 참!"

"그야 눈만 뜨면 듣는 소리니까 만성이 된 거고."

성구가 용석의 망태기를 쓰윽 넘겨보고 말했다.

"오늘 뭐했냐? 입 꾹 다물고 있기에 개펄의 조개는 다 잡는 줄 알았더니 겨우 이거 잡았어?"

밑바닥에만 조개가 깔려 있었으므로 망태기는 풀죽은 듯 옆으로 접혀있었다. 반면 성구의 망태기는 터질 듯이 담겨있었다. 그것도 두 개의 망태기 모두 비슷한 양이었다. 그러나 용석은 거들떠볼 생각이 없어 보였다.

"그냥 집으로 들어갈까 보다."

"왜? 집안에 무슨 일이라도 있어?"

"무슨 일은, 반갑지 않은 사람이 꼭 오겠다고 하니 한번 가 봐야지."

"그 사람이 누군데?"

용석이 가래침을 뱉으며 자조 섞인 소리로 말했다.

"잘난 우리 형이지 누구겠어."

"하나밖에 없는 형한테 너무 그러지 마. 그러다 남남 될라."

"차라리 그렇게 됐음 좋겠어."

"이제 너희집에 와도 뜯어갈 게 있겠어? 괜히 세월 지나니까 미안해서 얼굴 한번 내미는 거겠지."

용석의 형 길수는 성구보다 나이는 두 살 위였지만 성구와 늘 친구처럼 지냈다. 한편으론 성구에게 훌륭한 스승이기도 했다. 명문대까지 나온 길수는 어릴 때부터 똑똑하다고 소문이 나 있었고 성구에게 많은 것을 가르쳐주었다. 때론 친동생처럼 꾸짖기도 했다. 길수는 호기심 많은 성구가 물어오는 것을 요목조목 가르쳐주었기 때문에 성구에겐 우상 같은 존재였다. 가끔씩 길수의 거만한 태도가 마음에 걸렸지만 언제나 답답한 가슴을 풀어주었으므로 그런 것은 자연히 덮어지기 일쑤였다.

두 사람의 관계에 금이 간 것은 성구의 여자친구 때문이었다. 성구에겐 순미라는 여자친구가 있었다. 그녀는 동네 남자들 사이에 인기가 있었다. 수려한 미모에 공부도 잘하고 예의가 발랐으며 집도 부유했으니 불알 찬 사내치고 그냥 지나치는 경우는 거의 없었다. 먹지 못할 호박 한 번쯤 푹 찔러보는 심사로 남자들은 덤벼들었던 것이다. 길수도 그 중 한 사람이었다. 주변에선 길수와 순미가 가장 잘 어울릴 것이라는 소문이 입에서 입으로 오르내렸다. 길수의 넉넉지 못한 형편을 빼고는 그녀와 비슷했기 때문이다. 그러나 순미는 길수를 가까이하지 않았다. 매사에 자기 위주로 사는 모습이 마음에 걸려 일찌감치 마음을 돌린 것이다. 오히려 말없이 남의 일을 자기 일처럼 해내는 성구에게 더 관심이 많았다. 순미의 집안에서는 길수를 선택하길 바랐으나 그녀는 반대를 무릅쓰고 성구에게 마음을 준 것이다.

사실 길수가 고향 땅에 나타난 것은 성구로서도 반갑지 않다. 3년 전에 나타났을 때도 길수는 자꾸만 순미 얘길 꺼냈었다. '제수씨한테 행복하게 잘 해주냐?' '애가 머리는 제수씰 닮아야 할 텐데.' 라며 무시하거나 비아냥거리며 성구의 뒷머리를 슥슥 건드렸던 것이다. 그럴 때면 주둥아리에 주먹을 밀어 넣고 싶었으나 용석이 때문에 이러지도 저러지도 못하고 뱃속으로 삭힐 뿐이었다.

어느새 해는 농섬에 걸려 시들고 있었다. 포탄에 찌들려 산마루랄 것도 없지만 농섬은 머리가 다 벗겨진 황막한 모습으로 황혼을 맞을 채비를 했다. 아직도 F16 전투기는 농섬의 심장을 겨누듯 미친 듯이 불을 뿜어댔다. 전투기 소음과 끊일 줄 모르는 폭음에 개펄은 마비된 듯 숨죽인 채 엎드리고 있었다. 사지가 마비된 환자처럼 개펄의 생명들은 아무런 저항도 없다. 용석이 고개를 돌려 농섬을 쓰윽 응시하고 나서 말했다.

"신문과 TV에서 그렇게 떠들어도 미군놈들에겐 파리 소리로 들리는 모양이지?"

"하루 이틀도 아니고 50년을 철거머리처럼 피를 빨던 자식들이 눈 꿈쩍이나 하겠어. 마치 자기 땅처럼 큰소리 뻥뻥 치니."

"우리 땅을 공짜로 사용하면서 그 땅을 우리나라 사람에게 임대해줘서 수입 올리는 새끼들인데 무슨 할 말 있겠어!"

"미국놈도 미국놈이지만 우리 정부는 도대체 뭘 하는 거냐? 반세기를 전쟁터에서 살아도 뒷짐만 지고 있으니 말야."

"어떡하냐. 소파협정인지 소를 팔아먹을 협정인지 거기 걸려 꼼짝달싹도 못하니……."

"하여튼 이번엔 무슨 수를 써서라도 절단내야 돼. 이러다 우리 모두 다 죽게 생겼어."

성구는 머리 위로 날아가는 전투기를 향해 가래침을 홱 뱉었다. 성구의 어머니는 오폭에 의해 목숨을 잃었고, 그 충격에 아버지는 정신질환을 얻어 고생하다가 결국엔 자살을 하고 말았다. 결국 성구는 복수하듯 미군사격장 폐쇄운동에 뛰어들었던 것이다. 그 와중에 순미가 집안 살림을 맡아준 건 성구에게 큰 힘이 되었다. 순미는 여느 여자보다 동정심이 많았고, 결혼 후에도 성구의 마음을 편안하게 해주었다. 단지 두 사람에게 놓인 장벽은 바닥난 재산이었다. 미군기에 의해 부모를 모두 잃었지만 지금껏 일체의 보상이 없었으므로 성구의 삶은 하루하루가 힘겨웠다.

재산으로 보면 성구와 용석은 비슷한 처지다. 길수가 재산을 빼돌려 알거지가 된 용석과 성구는 별수 없이 개펄에서 생계를 이어나갔다. 그저 개펄에서 조개나 줍고 하루하루를 연명하는 두 사람이었다. 그러나 개펄 오염소식이 언론에 대대적 보도되면서 두 사람은 위기의식을 느끼기 시작했다. 그것은 고향을 떠나라는 소리였기 때문이다.

성구가 망태를 추슬러 지게에 포개 얹으면서 말했다.

"넌 이 바지락 먹냐?"

"그게 무슨 소리냐?"

"신문 안 봤어? 다른 개펄보다 34배나 오염돼 있고, 납을 만지는 공장노동자보다 1.7배나 납 오염이 돼 있다는 걸 몰라?"

"알고 있어. 하지만 어떡하냐. 바다에 사는 놈이 조개를 안 먹고 살 수 있냐?"

"난 이제 안 먹는다. 병도 모르면 괜찮은데 알고 나면 얼마나 두렵냐. 조개가 오염되어 먹으면 몸에 중금속이 축적돼 뇌질환이니 기형아를 출산할 수도 있다고 하는데 어떻게 먹을 수 있냐? 손가락을 빨더라도 안 먹는 게 더 마음 편하지. 그래서 요즘은 조개를 많이 캐도 기분이 좋질 않아."

용석이 자기 망태기를 물끄러미 쳐다보며 한숨 섞인 소리로 말했다.

"그렇다고 굶어 죽을 순 없잖냐?"

"지금이야 병든 조개들이 우리 생명을 유지 시켜주지만 조금 있으면 바지락도 바닥이 날 걸."

성구의 말대로 빨리 손 털고 다른 일을 찾아 나서는 게 오히려 바람직한 일일 거라는 생각도 들었다. 대합, 키조개, 가무락, 낙지, 꽃게 등속이 지천에 널려있던 어릴 적에는 돈벌이 걱정 없이 살았다. 특히 꽃게는 어민들에게 효자 노릇을 톡톡히 했다. 그러나 지금은 먼 옛날 얘기로 들렸다. 어릴 적 고기를 잡으면 물 반 망둥이 반이라고 할 만큼 흔해 빠진 그 많던 망둥이도 이젠 자취를 감추다시피 했다. 그나마 바지락이 최후까지 남아 사람들의 생계에 버팀목이 되어주고 있었다. 그런 바지락도 해를 넘어 거듭되는 미공군기의 총알과 포탄 세례에 병들어 버린 것이다. 그 광활한 개펄이 쑥대밭으로 변할 줄은 아무도 짐작하지 못했다. 그저 포탄을 화약 그 자체로만 여겼던 게 잘못이었다. 연일 계속되는 환경오염 기사는 매향리 주민들을 바짝 긴장시켜 놓았다. 육지의 기총 사격장과 농섬의 폭격연습을 중단하지 않으면 머지않아 바지락 하나 채취하기 어렵게 될 건 뻔한 이치였다.

용석의 아버지가 일찍이 두 아들을 도시로 보낸 것도 매향리의 미래를 읽고 있어서였는지도 모른다. 귀신이 되더라도 도시에서 되라는 식으로 두 아들을 도시로 내몬 것이다. 비록 용석은 노동운동을 하다 해고되어 어쩔 수 없이 돌아오긴 했지만 큰아들 길수만큼은 고향 땅으로 안 돌아오길 바랐다. 길수에게 전 재산을 몰아준 것도 순전히 그런 이유에서였다. 그렇지만 아버지는 아들을 따라 도시로 갈 마음은 애초부터 없었다. 피붙이들을 공부시켜내고 잔뼈가 굵은 고향을 버릴 마음은 없었다. 잘나도 내 자식, 못나도 내 자식이라고 고향 땅에 매일처럼 비행기가 날아다니며 폭음을 뿜어내도 내 팔자려니 하면서 이제껏 살아왔던 것이다. 미군에 의해 개펄이 오염되어 생활비조차 건지기 어렵게 됐어도 아버지는 고향 땅을 버릴 마음은 없었다. 이주비로 3억이 나온다는 소문에 이웃사람들은 마음이 동요했지만 아버지는 눈도 꿈쩍하지 않았다. 멍게 영감 추문식이 옆구리를 찌르며 이주비를 받아 챙기자고 했지만 아버지는 단호하게 뿌리쳤다. 사실 용석의 아내도 이주비에 관심이 없는 건 아니었다. 형이 아버지의 재산을 모두 가져갔으니 이주비는 자연히 동생인 남편의 몫이라고 생각하고 있었다. 하지만 아버지의 완고한 성품 때문에 이러지도 저러지도 못하고 집안 살림만 묵묵히 하고 있었다. 용석이 이주비를 받지 못하더라도 도시로 다시 나갈 수도 없는 일이었다. 노동운동으로 해고되어 전산 처리된 용석의 신상 때문에 도시로 나간다는 것은 그에겐 사형선고와 마찬가지였다. 그가 몸 붙일 곳은 고향 땅밖에 없었다. 개펄이 오염돼 있지만 우선은 입이 석 자여서 어쩔 도리가 없었다.

두 사람이 개펄을 빠져나온 것은 농섬 주위가 활화산처럼 빨갛게 물든 저녁 무렵이었다. 지금쯤 길수 형이 집에 와서 서둘러 저녁밥을 먹고 있으리라 짐작되었다. 밤이 되면 비행기 폭음이 더욱 심해지기 때문에 형은 자식 핑계 대고 일찌감치 내빼듯 서울로 달아난 적이 많았다. 결혼 이후엔 단 한 번도 고향에서 하룻밤을 보낸 적이 없다. 아버지도 아들 내외를 빨리 서울로 돌려보내려 했다. 물론 이런 풍경이 용석이네에만 있는 것은 아니다. 외지에 나간 매향리 주민들의 친지나 가족들은 대개가 고향집에서 하루를 묵는 예가 드물었다. 아이들은 아이들대로 텔레비전 못 본다고 볼멘소리를 하고, 어른들은 시끄러워 잠 못 자겠다고 짜증을 냈다. 무엇보다 젖먹이 아기를 가진 집에서는 아기가 경기를 일으킬까 두려워했다. 매향리에서 친지들과 함께 오붓한 시간을 오랫동안 갖는 사람을 찾기는 어렵다.

용석은 성구와 뭍으로 올라와서도 집으로 들어갈 마음이 없었다. 형이 서울로 돌아간 이후에 들어갈 심사였다. 사무적인 태도로 늘 간섭을 해대는 형을 만나는 것이 껄끄러웠다. 간혹 아내가 있는 데서 창피를 줄 때는 참을 수 없는 모멸감이 들기도 했다. 그래서 용석은 가능한 한 싸움을 피하고 싶었다.

“기분도 그렇고 한데 저기 가서 소주나 한 잔 하자.”

“형이 와서 기다릴 텐데 그냥 들어가.”

“형이 나 보러 왔겠어? 신경 끊어.”

두 사람은 미군사격장대책본부가 있는 단층 시멘트 건물로 들어갔다. ‘소파협정 파기하고 매화향기 가득한 매향리로 다시 돌려달라!’ ‘우리는 미국의 51번째 주이기를 거부한다!’라는 투쟁 문구가 여기저기 붙어있었다. 언론에 줄곧 보도되면서 전국 각지의 대학생, 환경연합, 시민단체가 방문할 때마다 하나씩 늘어난 벽보로 도배가 되어 있었다. 어두운 형광등 불빛 주위로 하루살이들이 빙빙 돌고 있었다. 문 입구에는 불발탄으로 보이는 서너 개의 녹슨 포탄이 흉물스럽게 내팽개쳐져 있었다. 사람들이 찾아오면 가장 먼저 눈에 띄는 게 포탄이었다.

그즈음 땅이 꺼질 듯한 폭음소리가 연이어 들렸다. 농섬이 내다보이는 창가로 불빛이 불규칙하게 다가왔다 사라졌다. 용석은 어금니로 소주병 뚜껑을 따고는 성구에게 디밀었다. 두 사람은 서로 미룰 것도 없이 보기 좋게 한 잔씩 입속으로 털어 넣었다. 그때 낯선 얼굴 하나가 쑥 들어왔다. 양계장을 하는 만철이다. 만철은 고기잡이가 시원찮게 되자 일찌감치 양계사업에 뛰어들었다가 비행기 폭음으로 그것마저 죽을

쑤고 말았다. 집마저 온통 금이 쩍쩍 가서 근래엔 아주 대책본부사무실에서 살다시피 하면서 사격장 폐쇄운동에 발 벗고 나서고 있었다.

"문 밖에 망태기 내쳐놓고 뭔 소주 파티여?"

성구가 술잔을 들다 말고 말했다.

"요즘 애쓰는데 와서 술이나 한 잔 해."

"술은 무슨. 더워서 술도 안 넘어가."

"누군 먹고 싶어서 먹나. 세상사 엿 같아서 먹지."

성구가 마치 용석 말을 대신하듯 내뱉었다. 만철은 두 사람이 끌어당기는 통에 할 수 없이 술잔을 받아들었다. 사실 만철은 엊그제 사격장을 점거하려고 전경들과 싸우다 돌에 맞아 머리에 구멍이 나 상처가 아물 때까지 술을 피해 왔던 것이다. 병원에 가서 몇 바늘 기웠어야 했지만 소독약으로 대충 발라뒀던 탓에 아직도 말을 할 때마다 머릿속이 시큰거렸다.

담뱃불을 붙이고 난 용석이 말했다.

"상처는 좀 어떠냐? 피 흐르던 걸 보면 크게 찢어졌던 것 같던데."

만철은 상처 난 머릿속을 슬쩍 만지면서 말했다.

"괜찮아. 죽을병도 아닌데. 그건 그렇고 내일 농섬을 점거하려고 해."

용석이 담배 연기를 길게 뿜으며 말했다.

"그게 가능할까? 엊그제 집회 때 경찰병력이 이천 명이 넘었어. 우리 마을 전체 주민의 열 배가 넘는 병력이야. 과연 그 인간 장벽을 넘을 수 있을까?"

"만리장성을 쌓는다 해도 뒤로 물러설 순 없잖아. 싸우는 데까지 싸워보는 거지 뭐."

성구가 술잔을 만철에게 돌리며 의미심장하게 말했다.

"나도 농섬에 한번 들어갈까 봐."

두 사람이 동시에 성구를 바라봤다. 용석이 담배 연기를 뿜다 말고 말을 앞세웠다.

"마누라 임신했다면서 무리하지 마."

성구가 피식 웃으며 말했다.

"당장 애 낳는 것도 아닌데 뭘 그러냐? 아직 6개월은 족히 남았어. 그것보담 마누라하고 밤을 따끈하게 못 보내서 어쩔 거냐고 좀 물어봐라."

용석이 말을 덧붙였다.

"저래 갖고 마누라 배가 만삭이 되면 어떻게 참을지 걱정된다."

성구가 눈을 내리깔고 제법 거만하게 말을 받았다.

"웃기지 마. 다 하는 수가 있어. 난 너하고 질적으로 달라. 넌 항상 하나 하면 하나밖에 모르는 놈인게 내 높은 뜻을 어떻게 알겠냐?"

“그래 이쁜 마누라 옆구리에 탁 차드만 이불 속에서 못 벗어나서 좋겠다. 그렇지만 문지기 있다고 골이 안 들어가는 건 아냐.”

“남 걱정 말고 니 마누라나 잘 챙겨, 짜샤!”

세 사람은 낄낄대며 서로 술잔이 깨지도록 부딪혔다. 술이 몇 순배 도는 중에 용석이가 성조기가 그려진 벽보에 술을 휙 끼얹었다. 술은 벽보를 타고 바닥으로 뚝뚝 흘러내렸다. 그러나 아직도 창가는 포탄 소리로 들썩대고 있었다. 용석은 건네는 대로 술을 벌컥벌컥 마셔 얼굴이 빨갛게 되었다. 성구도 말꼬리가 구부러지고 희미해졌다.

폭음이 잠잠해졌을 무렵 성구는 아주 등을 바닥에 대고 누워버렸다. 용석이 성구를 끌어당겼지만 성구는 잠에 못 이겨 늘어져 버렸다. 성구는 술주정 대신 술을 입에 대면 잠을 자는 버릇이 있었다. 장소에 구애받지 않고 잠을 청하는 바람에 새벽에 귀가할 때가 많았다.

용석이 집 앞에 다가섰을 땐 인기척이 느껴졌다. 문을 열자 길수 형이 얼굴을 먼저 내밀었다. 용석이 시계를 쳐다보고 나서 말했다. 밤 11시. 예전 같으면 형이 서울에 도착하여 잠을 청할 시간이었다. 용석이 혀 빠진 소리로 말했다.

“어쩐 일이야? 아직 가지도 않고 이때껏 있었어?”

"꼴이 그게 뭐냐? 옷이나 갈아입고 마시지."

"이래 먹으나 저래 먹으나 아무렇게 먹음 되지 무슨 형식이 필요해. …… 아 그렇지. 난 형처럼 고상하게 못 먹지? 미안해."

길수가 눈살을 찌푸리며 무겁게 말했다.

"보자마자 나한테 감정 있냐, 왜 그래?"

"감정 가지면 뭘 하구 안 가지면 뭘 해. 어차피 난 개펄에서 뒹굴다 끝날 인생인데."

"이제 막 나가는구만. 혹시 껄렁한 녀석들하고 뭉쳐 다니는 것 아냐?"

용석이 아내의 손을 빌리지 않고 혼자 힘으로 긴 장화를 힘들게 벗기다 뒤로 벌렁 넘어졌다가 가까스로 다시 앉았다.

"형이 제일 껄끄러워하는 놈하고 마셨으니 그럴 수도 있지."

"지금 누굴 두고 하는 소리야?"

"이쁜 마누라 혼자 기다리게 해놓고 지금쯤 한참 곯아떨어져 있을 거야."

그 소리에 길수는 움찔했다. '이쁜'이라는 그 한마디가 순미를 가리키는 말임을 길수는 단번에 알아차렸다. 동네에서 이쁜이란 수식어가 늘 따라다닐 만큼 순미는 남다른 미모를 가지고 있었다. 길수는 아직도 마음이 흔들릴 정도로 그녀에 대한 미련이 남아 있었다.

"술도 많이 됐으니 일찍 자고 내일 이야기 좀 하자."

길수는 말꼬리를 돌려버렸다. 용석이 술김에 순미 얘길 꺼내 행여 아내가 알게 되면 입장만 난처해지기 때문이다. 용석이 옆으로 비켜놓은 장화는 맥없이 목이 꺾여 옆으로 넘어졌다.

"난 형하고 얘기할 거 없어. 그러구 내일 미군놈들 코를 부러뜨리려면 일찍 나서야 되니까 시간이 없어."

"야, 이제 싸움질 좀 그만해. 계란으로 바위 치기야. 못 올라갈 나무 쳐다보지도 말랬잖아."

"가만히 있음 어떡해. 어차피 개펄에 나가봐야 주울 것도 없는데."

"이제 매향리는 가망 없어. 미군이 물러갈 것 같았으면 벌써 물러갔지. 아직도 철옹성처럼 버티고 있는 걸 보면 절망적이야. 그러고 물러난다 해도 개펄이 모두 오염돼 있는데 언제 원래의 모습대로 돌아오겠어. 이래저래 이젠 틀렸어. 그러니깐 너도 새로운 일자리를 찾아봐. 맨날 데모나 하지 말고."

용석이 턱에 힘을 주고 넌지시 물었다.

"그 얘기 하려고 이렇게 찾아온 거야?"

"여보, 그냥 들어가 쉬세요. 내일도 시간 많은데."

분위기가 심상찮게 돌아가는 듯하자 용석의 아내가 냅다

뛰어들었다. 아내는 용석의 두 다리를 대청마루에 붙들어 올린 다음 방으로 다시 떠밀었다. 용석이 손을 뿌리치는 바람에 하마터면 그녀는 문에 머리를 부딪힐 뻔했다. 길수 역시 아내에 의해 방으로 이끌리고 있었다. 용석과 달리 길수는 못 이기는 척 방으로 들어갔다. 용석이 방문을 향해 소리쳤다.

"그렇게 잘났으면 형이 아버지 모시면 될 것 아냐! 왜 망나니 같은 동생한테 맡겨 시어머니처럼 간섭하고 그래. 난……."

용석은 아내의 만류를 무릅쓰고 한참 동안 지껄여댔다.

다음날 용석이가 잠에서 깨었을 때 형은 온데간데없었다. 간밤에 용석과 다투고 나서 밤중에 나갔다가 새벽녘에 돌아와서 곧바로 서울로 떠났다는 소리를 아내한테서 들었다. 아내는 아무것도 챙겨주지 못하고 그들을 보낸 것 같아 죄책감에 아직도 마음이 불편해 보였다. 아내는 지난밤 형제간의 말다툼을 은근히 내비치며 말했다.

"당신도 참, 오늘 아침에 차분히 얘기하면 될 것을 왜 그래 갖고……."

"내가 실수를 많이 했어?"

"실수고 뭐고 아주버님이 오랜만에 오셨는데 이게 뭐예요?"

"그만둬. 이미 지나간 일을……. 그래 무슨 일로 왔다고 그래?"

"자세히는 모르지만 이주비 이야기를 하는 것 같던데……."

아내의 말을 듣다 말고 용석은 눈을 크게 뜨며 말했다.

"이주비를 어쩐다구?"

"나도 자세히는 몰라요. 아버님한테 직접 물어보세요."

용석은 지레 짐작이 갔다. 형이 신문에 난 이주비 기사를 보고 부리나케 찾아온 것이다. 아버지가 이주비를 받게 해서 매향리를 떠나게 할 요량이었다. 엊저녁에 자신한테 한 뼈있는 말로 미루어보더라도 형의 의도는 분명했다. 행여 아버지가 이주비를 받지 않고 버틸까 봐 설득하기 위해 나타났을 터였다. 개인적인 이득이 없으면 가족도 나몰라라 하는 형이었다. 고등학교 때 장학금 받은 돈도 저 혼자 날름 삼켰고, 명절에 아버지 선물이라고 세 켤레짜리 양말 한 곽 들고 와서는 돌아갈 때 아버지로부터 차 기름값으로 삼십만 원이나 받아갔다. 무엇보다 용석의 심기를 건드린 것은 아버지 재산을 깡그리 쓸어간 이후 생활비는 고사하고 용돈 한번 부치지 않았기 때문이다. 그런 형이 이주비 문제로 불쑥 고개를 디민 것은 또 다른 욕심주머니가 있기 때문이다.

바깥을 보니 해는 이미 높이 떠 있었다. 용석은 아버지가 벌써 개펄에 나갔다 아침 식사하러 돌아올 시간임을 짐작했다. 그런데 잠시 후 나타난 아버지의 지게는 비어있었다.

"아버지, 왜 빈손이세요?"

아버지는 지게를 벗어 옆 벽에 기대놓고 말했다.

"개펄에 아무도 못 들어가게 막아버려 어쩔 수 있냐. 몇 번 실랑이만 벌이다 그냥 돌아왔지."

"그게 무슨 소립니까?"

"오다가 추 영감한테 들었는데 최 신부하고 몇몇 젊은 사내들이 함께 농성에 들어갔대. 그래 놓으니 경찰들이 막고 선 게지. 저 밑 선창가 입구도 개미 새끼 한 마리 못 들어가게 막고 난리야. 미친 것들……."

"혹시 성구도 들어갔대요?"

"최 신부 외엔 나도 몰라. 궁금하면 나중에 대책본부에 가서 한번 물어봐."

용석은 장화를 신다가 내치고 대신 운동화를 신었다. 아버지가 문 밖으로 뛰쳐나가는 용석을 붙들어 세웠다.

"아침에 형 가는 것 봤냐?"

"아뇨……."

"형제끼리 싸우지 말고 잘 좀 지내거라. 어떻게 너희들은 어릴 때부터 맞닥뜨리면 못 잡아먹어서 난리냐? 이제 나이 먹었음 나잇값 좀 해야지."

용석이 그냥 나가려다 말고 아버지에게 따지듯 물었다.

"형이 이주비 때문에 왔다면서요?"

“그, 그래.”

“설마 승낙해준 건 아니죠?”

“너네 형이 알아서 한다고 해서 그러라고 했다. 내가 뭘 아는 게 있냐.”

용석은 땅이 꺼질 듯이 한숨을 푹 내쉬며 말했다.

“형의 심사를 몰라서 수락했어요? 하여튼 이번엔 절대 형한테 맡길 순 없어요. 설사 아버지가 형의 뜻대로 움직인다 해도 저는 죽어도 여기서 죽을 테니 그렇게 아세요.”

용석은 아버지의 말을 더 들을 필요도 없이 문 밖으로 뛰어나갔다. 엊저녁에 성구와 약속한 건 아니지만 아침 일찍 일어나 성구 뒤에 따라붙을 요량이었다. 그런데 새벽에 잠이 들면서 때를 놓친 것이다.

미군부대 주변을 길게 쳐 둔 철조망 앞으로 경찰 병력이 물샐틈없이 지켜 서 있고, 멀리 큰길가에는 경찰을 수송했던 닭장차가 개구리처럼 한쪽 다리를 걸치고 길게 늘어서 있었다. 완전무장을 한 경찰들은 금방이라도 곤봉으로 등줄기를 내려칠 것 같은 눈빛으로 용석을 노려보았다. 용석은 성구 집을 향해 줄곧 뛰었다. 한번 마음먹으면 끝장을 본다는 성구이긴 하지만 간밤의 긴 술로 농섬에 못 갔으리란 추측을 했다.

경찰 병력은 성구의 집 앞도 예외 없이 삼삼오오 무리지어 경계를 하고 있었다. 그 중 한 녀석은 끊임없이 무전 연락을 하느라 입을 쫑알댔다. 용석은 따가운 햇볕이 내리쬐는 농섬을 한번 흘겨보고 나서 곧장 성구의 집으로 쑥 들어갔다. 용석은 차오르는 숨을 고르며 성구를 불렀다. 개펄은 경찰 병력으로 차단됐으므로 성구가 없으면 그의 아내가 고개를 내밀 것이다. 그러나 생각잖게 아무런 인기척이 없었다. 두어 번 더 불렀지만 여전히 집안은 절간처럼 고요하기만 했다. 용석은 그냥 돌아서려다 말고 차오르는 의구심에 방문을 슬며시 열어 보았다. 성구는 온데간데없고 성구의 아내 순미가 엎드려 흐느끼고 있었다. 그녀의 울음소리를 들은 용석은 어떻게 해야 좋을지 몰라 잠시 망설였다. 임신을 하면서 태교를 한다고 밝은 얼굴로 다니던 순미의 모습이 아니었다.

어둡고 축축한 기운이 방안을 메우고 있었다. 용석은 성구에 대해 물을 용기가 나지 않았다. 지난밤에 성구가 집에 들어오지 않았다고 부부싸움을 했을지도 모를 일이다. 임신을 하면 남편의 정과 손길이 더욱 기다려진다고 했다. 하긴 순미가 임신한 후로 성구는 외박만큼은 하지 않았다. 그런 그가 술에 못 이겨 외박을 하고, 그것도 모자라 농섬을 점거하겠다고 나갔으니 순미가 저렇게 슬퍼할 수도 있을 거라 짐작되었다.

용석은 자책했다. 간밤에 함께 술을 마시지 않았다면 이런 비극이 일어나지 않았을 것이기 때문이다. 문소리가 나지 않게 손잡이를 살며시 밀다 말고 용석은 갑자기 멈추었다. 방문 앞에 낯익은 핀이 보였던 것이다. 광선실업 마크가 새겨진 넥타이핀은 형의 것이 분명했다. 머릿속이 복잡해졌다. 정신을 가다듬고 그녀를 향해 불을 뿜듯 말했다.

"제수씨, 어떻게 된 겁니까?"

"……."

"우리 형이 다녀갔지요? 그렇죠?"

"……."

그녀는 막혔던 울음을 토하듯 기어코 큰소리로 울었다. 용석은 주먹으로 방바닥을 세차게 내려쳤다. 길수 형은 성구가 술에 취해 대책본부에서 자고 있다는 소릴 듣고 밤새 순미 집에 찾아든 것이 분명했다. 아내한테는 용석이 때문에 바람 쐬러 나간 것처럼 위장해서 순미를 욕보이고 말았던 것이다. 순미가 성구한테 시집을 갔고, 길수도 결혼을 했지만 순미에 대한 미묘한 정은 끊을 수 없었다. 결국 지난밤 그 욕정을 참지 못하고 순미를 범하고 말았던 것이다. 임신한 여자의 몸을 훔쳤다는 건 씻지 못할 큰 죄악이라고 용석은 머릿속에 되뇌었다. 한편으론 그것도 모르고 미군과 싸울 거라며 농성을 점거하고 있는 성구가 불쌍했다. 부모복도 없는 성구는 처복도 없었다.

용석은 연체동물처럼 맥 풀린 모습으로 대책본부에 들어섰다. 만철이가 목에 핏대를 세우고 있었다.

"개새끼들이 말이지 농섬에 사람이 있는데도 사격을 했어! 그놈들은 사람이 아냐. 짐승이야!"

그 소리에 용석의 귀가 번쩍 뜨였다.

"지금 뭐라고 했어? 다시 한번 말해봐."

"미군놈들이 글쎄 최 신부 일행이 있는 줄 알면서 마구 갈겼다는 것 아냐. 그 우라질 놈들이."

최 신부도 최 신부지만 용석은 성구에게 무슨 일이라도 생겼을까 봐 내심 걱정되었다.

"그래, 지금 어떻게 됐대?"

"아직 모르지, 농섬에서 나오기 전엔……."

그날 밤 용석은 최 신부 일행의 소식 대신 뜻밖에도 순미가 유산했다는 소문을 들었다. 용석은 할 말을 잃고 얼빠진 사람처럼 헛웃음만 실실 흘렸다. 입에 문 담배 맛이 무 맛이었다. 담배 연기를 무심히 바라보고 앉은 그의 눈가는 허탈함으로 가득 찼다.

미군사격장 폐쇄가 관철될 때까지 싸울 것이라는 이야기가 줄줄이 터져 나오는 대책본부 사무실은 밤 깊은 줄을 몰랐다. 그러나 용석은 난청 환자처럼 아무것도 들리지 않았다. 실낱같은 희망을 걸고 농섬을 지키는 성구 녀석만 눈앞에 어지러이 흔들렸다.

'아내 하나도 못 지키는 못난 녀석 같으니······. 그래 넌 이제 어떻게 살래?'

용석은 밤하늘을 바라보며 분노와 슬픔에 휩싸였다. 그는 생애 가장 지루하고 쓸쓸한 여름밤을 아슬아슬하게 줄타기하고 있었다. 수많은 사람들이 미군사격장 피해로 난청이다 정신질환이다 죽어나갔지만 보상 한번 제대로 받지 못한 채 또 얼마나 오랫동안 싸워야 할지 모른다. 이주비를 주겠다는 유혹을 뿌리치는 것도 쉽지 않지만, 그렇다고 고향을 떠나고 싶은 주민은 아무도 없다. 얼마 안 가 바다도 죽고 개펄도 죽고 농경지도 죽고, 마침내 사람도 죽을 것이라고 입을 모으고 있다. 매향리는 레이더에 잡히지도 않고 시가전 모델로도 안성맞춤인데다 연료가 떨어져도 오산까지 비행할 수 있으므로 세계에서 지리적 여건이 가장 좋은 군사훈련기지로 꼽히는 곳이다. 태국과 일본 오키나와 미공군기들이 매향리에서 폭격연습을 하는 것도 그런 이유였다.

최 신부 일행이 최후의 수단으로 맨몸으로 농섬을 점거했지만 사람 목숨도 별거 아니라는 걸 확인시켜 주듯 미군은 폭격을 멈추지 않았다. 이곳에서 앞으로 어떻게 사느냐 하는 주민들의 논쟁은 그저 고리타분하고 무의미한 일임을 미군은 확인시켜주고 있었다. 지난 50년 동안 언론도 정부도 매향리 사람들에겐 언제나 문 밖의 사람이었다. 용석은 바람을 막을 벽도 없는 광활한 광야에서 맨몸으로 싸웠던 게 후회되었다. 이제 남양만은 싸늘하게 식어가고 광기만 남았다.

또 한번 어둠은 찾아왔지만 더 이상 어둠이 아니다. 넓게 펼쳐진 어둠도 조명탄으로 희석되고 만다. 용석은 소리 없이 자리에서 일어났다. 어둠 속에서도 붉은 깃발은 소리 없이 펄럭이고 있었다. 태극기보다 성조기보다 더 높이 펄럭이는 붉은 깃발을 향해 잰걸음으로 걸어갔다. 손에 든 쇠붙이에서 조명탄의 퍼런빛이 소리 없이 감돌았다.

매향리 사람들 2
―잃어버린 고향

고막을 찢는 폭음이 또다시 시작됐다. 공휴일을 제외하고는 어김없이 폭격기는 출현했고, 작은 섬을 향해 포탄을 터뜨리고 또다시 하늘로 공중제비하듯 비상했다. 지축을 뒤흔드는 폭음은 전쟁터를 방불케 했다. 한동안 폭격은 계속되었고 매향리 주민들은 이미 익숙해진 듯 동요하는 기미는 없었다. 가축들도 귀머거리가 된 듯 고개를 쳐들거나 다리를 들고 달아나는 행동은 하지 않았다. 어린 새끼들만이 간혹 목을 쳐들거나 어디론가 달아나려는 동작을 잠깐 할 뿐이었다.

허 노인과 마을 아낙네들은 등 너머로 솟아오르는 폭격기들에도 아랑곳 않고 물 빠진 개펄로 줄지어 나섰다.

"오늘 헛물만 켜는 것 아냐?"

천씨가 허리춤을 추스르며 한마디 내뱉었다. 허 노인이 두어 번 마른기침을 하고 나서 말했다.

"집구석에 앉아 비행기 소음 듣고 있는 것보다 낫지 않겠남."

"하긴 그래요. 헌데 저놈의 비행기 소리에서 언제 해방되는지……."

"포기하게. 우리가 죽기 전엔 글렀어."

허 노인은 혀를 차며 낙담한 표정을 지었다. 살아있는 동안 입에 풀칠할 일이 더 걱정되었다. 날이 갈수록 수확이 줄어드는 해조류를 보면서 허 노인은 위기의식을 느끼고 있었다. 도시로 나가 공장일을 하는 아들 녀석이 귀향한다는 소리를 듣고 나서 허 노인은 더욱 불안해졌다. 먹을 것 없는 시골에 아들 내외까지 들이닥친다면 허 노인으로서도 대책 없는 일이다. 빈들빈들 놀며 한세월을 보내느니 시골에서 조개 한 개라도 더 잡겠다는 아들의 얕은 생각이 허 노인을 더욱 허탈하게 만들었다. 사실 허 노인은 눈 감기 전에 손자 얼굴 한번 보는 게 소원이었지만 아들 천호는 결혼한 지 7년이 지나도록 아기를 가지지 않았다. 아들 녀석은 이미 아기를 포기한 지 오래였다. 허 노인도 결혼 3년차까지는 이런저런 압력도 넣어 보았지만 그 이후로는 아예 손을 놓아버렸다.

"애 있음 뭐합니까? 내 코가 석잔데."

"그런 말 하면 안 돼. 허씨 가문의 대를 끊을 셈이냐?"

"생기지도 않는 애를 전들 어떡합니까?"

허 노인은 아들의 볼멘소리를 아직도 잊지 못한다. 그때 이후로 그는 혼자서 속앓이를 해왔다. 해고되어 가정형편이 어려운 아들 내외에게 손자 얘기를 꺼낸다는 건 순서가 아니라고 생각한 것이다.

조개를 캐려고 개펄 바닥을 갈고리로 죽죽 긋기도 하고 호미로 파기도 하면서 허 노인은 헝클어진 생각들을 잊으려 했다. 하지만 조개는 어디로 숨었는지 좀처럼 눈에 띄지 않았다. 알맹이는 없고 껍질째로 죽은 조개가 더 많았다. 그때마다 허 노인은 상심한 표정을 지었다.

"이건 개펄이 아냐. 멀쩡한 놈 하나 잡기 이리 어려우니."

부지런히 구덩이를 파대던 서산댁이 말꼬리를 잡고 나왔다.

"멀쩡한 놈도 알고 보면 정상이 아니잖수."

"하긴 그 말도 맞구만. 화학무기로 오염된 개펄에 온전한 놈이 오히려 이상스럽지."

또다시 전폭기들이 공중제비를 돌 듯 곡예를 하며 포탄을 농섬에 쏘아댔다. 펑펑 소리가 개펄을 휘감았다. 서산댁이 농섬을 향해 한마디 쏘아붙였다.

"저늠들은 피도 눈물도 없어. 포탄에 맞아 사람도 죽고, 바다는 오염되어 먹을 것도 없는데 사과 한마디 없는 것은 무슨 경우야. 웬수 같은 늠들!"

"정부가 미군놈들한테 쩔쩔 매는데 누굴 믿고 살겠남."

"하긴 지금껏 시위를 그렇게 해도 정부에선 눈 깜짝도 않으니……."

"그나저나 앞으로 어떻게 살아야 할지 걱정이구만."

서산댁이 빈 껍질만 남은 조개를 한쪽으로 휙 던지며 말했다.

"빨리 이 일을 접든지 해야지. 이러다 등골만 빠지겠어."

허리를 힘들게 펴고 서 있는 서산댁을 바라보는 허 노인의 눈빛은 꽤 무거워 보였다. 허 노인은 이마의 땀을 손등으로 쓱 닦더니 저 멀리 머물러 있는 바닷물을 바라보았다. 더 먼 바다로 계속 나아가지 않으면 조개를 잡기 어렵다는 것을 그는 알고 있었다. 예전엔 개펄에 들어서기만 해도 수도 없이 많았던 조개지만 지금은 수백 미터를 벗어나지 않으면 불가능한 일이다. '물 반 고기 반'이라는 말은 먼 옛날 얘기가 돼버렸다.

매향리에 미군 비행기가 나타나 폭격연습을 하기 시작한 것은 허경수 노인이 장가 든 이듬해였다. 허경수는 도시로 나가 공장일 하며 고생하는 것보다 바다에서 고기와 해조류를 채취하며 사는 것이 훨씬 낫다고 여겨 매향리에 그대로 남았다. 그에게 바다는 희망의 보물창고였고, 아무 어려움 없이 생활을

영위하게 해주는 터전이었다. 하지만 그 기대는 미군 비행기가 출현하면서 물거품이 되었다. 매화 향기가 그득했던 마을은 매화 향기 대신 포탄의 화염 냄새로 가득찼다. 귀를 찢는 듯한 전투기의 굉음은 온 마을을 죽음의 공포로 몰았고, 급기야 조개를 캐던 임산부가 포탄에 맞아 급사하는 참극까지 빚었다. 담벼락과 베란다 유리에 금이 가는 현상이 꼬리를 물면서 주민들은 점차 위기감에 빠지고 있었다. 이윽고 조개를 먹고 복통을 일으키는 일이 터지자 주민들은 해조류 섭취를 꺼려하기에 이르렀다. 전에는 없던 암환자가 늘어나는 것도 이 때문이라고 그들은 단정하고 있었다. 하지만 허경수만큼은 이 사실을 믿으려 하지 않았다.

"먹기 싫음 관두라고, 모두 내가 다 먹을 테니."

근육질인 그는 젊음을 과시하듯 거만을 떨었다. 하지만 구레나룻을 가진 용구는 그가 한심해 보였다.

"아니 땐 굴뚝에 연기 나는 것 봤어? 뭔가 원인이 있으니까 사람들이 병에 걸리는 것 아냐."

"근거 없는 소리 말어. 괜히 네 말이 씨가 될까 무섭다."

"아마 그렇게 될 거야. 두고 보라구."

허경수는 침을 찍 뱉으며 퀭한 눈빛으로 말했다.

"말을 가려서 해. 괜히 잘못 소문나서 우리 조개 아무도 안 사 먹으면 어떡하려고 그래? 네가 책임이라도 질 테야?"

“내가 왜 책임지냐? 저 망할 놈의 미군들이 져야지.”

그때였다. 두 사람을 비웃기라도 하듯 어디선가 세 대의 전투기가 하늘을 가르듯 나타나 독수리가 먹이를 발견한 것처럼 농섬을 향해 매섭게 달려들더니 포탄 세례를 가했다. 지축을 흔드는 폭음이 매향리를 낮게 엎드리게 했다. 허경수가 이를 갈며 말했다.

“씨펄! 조개도 심장이 터져 죽겠다.”

“하긴 사람도 기겁할 판에 조개며 낙지가 뒤로 안 나자빠지겠어?”

“이러다 정신병자 몇 놈 나오게 생겼다.”

“가만있지 말고 데모라도 해야지, 이러다 제 명에 살지도 못하겠다.”

“명 좋아하지 말어. 이러다 포탄에 맞아 장가도 못 가고 귀신 될까 두렵다.”

두 사람은 홧김에 술이라도 한 잔 할 요량으로 구멍가게로 갔다. 구멍가게 앞에는 대나무로 만든 너른 평상이 있었고, 두 사람은 아무렇게나 엉덩이를 걸치고 앉아 술잔을 기울였다. 술잔을 단번에 비운 허경수가 쉰소리를 내며 말했다.

“열 번 찍어 안 넘어가는 나무 있겠어? 내가 나서서 저 미군 놈들 쓸어낼 테니 두고 보라구.”

“열 내지 말고 기다려. 얼마간 연습하다가 돌아가겠지 뭐.”

"돌아갈 때 가더라도 난 하루도 못 살겠다. 씨펄! 시끄러워서 마누라하고 x도 마음대로 할 수 있나, 잠을 잘 수 있나……."

"그나저나 네 마누라 애 안 가지냐?"

"안 가지긴. 벌써 임신 3개월이다."

허경수는 담배를 피워 물더니 폐부 깊이 연기를 빨아들였다. 용구는 술잔을 입에 대다 말고 말했다.

"조심해. 애 안 떨어지게."

"그렇잖아도 대문 밖 출입도 못하게 했어."

"조개도 먹이지 말어. 행여 모르니까."

용구가 히죽거리며 말했다.

"네 걱정이나 해라. 그까짓 조개 먹는다고 애한테 무슨 이상이 있겠어?"

"재수 없으면 뒤로 넘어져도 코 깨, 임마!"

"쓸데없는 소리 그만 둬. 술맛 떨어진다."

두 사람은 거방지게 술을 들이켰다. 그리고 노래를 부르며 비행기 소음을 잊으려 했다. 두 사람은 마치 의형제를 맺기라도 한 듯 어둠이 짙게 내리도록 자리를 뜨지 않았다. 처마 밑에 매단 알전구 주변으로 하루살이와 나방이 빙빙 돌았다.

다음날 허경수의 아내는 느닷없이 하혈을 했다. 병원이 있는 읍내까지 아내를 후송한 그는 아무 일 없게 해달라고 난생

처음 하느님한테 기도를 했다. 하지만 그에게 돌아온 것은 유산 소식이 전부였다. 그는 이 모든 책임을 미군에게로 돌렸다. 동네 암소들이 새끼를 배지 못하거나 경기를 일으키는 일을 익히 봐 왔기 때문이었다. 그리고 이따금 들려오는 동네 아낙들의 불임 소식도 이런 사실을 뒷받침했다.

허경수는 매향리 주민들의 피해 상황을 조사하여 미군부대로 직접 가서 피해 보상을 요구했지만 그들은 추측으로 확증 짓지 말라며 극구 부인했다. 그는 할 수 없이 법원에 소장을 내기도 했지만 공판은 차일피일 미뤄졌다. 지루한 법정 공방 끝에 얻은 결론은 패소였다. 그는 그 일로 한동안 우울증에다 불면증까지 앓았다. 정부와 미군이 한통속이라는 생각이 들자 그는 분통이 터졌다.

결국 허경수는 정신적 고통이 커져 아내의 요구대로 멀리 서울 구로공단으로 이사를 했다. 매향리에서 아기를 가지기 힘들다는 것을 인식한 그는 우선 아기를 낳기 위해서라도 못 이기는 척 아내의 뜻을 따라주기로 했던 것이다.

허경수는 구로공단에서 볼트를 생산하는 작은 공장에 취직했다. 농사일 못지않게 도심의 공장생활도 힘에 부쳤다. 매향리의 미군 전폭기가 내는 소음이나 폭음에는 미치지 못했지만 공장 내부의 소음은 귀를 멍하게 만들었다. 선반에서 절삭하는 쇳소리와 500톤의 프레스가 철판을 성형하면서 내는 소음,

그리고 불꽃을 일며 돌아가는 그라인더 소리들……. 갖가지 소음이 마구 뒤섞였다. 나중에 작업을 마치고 공장 밖으로 나오면 한동안 귓속에서 웅웅 소리가 났다.

공장생활은 힘들었지만 월급은 형편없었다. 숙련공이 되기 전에는 월급에 신경을 쓰지 않으려 했던 그였지만 막상 얇은 월급봉투를 접하니 속이 상했다. 하지만 그에게 위안을 준 것은 아내가 임신을 해서 건강한 아들 녀석을 낳은 것이었다.

허경수는 아들의 이름을 '천호'라고 지었다. 하늘의 부름을 받아 큰 인물이 되라고 직접 붙여준 이름이다. 그는 어둡고 긴 터널을 빠져나온 사람처럼 오랜만에 평화를 맛보았다. 그러나 그것도 잠시뿐 회사가 부도가 나면서 하루아침에 직장을 잃게 되었다. 급기야 끼니를 때우기도 어려워졌고, 방세는 계속 밀리기 시작했다. 신문팔이와 우유배달, 그리고 공사장에도 나가며 열심히 돈을 벌었지만 박봉에 가정을 꾸려나가기는 버겁기만 했다.

결국 그가 선택한 것은 고향 땅 매향리였다. 아이는 건강하게 자라고 있었으므로 비행기 소음을 견뎌낼 것으로 믿었다. 전쟁의 위험이 없는 상황에서 미군이 오래 머물진 않을 것이라는 확신이 서면서 그는 귀향했던 것이다. 도시에서 부대끼지 않더라도 바닷가만 나가면 먹을 것이 널려있었기 때문에 먹고 사는 일은 걱정할 필요가 없었던 것이다.

그와 아내는 시간만 나면 바닷가로 가서 조개를 캐고 낙지를 잡았다. 그리고 고깃배를 타고 나가 고기를 잡았다. 풍족하지는 못했지만 가계를 이어나가기엔 아무 어려움이 없었다. 비행기가 하늘을 날아 굉음을 내긴 했지만 고기와 해조류는 여전히 넉넉했다. 하지만 날이 갈수록 수확량은 소리 없이 줄어들고 있었다.

"물이 들기 전에 빨리 캐고 갑시다."

허 노인은 여자들의 수확량에 훨씬 못 미쳤다. 호미를 들고 팔에 힘을 주었지만 성한 조개는 흔치 않았다. 수확량에 상관없이 때가 되면 바닷물은 어김없이 들어왔다. 허 노인은 마지막 힘을 쏟으며 거칠게 개펄을 뒤집기 시작했다. 그렇지만 쉽사리 일이 손에 잡히지 않았다. 머릿속에는 아들 천호 생각밖에 없었다. 며느리가 손자를 낳아 주었으면 하는 바람이 아직도 뇌리에 똬리를 틀고 있었다. 한편으론 천호 내외가 이곳에서 살게 되면 비행기 소음으로 영원히 아기를 가지지 못하리란 두려움이 엄습했다. 과거에 그의 아내가 유산을 했기 때문에 며느리도 비행기 소음으로부터 자유롭지 못할 것이라고 굳게 믿고 있었다. 그는 아들 내외가 먹고 사는 일보다 손자를 낳는 일에 미련이 더 많았다.

허 노인은 별 소득 없이 개펄에서 빠져나왔다. 옆에 같이 걸던 여자들로부터 비웃음을 샀지만 수확에 대한 큰 기대는 하지 않았으므로 실망할 것도 없다는 표정이었다. 언덕 위의 마을회관을 지나칠 무렵 붉은 머리띠를 맨 황씨가 그를 불러 세웠다. 황씨는 마을회관에 터를 잡고 미군부대를 몰아내겠다고 앞장서고 있는 중년사내다. 미군부대와 끊임없는 시위로 지칠 만했지만 그는 옹골차게 버텨 나갔다. 황씨는 매향리를 사수하겠다는 굳은 각오로 나섰고, 이는 마을 주민에게 큰 위안이 되고 있었다. 마을 주민이 뜻을 한데 모아 미군부대와 적극 맞서 싸우는 것도 순전히 황씨가 그 중심에 있기 때문이다.

"쐬주나 한 잔 하고 가요."

"술은 무슨……."

"좋은 술안주 있으니 먹고 가요."

"됐어. 다음에 먹지 뭐. 아직 해도 안 떨어졌는데……."

황씨가 허 노인의 팔을 끌어당겼다. 황씨는 벌써 술을 한 잔 했는지 양볼에 복숭아 빛이 슬핏 감돌았다. 황씨는 휴대용 가스레인지에 대합을 내놓았다. 허 노인이 흘러내린 바지를 추스르다 말고 말했다.

"웬 대합이야?"

"내가 고생한다고 왕코 영감이 보신하라고 주고 갔어요."

"그래? 그것 참 고마운 사람이로고."

허 노인이 술잔을 건네받으며 물었다.

"이 대합은 어디서 잡은 거야? 우리 바다엔 없는데……."

"아무렴요. 우리 바다는 벌써 씨가 말랐죠. 오염된 바다에 온전한 게 뭐가 있겠어요."

"정말 큰일이야."

허 노인은 한숨을 길게 내쉬었다. 개펄이 오염되어 회복하기 어려운 지경에 있다는 것을 매향리 주민들 모두 아는 터였다. 외부 사람한테 해조류를 팔기만 할 뿐 주민이 먹는 일은 거의 없었다. 오염된 조개를 먹고 기형아를 낳았다는 것은 매향리에서 이제 놀랄 일도 못 됐다.

허 노인의 머릿속에 갑자기 며느리가 떠올랐다. 며느리가 매향리로 들어와 앉게 되면 손자놈을 보기는 글렀다는 생각이 다시 한번 쭈뼛 들었다. 허 노인이 매향리를 떠나 서울로 이사를 갔던 시절과는 판이하게 오염됐기 때문이다. 덩치 큰 농섬은 새끼섬으로 변하고 그 주변으로는 포탄들이 산더미처럼 쌓여있을 정도로 많은 변화가 온 것이다. 그리고 외지에서 들여온 해조류를 먹을 만큼 개펄은 고갈되었고 껍데기 조개들만 나뒹굴고 있었다. 농사보다 어업에 의지하는 허 노인은 절망적인 현실과 맞닥뜨리고 있었다.

허 노인에게는 손자를 보는 일이 경제적인 문제보다 더 중요했다. 그래서 그는 아들 내외가 오게 되면 도회지로 곧바로 돌려보낼 생각을 하고 있었다. 빚을 내서라도 도회지로 보내는 게 아버지의 도리라고 믿었다.

대합을 가스 불에 익히던 황씨가 술잔을 받으며 말했다.
"선창가에 천호 내외가 있는 것 같은데 아세요?"
대합에 젓가락을 대다 말고 허 노인이 되물었다.
"무슨 소리야? 벌써 올 리가 없는데."
"조금 전에 젖소 키우는 손씨가 내게 귀띔하던 걸요."
"그래?"
"아마 지금쯤 술이 좀 됐을 겁니다."
허 노인이 자리에서 일어서려고 하자 황씨가 다시 그의 손을 잡아끌어 앉혔다.
"어차피 나중에 여길 지나갈 텐데 거기까지 굳이 갈 필요가 있어요? 술 한 잔 하다가 올라오면 같이 가세요."
어둠이 짙게 내렸을 때 천호는 아내와 손을 잡고 흥얼대며 회관이 있는 언덕으로 올라오고 있었다. 그는 술에 취하지 않았다고 했지만 다리는 연체동물처럼 흐느적거렸다.
황씨는 천호 내외를 발견하고 자리에서 엉덩이를 뗐다. 아들 내외를 만나면서 허 노인은 황씨를 붙들지 않고 수인사로 헤어졌다. 그리고 그는 혀 굳은 소리를 하며 다가서는 아들에게 먼저 알은체를 했다.
"웬 술을 그렇게 먹었냐?"

“막걸리 한 잔 했슴다. 오랜만에 낙지와 조개를 먹었더니 속이 확 풀림다.”

천호는 술 먹은 애기를 인사 대신 했다. 허 노인은 아들보다 며느리한테 관심이 더 많았다. 그녀의 입에서는 알코올 대신 초고추장 냄새가 났다. 허 노인이 지나가는 말로 넌지시 물었다.

“애기야, 넌 뭘 좀 먹었냐?”

“그냥 옆에서 횟감으로 쪼끔⋯⋯.”

그 소리에 허 노인은 화들짝 놀란 표정을 지었다.

“오염된 걸 알면서 왜 먹었냐?”

“설마 그럴 리가 있겠어요?”

“여기서 파는 것들은 모두 오염된 거야. 그걸 먹으면 애도 못 낳아.”

허 노인은 저도 모르게 안 할 말을 했다는 듯 뒷말을 삼켜버렸다. 귀에 딱지가 앉도록 들어왔던 말이여서 그녀는 무덤덤한 표정이었다. 허 노인의 말을 그다지 귀담아 듣지 않는 것은 천호도 마찬가지였다.

술에 취한 천호가 히죽거리며 혀가 말린 소리를 했다.

“걱정마세요. 애를 가지는 일은 없을 테니.”

“이런 망할 자식!”

허 노인은 그의 뺨을 후리치고 싶었지만 혀를 깨물며 겨우 부아를 삭혔다. 허 노인과 아들의 생각은 정반대로 가고 있었다. 천호는 아버지의 기분을 무시하고 또 한마디 내뱉었다.

"아버지도 이젠 좀 생각을 바꾸세요. 요즘 우리나라 평균 출산율이 한 명밖에 되지 않는데 어째 고리타분하게 옛날 방식대로만 사시려고 그래요?"

"말도 안 되는 소리 집어치워. 도시에 나가더니 못된 것만 배워와서 뭔 소리야?"

"하여튼 전 애는 안 낳을 겁니다. 애 낳아 봤자 병신이 나올지도 모르고……."

허 노인이 갑자기 언성을 높이며 다그쳤다.

"지금 네가 할 소리냐?"

"사실 아닙니까? 매향리에서 애를 가지는 건 미친 짓이란 걸 저도 다 압니다. 저 바보 아닙니다, 아버지."

천호는 아버지에게 따지듯 말을 붙였다. 아내는 천호의 옆구리를 쿡쿡 찔렀지만 아무런 반응이 없었다. 허 노인이 결심한 듯 정색을 하고 말했다.

"아무 소리 말고 내일 날이 밝는 대로 도시로 나가도록 해라."

"돌아갈 것 같음 제가 왜 여기 왔겠습니까?"

천호는 도시로 돌아가지 않겠다는 뜻을 분명히 했다. 회사는 이미 정리를 했으며, 전세로 있던 집도 잔금 처리를 하고 그 돈으로 카드 대출금 1700만 원까지 갚았다. 생활용품도 처분하고 이웃에게 작별인사도 했으며, 동료들에게 두 번 다시 도시에 발붙이지 않겠다는 소리까지 해둔 터였다. 고향 땅에 뼈를 묻겠다는 소리를 입버릇처럼 했기 때문에 이를 되돌려놓는다는 것은 자존심에도 허용되지 않았다.

경제적인 문제가 해결되기 전엔 자식도 낳지 않겠다고 천호 내외는 작정한 터라 거기에 대한 미련은 두지 않았다. 사교육비에다 입시전쟁에 휘둘릴 걸 생각하면 엄두가 나지 않았다. 게다가 회사 직원이나 이웃사람들의 입에서 흘러나오는 자식 키우는 문제는 천호 내외에게 정신적인 부담을 더욱 가중시켰다. 그래서 두 사람은 아이를 낳아서 고생시키느니 애초부터 포기하는 편이 서로를 위한 일이라고 생각한 것이다.

"하여튼 여긴 안 된다. 미군 부대가 상주하는 한 아무것도 얻을 게 없다. 그러니 힘들더라도 도시에서 살도록 해라."

"아버지도 도시생활이 힘들어서 다시 고향 땅으로 돌아왔잖습니까?"

"물론 힘들었지. 하지만 난 경제적인 문제보다는 궁극적으로 자식을 가질 마음으로 도시로 나간 게야."

"그럼 저도 자식 때문에 도시로 다시 내보내겠다는 거군요?"

"……."

허 노인은 말없이 담배를 꺼내 물었다. 그리고 허공을 향해 담배 연기를 길게 내뿜었다. 담배 연기가 온몸을 실타래처럼 꼬며 흐트러졌다. 허 노인은 아들이 너무 컸다는 생각에 말을 아꼈다.

"네 어미가 어떻게 죽었는지 알고 있냐?"

"교통사고로 돌아가셨잖아요."

허 노인은 눈을 지그시 감은 채로 고개를 좌우로 흔들었다. 그는 영원히 묻어두려 했던 일을 할 수 없이 꺼내 놓았다.

"널 낳고 나서 우울증에 시달리다가 농섬에 말도 없이 나섰다가 포탄 맞고 죽었다."

"그러면 왜 엉뚱하게 교통사고로 돌아가셨다고 한 겁니까?"

"네가 도시로 나가지 않고 이곳에서 미군들과 싸울까 싶어 그렇게 말했던 거다."

허 노인은 비장한 얼굴을 했다. 그의 아내가 서울 구로에서 아들 천호를 낳은 다음 매향리로 돌아올 때만 해도 행복했었다. 하지만 날이 갈수록 아내는 허약해졌고, 급기야 우울증이 나타나고 있었다. 소득 없는 어촌생활과 밤낮 가리지 않는 전투기 소리와 폭탄 세례는 아내의 머릿속을 고체덩어리처럼 만들어놓았던 것이다.

아들을 누구한테 맡겨서라도 도시에서 학교를 보내려고 허 노인 내외는 의견 일치를 보았지만 결국 아내는 천호가 입학하기 일 년 전에 운명을 달리했다. 허 노인은 자신 때문에 아내가 죽었다는 죄의식을 느꼈다. 자식만 생각하고 아내의 우울증을 너무 가볍게 여겼던 탓이라고 자책했다. 그 죄책감을 덜기 위해 허 노인은 아들을 수원에 있는 누이동생한테 보냈다. 아들은 고모 밑에서 생활하며 열심히 학교를 다녔다. 허 노인은 주말이나 방학 때도 아들이 시골로 내려오지 못하도록 일러두었다. 매향리의 좋지 못한 모습을 보여주기 싫었던 것이다. 그리고 행여 이웃사람들로부터 어머니의 죽음을 알기라도 한다면 교육적으로 좋지 않을 거라는 생각 때문이기도 했다.

허 노인은 아들이 실업계 고등학교를 나와 기업체에 취직해서 매향리에 발을 붙이지 않았으면 했다. 신부감도 도시 여자였으면 하고 바랐는데 다행히 천호는 회사에서 알게 된 지금의 며느리와 결혼을 하게 되었다. 허 노인의 눈에는 아들이 믿음직하기만 했다. 단지 자식을 낳지 않으려는 것 외엔 아무 불만이 없었다.

허 노인은 아들 내외를 다시금 도시로 내보내기 위한 마지막 수단으로 죽은 아내를 내세운 것이다. 그는 더 이상의 피해자를 만들고 싶지 않았다. 매향리에 사는 사람이면 그 누구도 온전하지 못하다는 걸 허 노인은 지난 경험으로 너무도 잘 알고 있었다.

"내 눈에 흙이 들어가도 네가 여기서 사는 꼴 못 본다. 네 어미가 나한테 간절히 바랐던 소원이야.”

잠시 천호는 말문을 닫았다. 천호의 아내도 고개를 푹 숙인 채 미동도 하지 않았다. 미군들의 폭격 연습 때문에 어머니가 비명횡사했다는 사실에 천호는 울분이 치밀어올랐다. 귀동냥만 하고 앉았던 천호의 아내는 가장 난처한 입장이 되었다. 이제 더 이상 매향리에서 버티는 것은 힘들게 되었다. 허 노인은 아기를 갖지 않겠다는 아들 내외를 믿지 않았다. 언젠가 나이가 들면 아기를 가질 거라는 믿음이 있었다. 허 노인은 수단과 방법을 가리지 않고서라도 아들 내외가 매향리에서 터전을 못 잡게 할 생각이었다.

사실 천호의 아내는 2년 전에 임신을 했다가 3개월도 채 안 돼 낙태를 한 경험이 있는데 천호는 여지껏 이를 모르고 있었다. 천호가 아이를 유달리 좋아한다는 것을 아내도 알고 있었다. 유원지나 동네에서 아이들이 지나가면 아이를 안아주기도 하고 사탕을 물려주기도 했다. 하지만 천호는 아내에게 아기를 갖자는 말은 일체 하지 않았다. 박봉에 시달리는 형편이 어깨를 짓눌렀는지도 몰랐다. 그녀도 생활이 조금만 안정되면 제 고집을 피워서라도 아기를 가질 요량이었다. 그러던 하루는 천호가 술기운으로 잠자리를 함께 하면서 생각지 않은 임신을 하게 되었다. 그녀는 음식을 가렸고, 힘든 일은 삼갔지만 생각지 않게 아기는 뱃속에서 사산되고 말았다. 사실 그녀가 남편을 따라 시골로 내려오겠다고 결행한 데는 다시금 뱃속에 아기가 들어섰기 때문이었다. 매향리가 애를 키우는 데 다소 악조건이긴 하지만 그녀는 도시에서도 아이를 낙태한 경험이 있어서 장소를 굳이 가리고 싶지 않았던 것이다.

"아버님, 시간이 늦었는데 집으로 가시죠. 그이가 술기운도 있고 하니 내일 아침에 애길 다시 나누는 게 좋을 것 같아요."

그때 갑자기 머리 위로 전투기가 굉음을 내며 나타났다. 천호가 불을 뿜고 지나가는 비행기를 향해 욕지거리를 했지만 비행기의 소음에 묻혀버렸다. 천호의 아내는 귀를 막기보다 배를 잡고 있었다.

"한번 봐라. 이런 난리통에 어떻게 살겠다고 그러냐? 어서 마음을 고쳐먹도록 해라."

천호의 아내가 하늘을 한번 휘둘러보고서는 서둘러 말꼬리를 잡았다.

"그만 일어나세요. 시장하실 텐데……."

허 노인은 며느리의 말에 못 이기는 척 자리에서 일어났다. 천호는 몸을 주체하지 못해 똑바로 걷지 못하고 제멋대로 흔들렸다. 허 노인은 아들을 붙들어 줄 생각이 없는지 그저 앞만 보고 걸었다. 눈썹달이 미루나무에 높이 걸려있었다. 지축을 흔들던 비행기 소리가 잠잠해지면서 주변은 무섭도록 침잠했다. 발소리와 숨소리가 또렷하게 들릴 정도로 고요한 밤이었다.

　그날 밤 천호의 아내는 기습적으로 날아든 비행기의 섬뜩한 굉음을 서너 번 더 듣고서야 잠을 청했다. 풀벌레 소리에도 가슴이 두근거리는 밤이었다. 그녀가 손으로 배를 감싼 채 밤을 지새우는 동안 천호는 코를 골며 등을 돌리고 누웠다.

내 청춘의 꼬리표

설마 했던 일이 일어나버렸다. 아침 7시만 되면 여지없이 울리는 초인종소리. 마치 모닝콜을 하듯 그 시간만 되면 울려 댄다. 은영은 가스 불 위에서 부글부글 끓는 청국장 소리를 훔치려는 듯 불을 낮추고 숨소리를 죽였다. 인기척이 없게 되면 자연히 물러설 것으로 여겼으나 다시금 초인종 소리가 귓속을 후벼 판다. 그녀는 현관문 쪽을 한번 힐끔 쳐다봤다. 분명 동 반장 춘호 엄마일 것이다. 굳이 문을 열어 확인할 필요는 없다. 그녀와 얼굴을 맞닥뜨리게 되면 시위에 참여하라고 할 터여서 피하는 게 상책이다. 하지만 언제까지나 팔짱만 끼고 돌아앉아 있는 것도 그녀로서는 고역이다. 벌써 닷새째 초인종을 눌러대는 것으로 보아 그녀는 이미 끝장을 보겠다는 심사다. 사실 은영은 춘호 엄마가 막무가내로 밀어붙인다 하더라도 뒷걸음질치고 싶은 생각은 없다.

그때 또 한 번의 초인종 소리가 신경을 박박 긁어댄다. 은영은 고무장갑을 끼다 말고 싱크대에 걸쳐놓고 입술을 깨물었다. 은근히 부아가 치밀었다. 아무런 죄도 없이 피하기만 하는 자신이 이해가 안 된다는 듯 스스로 고개를 저었다. 아침부터 감정싸움을 하게 되면 하루일과가 순조롭지 못할 것이라는 생각에 그녀는 침을 꾹 삼켰다. 잠시 정적이 흐르고 은영은 안도의 숨을 한번 몰아쉬고는 가스레인지 쪽으로 발걸음을 옮겼다. 그리고 가스 불을 올렸다. 조금 전보다 더 센 불로 올려놓았다. 퍼런 불꽃이 냄비 옆을 타고 올라왔다. 대파를 썰어 넣기 위해 도마로 허리를 돌리는 순간 둔탁한 쇳소리가 탕탕 하고 들려왔다. 순간 그녀는 놀란 가슴을 쓸어내리며 칼자루를 들었다가 다시 놓았다. 초인종 소리가 시원치 않게 되자 춘호 엄마는 이제 주먹으로 현관문을 거세게 두드리고 나온 것이다.

흥분을 주체 못한 은영은 현관문으로 향했다. 그러나 그녀는 몇 걸음을 옮기기도 전에 남편의 억센 손에 저지당했다. 바깥 상황을 미리 알고 있기라도 한 듯이 남편 문호가 부리나케 달려나와 그녀를 저지시킨 것이다. 문호 역시 바깥에 인기척이 새어나가는 걸 의식한 나머지 아무 말도 하지 못하고 그녀를 붙들고 서 있었다.

"난 이제 못 참아……."

거침없이 튀어나온 말도 문호의 넙적한 손에 제압당하고 말았다. 바깥이 잠잠해지면서 문호는 아내에게 말했다.

"길이 아니면 가지 말고 말이 아님 갚지 말라는 말도 있잖아. 그냥 내버려둬."

"우리가 뭐 죄인이에요? 아침마다 숨죽이고 있게?"

문호가 그녀의 등을 토닥거리며 말했다.

"제 풀에 지쳐 물러설 거야. 조금만 더 참어."

"참는 것도 한계가 있는 거지. 매일같이 이게 뭐예요?"

은영은 분을 참지 못해 식식거렸다. 주변에 들어설 화장터 때문에 집값이 떨어질 위기에 처하자 아파트 주민 전체가 술렁거리고 있었다. 그녀 역시 이를 이해 못하는 것이 아니다. 자발적인 참여를 유도하기보다는 압력으로 일을 추진하는 데 대한 반감이 그녀를 불쾌하게 만들어 놓았던 것이다. 소형 아파트에 거주하는 사람들은 대개가 맞벌이 부부가 많아서 한낮에는 사람들을 소집하기가 쉽지 않았다. 그래서 반장은 마치 저인망 어선처럼 아파트 주민을 끌어내려 하고 있었다. 사실 반장이 지목한 사람은 은영이가 아닌 남편 문호였다. 문호가 직장도 없이 빈둥거리고 있다는 걸 알고 집요하게 물고 늘어지는 것이다.

"행여 낮에 찾아오더라도 문 열어주지 마세요."

그녀는 이웃과 단절할 뜻을 분명히 하고 있었다. 화장터 건립 자체를 옹호해서라기보다는 반장에 대한 반감이 더 농밀하게 배인 말투였다. 문호는 고개를 끄덕거릴 뿐 할 말이 없었다. 밥벌이도 못하는 자신이 시위한다고 나돌아 다니는 것도 현실적으로 합당하지 못한 일임을 문호는 잘 알고 있다. 시위에 합류했다가 아내의 눈 밖에 나게 되면 자신의 위치가 위기에 내몰릴지 모른다는 중압감에 그는 한걸음 물러서고 있었다.

지난날 문호는 노동운동에 적극적이었고, 시위를 주도했다는 이유로 경찰에 붙들려 3년간 옥고를 치렀다. 문호는 고등학교를 졸업하고 노동현장에 들어갔다가 저임금에 기본적인 생활이 흔들리면서 노동운동에 참여했던 것이다. 문호한테 의지하며 생활을 근근이 연명하던 그의 가족들은 된서리를 맞고 말았다. 문호의 부모는 시위 현장에 찾아가서 문호를 적극 설득하기도 했지만 문호는 듣지 않았다. 그는 시위를 해서 저임금을 타개하지 못하면 결국 가정을 근사하기 어렵다는 것을 알고 있었으므로 선택의 여지가 없다고 생각했다. 그나마 다행인 것은 은영이 적극 옥바라지를 하며 생활비를 틈틈이 챙겨준 것이다. 명문대를 졸업하고 노동자들과 시위에 참여하면서 알게 된 은영은 문호의 옥바라지를 끝까지 해주었다. 가끔 교도소 면회를 오는 은영에게 문호는 갈 길을 가라고도 해보았지만 노동현장에서 약속했던 평생 언약을 그녀는 저버리지 않았다.

두 사람이 아이를 가지면서 방 한 칸이 비좁게 되자 은영은 친정에 손을 내밀어 13평짜리 아파트를 얻었다. 아들 녀석은 어느덧 여덟 살이 되었지만 문호는 여전히 직업을 갖지 못하고 있었다. 우선 웬만한 회사들은 그의 이력을 알고 있었으므로 마치 불량지폐를 먹은 자판기처럼 이력서를 넣자마자 반려되었다. 주민등록번호만 입력해도 신상이 알몸 벗겨지듯 드러나는 현실이 문호를 옥죄었다. 결국 그가 선택한 것은 아파트 공사 현장이었는데 거기서도 달포를 넘기지 못하고 허리를 다쳐 오히려 은영에게 더 큰 짐을 지게 했다. 허리 핑계로 그는 일 년을 보냈다. 일을 놓은 지 10년이 훌쩍 지나면서 그는 이제 누군가가 일거리를 준다고 해도 못할 것 같은 위기감이 들었다. 주변 친구들로부터 구멍가게 같은 일을 제의받기도 했지만 그는 보류했다. 가정형편으로야 단돈 천 원이 아쉽지만 그는 선뜻 움직이려 하지 않았다. 기계를 너무 돌리지 않으면 녹슨다는 것을 체득하기라도 한 듯 그의 심신은 천근같이 무거워져 있었다. 그저 사고치지 않고 가만히 있는 게 가족을 돕는 일이라고 생각했다. 이런 상황에서 이웃사람들은 집값 떨어진다고 시위를 준비하고 있었고, 문호 가족도 동참하길 바라고 있는 것이다.

문호는 갑갑한 집안 공기를 피해 아파트 인근에 있는 작은 공원에 신선한 바람이라도 쐬러 가고 싶었다. 문호는 창 밖을 내다보았다. 마치 교도소에 있다는 느낌이 들었다. 지열이 아파트 외벽을 타고 오르고, 열기를 품은 후덥지근한 바람이 발코니를 타고 넘어왔다. 키 재기 하듯 앞뒤로 들어선 아파트는 가슴을 더욱 압박해 들어왔다. 소형 아파트 단지는 공터도 좁았고, 지상주차장에 세워진 승용차들은 대개가 소형차이거나 화물차, 그리고 영업용 승합차나 택시들이 많았다. 문호는 발코니 밖으로 고개를 쭉 내밀어 보았다. 오전 10시. 아파트 아래는 따가운 햇볕이 내리쬐고 있었고, 이따금 한 사람씩 사람의 움직임이 보였다. 그리고 야채를 실은 트럭이 나타나 한바탕 앰프로 떠들고 가기도 했다. 잠깐 야채를 사러 나왔던 사람들이 트럭이 떠나자 다시금 아파트로 쥐구멍 들어가듯 들어가 버렸다. 그리고 이내 주변도 잠잠해졌다.

문호는 발코니로부터 엉덩이를 뺐다. 현관문을 열고 밖으로 나왔다. 쓰레기라도 버리고 와야 답답한 가슴이 열릴 것 같았다. 문호는 쓰레기봉지를 들고 밖으로 나왔다. 그리고 엘리베이터 버튼을 눌렀다. 1층에 있던 엘리베이터가 칼을 갈 듯 슥슥 문지르며 위로 올라왔다. 아무도 엘리베이터에 타지 않길 바라며 그는 발을 들였다. 1층 버튼을 누르고 층간을 표시하는 전광판에 눈을 고정시켰다. 행여 이웃사람들이 엘리베이터에 탈까 조금은 두려움이 엄습했다. 그는 뒤늦게 등 뒤에 16절 종이가 붙어있는 것을 발견했다. 15일 오후 3시에 시위에 참여하라는 내용이었다. 최소한 가족 중 한 사람은 참여하라는 조금은 협박성이 있는 안내문이었다. 안내문에는 참가의사를 명기하는 난이 있었고, 거기다 동과 호수를 기입하게 돼 있었다. 그리고 불참시는 벌금 3만 원이라는 글귀가 붉은색으로 밑줄까지 쳐져 있었다. 문호는 쓴웃음을 슬쩍 삼켰다. 회사에서 시위할 때 자신이 붙였던 것에 비하면 지극히 작은 안내문이었지만 글 내용으로 보면 오히려 훨씬 위압감을 안겨주는 문구였다. 문호는 서명해야 되나 고민할 필요가 없었다. 아내에게 큰 부담을 주는 행위임을 그는 잘 알고 있었다. 그래서 주제넘은 생각은 그만두기로 했다. 아내가 서명할 가능성은 희박하지만 만에 하나 못 이기는 척한다고 하더라도 아내가 할 일이었다. 그런데 왠지 문호는 죄의식이 들었다. 지난날 조합원 대상으로 노동쟁의에 대한 서명운동을 벌였을 땐 서명하지 않은 동료들을 원망하지 않았던가. 그때 서명하지 않은 동료들도 지금 자기와 같은 심정이었을까.

문호의 시선이 다시금 안내문에 고정되었다. 전체 호수 가운데 절반 정도는 이미 서명이 되어 있었다. 그의 아파트 호수 1303호는 비어있었다. 그는 조금 허탈한 마음이 들어 고개를 돌려버렸다. 벌써 엘리베이터는 1층에 내려와 있었다. 뒤늦게 빠져나오면서 엘리베이터 문이 닫히기 시작했고 한 쪽 발이 걸렸다. 그 순간 엘리베이터 문이 심하게 요동치더니 다시 열렸다. 그는 발목이 조금 뻐근하여 발목을 좌우로 돌려 보았다. 다행히 큰 부상은 아닌 것 같았다. 양손이 허전함을 느끼는 순간 닫히는 엘리베이터 문틈으로 연둣빛 쓰레기봉 지가 보였다. 그의 가슴이 뛰기 시작했고, 어떻게 해야 좋을 지 몰라 황급히 버튼을 눌렀으나 엘리베이터는 이미 위로 올 라가고 있었다. 계단으로 올라갈까도 고민했으나 엘리베이 터가 몇 층에서 멈출지 모르는 상황이었다. 귀한 물건도 아닌 쓰레기봉지라 남의 손길을 타지는 않을 테지만 불안한 것은 행여 이웃주민과 맞부딪힐까 하는 두려움 때문이었다.

문호는 주변을 한번 둘러보았다. 누군가 엘리베이터를 타 기 위해 나타나면 그것 또한 부담되는 일이다. 엘리베이터는 9층에서 멈춰 섰다. 그 순간 그의 얼굴은 심장이 멈춘 사람처 럼 사색이 되었다. 9층은 통장이 사는 집이기 때문이다. 9층 의 두 집 중 한 집이 통장집이니 확률은 절반이지만 옆집이라 해도 통장과는 절친하게 지내는 사이일 것이다. 이윽고 엘리 베이터는 일정한 속도로 내려오기 시작했다. 그러다가 다시 금 4층에서 멈춰 섰다. 문호는 지체 없이 그곳으로부터 벗어 났다. 맞부딪히게 되면 부작용이 일어날 테니 피하는 게 상책이다.

　문호는 아파트를 끼고 돌아 아이들 놀이터가 보이는 곳으로 발을 옮겼다. 뒤를 의식하며 걷는 동안 아무도 뒤따라오는 사람은 없었다. 따가운 햇빛과 지열이 호흡을 정지시킬 듯했다. 놀이터에는 아무도 없었다. 그늘이 지는 해거름에나 아이들이 몰려올 것이다. 그는 놀이터 주변을 두어 바퀴만 돌다 갈 요량이었다. 이웃사람과 부딪히지 않는 것이 아내에 대한 최소한의 예의라고 생각했다. 정에 약한 문호는 남의 부탁을 받으면 거절하지 못하는 성격이어서 시위에 응해달라고 하면 입에서 나올 말은 뻔하다. 아내는 남편의 성격을 누구보다 잘 알고 있었기 때문에 이웃과 접촉을 피하도록 남편에게 단단히 당부해 두었다.

　문호는 습관적으로 바지주머니에 손을 넣어보았다. 담배 한 개비가 굴뚝같았으나 손에는 아무것도 들어오지 않는다. 잠깐 내려온다고 준비 없이 내려온 탓이다. 문호는 마른 침을 삼키다 말고 목운동을 하거나 다리운동을 하며 담배의 유혹을 떨쳐내었다. 그때 미끄럼틀 옆으로 현수막 하나가 그의 눈에 들어왔다. 화장터 건립을 반대하는 시위용 현수막이었다. 휘둘러보던 그는 놀이터를 굽어보고 있는 맞은편 아파트에도 세로로 길게 붙어 있는 현수막을 발견했다. 그는 애써 외면하며 다시 몸을 풀었다. 목과 무릎관절에서 두두둑 하는 소리가 났다. 오랫동안 운동을 하지 않아 그의 몸은 꽤 굳어 있었다. 인근 공원길을 가끔씩 걷던 일도 최근에 시위가 발생하면서 하지 못했다. 시위가 오래가면 몸은 더욱 고체덩어리가 될 것이다. 하지만 시위라는 게 어떤 기약이 있는 게 아니라는 걸 그는 오랜 경험으로 잘 알고 있었다. 서로가 합리적인 대안을 도출해내지 못하면 장기화될 것은 분명한 이치였다. 아파트 주민들이 화장터 건립 반대에 나선 것도 벌써 3개월을 넘어서고 있었다. 며칠 전부터 화장터 건축현장에 진을 치고 앉아 철야농성을 하기 시작한 것도 협상에 진전이 없었던 탓이다.

주민들의 긴밀한 협조가 없으면 시위가 지지부진해질 것이라는 우려감 때문에 반장은 성가실 정도로 아침부터 그의 집을 두드리는 것이다. 그리고 엘리베이터에 안내문을 붙이면서 그 고삐를 더욱 조여왔다. 모른 척 외면하느니 차라리 동참하는 편이 스트레스를 덜 받을 것이라는 생각에 문호는 잠시 마음이 흔들렸다. 이번 일로 이웃과 담을 쌓게 될 것이라는 생각이 문호를 더욱 힘들게 만들었다. 그러나 문호는 금방 마음을 다시 돌려먹었다. 시위에 참가하면 아내와 심각한 일이 벌어질 것이라는 두려움 때문이다. 과거 노동현장 시위로 얻은 후유증은 너무 컸다. 직장 하나 없이 빈들거리는 문호는 누구 한 사람 의지할 곳 없는 처지였다. 문호는 시위에 가담하면 그저 엉덩이 붙이고 박수나 치는 성격이 아니기 때문에 시위를 주도할 게 뻔했다.

아내는 이를 누구보다 잘 알고 있다. 다만 정의를 행했던 사람들을 사회가 받아주지 않는 것이 그녀는 미운 것이다. 문호는 아내의 그런 마음을 잘 알고 있다. 그렇지만 막상 주변에서 시위가 발생했는데 모른 척 넘기기가 그로서는 힘들기만 하다.

"젊은이!"

누군가 등 뒤에서 불렀다. 문호는 어깨가 들썩거릴 정도로 놀란 표정을 지었다. 문호의 눈앞에 나타난 사람은 머리가 허옇게 센 노인이었다.

"절 불렀나요?"

"여기 주민 맞는가?"

"예, 그, 그런데 무슨……."

문호가 눈을 꿈뻑거리며 낮은 목소리로 말했다.

"바쁘지 않음 거기 한번 가보지 그래."

"거기라뇨?"

노인은 시위를 하고 있는 건축현장을 가리키며 말했다.

"화장터인지 뭔지 있잖어. 나도 지금 그쪽으로 가는 길일세."

뒷짐 지고 있는 노인의 손에는 이마에 맬 붉은 머리띠가 쥐

어져 있었다. 그 순간 문호는 갑자기 가슴이 오그라들고 고개
가 꺾였다. 한 사람이라도 동참을 더 시키기 위해 노인까지
동원하고 있나 싶었다.

"먼저 가시죠. 잠깐 쓰레기 버리러 왔다가 쉬는 중이었는
데 옷이나 좀 갈아입고 가겠습니다."

"옷 갈아입을 게 뭐 있나? 시위할 건데 편한 복장이면 젤이
지."

"그, 그래두."

"그냥 나하고 함께 가세."

아무래도 노인은 문호를 끌고 갈 요량이었다. 혼자 머쓱하
게 시위현장으로 간다는 게 조금 부담스러웠던 모양이었다.

"엘리베이터에 쓰레기를 두고 와서 빨리 가봐야……."

"그게 무슨 소린가? 엘리베이터에 쓰레기를 두고 왔다는
게."

"그, 그게……."

노인에게는 문호가 시위현장에 가지 않으려고 변명하는
것으로 들렸다. 한편으론 젊은이들이 협조하지 않으니까 자
기처럼 노인까지 동원되고 있다는 생각이 들었다.

"그깟 쓰레기 누군가 치우겠지."

"그래도 남에게 피해를 주면 안 되죠."

노인은 괜찮다는 듯 손사래를 치더니 갑자기 문호의 손목

을 덥석 잡았다.

"나도 잠깐만 얼굴 내밀고 올 거야. 그러니 나하고 눈도장이라도 찍고 오자구."

문호는 여지없이 붙들리고 말았다. 노인은 더 이상 변명할 거리를 주지 않았다. 상대가 노인이었기 때문에 문호로서는 난감할 수밖에 없었다. 노인의 눈빛은 이미 문호와 함께 갈 뜻을 분명히 하고 있었다. 만에 하나 쓰레기봉지를 자기 손으로 처리해주겠다고 적극성을 보인다면 그땐 문호가 빠져나갈 구멍은 아무 곳에도 없게 된다.

"아, 알겠습니다."

문호는 자신도 모르게 덜컥 수락해버렸다. 아내의 얼굴이 눈앞에 크게 다가왔지만 애써 지우고 있었다. 일단 현장에 가서 모양새만 취하고 빠져나올 요량이었다. 그렇게 되면 주민들의 눈총을 살 필요도 없을 뿐더러 지금처럼 쓰레기 하나 버리는 것에 신경 쓰지 않아도 될 것이라는 생각을 했다. 그래서 문호는 오히려 전화위복으로 삼을 생각으로 노인과 동행하기로 마음을 바꾼 것이다.

"빨리 끝내야지 원 맨날 이렇게 소란스러워야."

노인이 독백하듯 중얼거렸다.

"잘되겠지요, 뭐."

"시에서 허가를 내줘서 업주가 건물을 짓겠다는데 그게 문제 아닌가."

"그, 그래요?"

노인이 문호를 의심의 눈빛으로 바라보았다.

"아직 그것도 몰랐단 말야? 맨날 저래 쿵쾅거리는데……."

마침 저 멀리서 북소리, 꽹과리소리, 앰프에서 나는 소리가 마구 뒤섞여 들려왔다. 문호는 겸연쩍은 표정을 지으며 기어 들어가는 소리로 말했다.

"뭣 좀 하는 일이 있어서 관심을 두지 못했습니다."

"하긴 뭐 요즘 먹고 살기 바쁜데 다 알 수가 있겠나."

"죄송해요."

"그럴 것 없어. 나도 오늘 첨 나가는 거야."

"쉬시지, 몸도 불편하신 것 같은데……."

노인은 한쪽 다리를 약간 절고 있었다. 그리고 뒷목도 뻣뻣한지 고개를 조심스레 돌리곤 했다.

"내가 안 나가면 누가 나가남. 모두 맞벌이 하는 걸."

"아무리 그렇더라도 주민들이 나이든 분까지 동원하려고 하진 않을 겁니다."

"모르는 소리 말게. 집에서 놀면 뭐하남. 나가서 사람들과 말동무도 할 겸 한번 나가는 것도 괜찮지."

"하긴……."

"가면 밥도 주고 벌금 안 내도 되고 좋잖어. 자네도 내 말들고 나서면 삼만 원은 버는 거야. 안 그래? 경제도 어려운데……."

문호는 노인의 의중을 알고는 쓴 미소를 지어 보였다. 노인은 며느리의 요구에 벌금 삼만 원을 물지 않기 위해 마음에도 없는 시위에 참여하고 있는 것이다. 문호처럼 쓰레기를 비우는 일 외에는 특별히 할 일도 없는 노인이었다. 아들 내외는 맞벌이를 하고 있으므로 당연히 집회에 참여하는 것은 노인의 몫이다.

노인이 지나가는 말로 문호에게 물었다.

"오늘 쉬는 날인가?"

"아, 예. 요즘 잠깐 일을 놓고 있습니다."

"요즘 경제가 어렵다고 하더만 그게 거짓말은 아니구만……. 정말 큰일이야. 정치하는 놈들은 뭣들 하는 것인지."

노인은 긴 한숨을 내쉬며 문호를 위로했다. 여전히 둥둥 소리가 들리고 악다구니에 가까운 구호소리도 가까워졌다. 문호는 뒤로 돌아가기는 이미 틀렸다고 생각했다. 노인의 말대로 적당히 얼굴만 내밀고 되돌아올 요량이다. 그는 머릿속으로 헤아려보았다. 꼭 10년 만에 집회에 참여하는 셈이다. 이전엔 대기업과 상대하는 큰 집회였으나 지금은 작은 집회라는 것이 다른 점이다.

역시 집회는 소규모인데다가 대오도 흐트러져 있고, 참가자들은 대개가 노인네들이 군을 이루고 있었다. 뒤늦게 문호를 발견한 중년 여자가 갑자기 환한 미소를 띠었다. 마치 대어를 잡기라도 한 듯 반가워하는 표정을 지었다.

주택가에 화장터가 웬 말이냐!
서민경제 외면하는 OO시장 물러나라!

앞 열에 서 있는 중년 여자는 목청을 돋우며 피켓을 들었다 내렸다 했다. 쉰 목소리로 고함을 지르면서 앉아 있던 사람들은 팔을 올렸다 내렸다 하며 복창했다. 통일되지 못한 목소리와 어설픈 구호 선창은 조직적이지 못했다. 문호도 뒤에 앉아 그들의 뜻에 부응했고, 노인은 평소에 교분이 많았던 것처럼 문호 옆에 바짝 붙어 앉아 떠나지 않았다. 그저 노인은 그에게 의지해 조금 버텨볼 요량이다. 문호는 자꾸만 엉덩이가 근질거리는지 몸을 좌우로 흔들었다. 그는 자리를 이탈할 생각으로 주변을 살폈다. 아내의 언약을 짓밟고 싶지 않다는 마음이 창끝처럼 불쑥불쑥 솟았다.
"지역이기주의에 협조하는 알량한 사람이 되지 마세요."
은영의 의지는 오랜 세월이 흘렀지만 아직도 창끝처럼 무디지 않았다. 문호를 남편으로 선택한 것도 제 욕심을 차리거나 불의와 타협하지 않는 점이 좋았기 때문이다. 집값 추락을 들어 화장터 건립을 반대하는 이기적인 주민의 뜻에 부응할 생각은 애초부터 없었다. 시위를 주도하는 부녀회나 운영위에서 끊임없이 참가를 종용해왔지만 그녀는 기어코 머리를 꺾지 않았다.

그때 갑자기 주변이 술렁거리더니 허여멀쑥한 중년이 집회가 열리는 단상 쪽으로 왔다. 수행요원으로 보이는 양복차림의 서너 명의 젊은 신사도 함께 있었다. 문호는 사회자의 소개에 앞서 한눈에 그가 000당 지역구 위원장 우천수라는 것을 알 수 있었다. 지난번 국회의원 선거에 낙선한 그는 6개월 후에 있을 국회의원 선거를 앞두고 선심 공세 차원으로 나타난 것이다. 그동안 결혼식을 비롯해서 자질구레한 남의 집안 대소사까지 드나들던 우 위원장에게 이런 집회는 호기다.

"서민이라고 자처하던 사람이 서민을 괴롭히는 일은 불행한 일입니다. 제가 작은 힘이 된다면 적극 협조하겠습니다. 서민경제를 위협하는 요소가 있다면 이 일 외에도 언제든 저 우천수를 불러주십시오……."

우천수는 무슨 일이든 해결해주겠다고 했지만 문호는 그를 믿지 않았다. 우천수는 5공시절 보안사에 근무하면서 많은 사람들의 인권을 유린한 경력이 있다. 문호가 군사독재정권을 타도하기 위해 나섰던 것도 우천수 같은 사람을 몰아내기 위해서였다. 그런 우천수가 서민의 발이 되겠다고 나선 것이다. 문호는 침을 찍 뱉었다. 입안에 욕이 돌았지만 옆에 앉은 노인을 의식해서 참았다.

그때 피켓을 들고 선동하던 목 쉰 여자가 우천수와 악수를 하면서 허리를 크게 꺾었다. 그리고는 갑자기 좌중을 향해 소리쳤다.

"우 위원장님을 국회로 보냅시다!"

갑자스런 제안에 좌중에서 박수소리가 터져 나왔다. 우천수도 상기된 듯 팔을 흔들며 답례를 했다. 그리고 몇 번이고 고개를 숙이며 고마움을 표시했다. 그때 앉아 있던 문호가 자리를 박차고 일어났다.

"여러분! 우천수는 서민이 아닙니다. 서민의 인권을 유린한 보안사 출신입니다. 절대로 속지 마십시오. 독재정권의 첨병에 서서 서민의 목줄을 쥔 장본인입니다."

그 순간 좌중이 크게 술렁거렸다. 옆에 앉은 노인이 문호의 팔을 끌었지만 문호의 팔은 무쇠덩어리가 되어 있었다.

"서민의 탈을 쓴 우천수는 물러나라!"

문호는 큰소리를 외쳤지만 아무도 동조하는 사람이 없었다. 목 쉰 여자가 달려오더니 오히려 협박을 해왔다.

"화장터 문제를 해결해주러 온 양반한테 그게 무슨 소립니까? 지금 제정신이에요?"

여자는 연신 삿대질을 해대며 문호를 나무랐다. 우천수는 얼굴이 상기되었지만 문호한테 직접적인 응수는 하지 않고 슬그머니 꼬리를 뺐다. 목 쉰 여자는 문호 때문에 집회가 허사로 돌아간 듯 원망어린 눈으로 계속 몰아붙였다.

"여기 뭐하러 왔어요? 도와주겠다는 사람한테 뭘 안다고 막말을 그렇게 해요?"

문호가 흥분을 가라앉히며 말했다.

"저 사람한테 도움을 받는 것은 마치 고양이한테 생선을 바치는 꼴이에요. 절대 믿지 마세요."

문호의 말이 끝나기 무섭게 갑자기 등을 끌어당기는 여자가 있었다.

"2004동 1303호에 살죠?"

"……."

"그렇게 협조해달라고 밤낮으로 찾아갔을 땐 코빼기도 보이지 않던 사람이 지금은 무슨 염치로 나왔어요? 참 낯짝도 두꺼워 정말! 집회 방해하러 왔구만."

"아주머니, 말조심하세요."

"벌금 안 받을 테니 여기 있지 말고 들어가세요. 어서!"

그 말에 문호는 말문이 막혔다. 벌금 때문에 온 사람으로 오인받고 보니 사지가 떨렸다. 곧이어 몇몇 여자들이 문호를 밀치려 했다. 그러자 노인이 일어서면서 한마디 거들고 나왔다.

"왜들 이래? 이 양반은 아무 잘못 없어. 벌금이 무서워 온 사람은 나지 이 젊은이가 아니니 심하게 하지 말라구. 이웃끼리 이러면 못써!"

목 쉰 여자가 노인에게 큰소리는 치지 못하고 나직하게 타이르듯 말했다.

"영감님은 참견 마세요. 아무것도 모르면 잠자코 계세요."

"뭘 아무것도 몰라? 여기 나온 사람들 중에 자발적으로 나온 사람이 몇이나 된다고 생각해? 아무리 집회도 좋지만 벌금을 핑계 삼아 사람을 끌어 모으는 것은 옳지 않아."

노인은 문호의 팔을 끌고 집회 현장을 빠져나갔다. 주위에 웅성거림이 있었고 집회는 지지부진해졌다.

"영감님, 죄송합니다."

"미안할 게 뭐 있나. 다 똑같은 입장이지."

문호는 노인이 살갑게 느껴졌다. 약자에 대한 따스함을 가지고 있다고 생각했다. 그리고 나이답지 않은 용기가 문호에게 믿음을 주었다.

문호는 왠지 홀가분한 기분이 들었다. 가슴에 맺힌 무언가가 해소되기라도 한 듯 얼굴이 꽤 환해졌다. 노인도 집회하기 전의 굳은 얼굴에 비하면 훨씬 밝은 표정이었다. 노인은 삶에 별 욕심이 없는 듯했다.

"내가 하기 싫은 건 남도 하긴 싫은 법이야. 무조건 내 땅에는 안 된다는 건 이치가 아니지."

"글쎄 말예요."

"나도 살면 얼마나 살겠어. 이제 죽는 것도 힘들게 됐어."

노인은 먼 하늘을 바라보았다.

문호가 아파트 입구로 들어설 때까지 북소리는 들을 수 없었다. 노인도 제 갈 길을 향해 갔다. 그제서야 문호는 쓰레기봉지가 생각났고 황급히 엘리베이터로 발을 옮겼다. 그때 누군가 어깨를 끌어당겼다. 문호 앞에 서 있는 사람은 건장한 두 남자였고, 그들은 사복형사였다.

"잠깐 조사할 게 좀 있는데 함께 가주실까요?"

"…… 무슨 일로……?"

"별일 아니니 잠깐만 시간 내면 됩니다."

"이유 없이 제가 왜 따라가야 합니까?"

"신고를 받았으니 저로서도 어쩔 수 없습니다."

경찰서까지 오는 동안 문호는 심한 현기증을 느꼈다. 길을 가다가도 경찰서가 있는 곳은 쳐다보지도 않던 그였다. 지난 날 조사받던 생각이 떠오르면서 문호는 머릿속이 헝클어진 실처럼 마구 복잡해졌다. 진실을 묻기보다 유도 심문으로 사람을 괴롭힐 것이라는 걸 문호는 익히 알고 있었다. 신고자가 누구인지 알려 주지 않는다는 것을 문호는 알고 있었지만 그 신고자는 우천수일 거라는 추측엔 변함이 없었다. 보안사 출신답게 그는 발 빠르게 문호의 신분을 알고 싶었을 것이다.

예상대로 구 형사는 배후부터 캐겠다는 자세로 말문을 열었다.

"있는 그대로 말하세요. 누가 시켜서 한 일입니까?"

"그런 일 없습니다."

"주민을 도와주겠다고 간 사람한테 면박을 놓고 위신을 깎아내리는 건 무슨 이유요?"

짧게 쳐올린 머리 큰 형사는 실눈을 뜨고 의심하는 눈빛이었다. 문호의 의중을 세심히 살피며 실오라기라도 단서가 있으면 붙들 요량이었다.

"난 사실 그대로 말했을 뿐입니다. 우천수의 약력을 있는 그대로 말한 것도 죄가 됩니까?"

구 형사가 자세를 고쳐 잡고 말했다.

"너무 빡빡하게 말하지 말어. 조사해보니 너도 경력이 많더구만."

"나쁜 짓해서 구속된 일은 없으니 그만두십쇼."

"말투가 왜 그런가?"

문호가 정색을 하며 말했다.

"난 그 일로 지금껏 직장생활도 못하고 백수로 지내고 있어요. 그것도 10년 넘게."

"그게 나하고 무슨 상관있어? 난 조사만 하면 그만이야."

"조사를 하려거든 반말하지 마세요."

"허참. 골치 아픈 사람 만났네 이거. 자꾸 그러면 서로 힘들어지니 얌전하게 조사를 받으라구."

"하긴 내가 오버했지. 금세 세상이 바뀔 것으로 생각했으니."

문호는 더 이상 대꾸를 하지 않았다. 시답잖은 질문에 문호는 모르쇠로 일관해버렸다. 조사 형태가 10년 전이나 별반 다를 바 없어 보였다. 기득권을 가진 자들이 아직도 그 뿌리를 내리고 있어서 생각만큼 세상은 바뀌지 않은 것이다. 입안이 마르고 갈증이 났다. 구 형사가 내놓은 담배를 피우지 않겠다고 한 것이 조금은 후회됐다. 문호는 물을 벌컥벌컥 마시며 니코틴의 유혹을 던져버렸다. 그는 먹던 종이컵을 구겨서 쓰레기통에 던졌다. 그 순간 쓰레기봉지가 필름처럼 스쳐갔다. 쓰레기봉지만 아니었으면 이곳까지 오지 않았을 거란 생각이 들었다. 문호는 쓰레기봉지만 떠올리면 괜히 역정이 났다.

"어이! 면회 왔어."

문호는 고개를 번쩍 들었다. 문호 앞에 나타난 사람은 다름 아닌 아내였다. 갑자기 문호는 벙어리가 돼버렸다. 그리고 눈을 내리깔며 낮은 어조로 말했다.

"미, 미안해 여보."

"고개는 왜 숙이세요? 잘못한 것도 없으면서 당당하지 않고."

"그래 여긴 어떻게 알고?"

"이웃 아주머니들이 떼거지로 집에 찾아왔더라구요."

"그런 경우 없는 짓을……. 하긴 모두 내가 잘못한 거지. 당신 말만 들었으면 될 걸."

은영은 문호의 손을 잡았다. 은영의 체온이 문호한테 전해졌다. 문호는 아무 말도 없었다.

"아무래도 당신은 직업하고 인연이 없는 것 같아."

은영의 입꼬리가 위로 약간 올라갔다. 시위현장에 간 일에 대한 추궁은 단 한마디도 하지 않았다. 이혼서류에 도장이라도 찍자고 할 줄 알았던 문호의 생각은 여지없이 빗나가고 있었다.

"당신 나 밉지 않아? 주민들의 집회를 뒤집어놓고, 우천수한테 직격탄을 날려 이렇게 붙들려오기까지 했는데 정말 아무렇지도 않아?"

은영이 입가에 엷은 미소를 지으며 말했다.

"호랑이는 풀을 뜯지 않는 법이거든."

경찰서 문을 나서는 은영의 뒷모습을 바라보는 문호의 가슴은 더없이 뜨거웠다. 문호는 빨리 아침이 오길 바랐다. 아

무래도 쓰레기봉지는 엘리베이터 구석에 그대로 있을 것만
같았다.

어둠 속의 추적자

김석문 씨가 온몸이 땀으로 젖어 일어난 게 벌써 달포를 넘어서고 있었다. 그는 언젠가부터 잠자리에 들기가 두려워졌다. 그에 반해 회사에서는 날이 거듭될수록 좋은 일만 일어났다. 손 부장의 지나친 환대가 그것이다. 생산직에 근무하던 그는 관리직으로 지위 상승했는데 주변 사람들은 마치 대박을 터뜨린 것처럼 인식했다. 생산직은 고졸, 관리직은 대졸이라는 등식이 성립하는 사회에서 그를 관리직으로 채용한 것은 금기를 깨뜨리는 것이었다. 행여 뇌물을 먹인 게 아니냐는 소리도 들렸지만 물증이 없는 상황에서 석문을 몰아세우는 것도 한계가 있었다. 석문은 회사 입장에서 보면 물의를 많이 일으킨 인물이었다. 노조에서 쟁의부장을 맡고 있었으니 회사 측은 그를 곱게 볼 리 없었다. 그런 그가 관리직으로 지위 상승했다는 것은 회사로부터 매수당하지 않고서는 있을 수 없는 일이라고 다들 입을 모았다. 하지만 이를 증명할 그 어떤 것도 없었으므로 사람들은 그저 추측만 할 뿐이었다.

석문은 샤워를 했다. 아침에 출근전쟁으로부터 벗어나기 위해 저녁에 샤워를 하던 그였으나 잠자리가 힘들어지면서 샤워를 아침으로 바꿔놓았다. 땀 냄새 나는 몸으로 출근하는 건 주위 사람들에게 실례되는 일이라 생각되었다. 평소에도 남에 대한 배려가 깊은 그였으므로 주변에 피해 줄 만한 일은 애초부터 하지 않았다. 더구나 이제는 신분이 관리직인 만큼 노동자로 일할 때와는 다른 모습을 보여야 했다. 작업복에 기름이 묻어도 아무런 흉이 되지 않았지만 관리직은 외모에 신경을 쓰지 않으면 안 되었다. 머리부터 발끝까지 말쑥하지 않으면 잔소리를 들을 만큼 회사 규칙은 철저했다. 석문은 간혹 생산직이 오히려 마음은 편하다는 생각을 했다. 하지만 이내 그건 굴러온 복을 차는 행위라는 마음으로 바뀌었다.

석문은 시계를 수시로 확인해가며 출근 준비를 했다. 신분이 관리직인 만큼 머리부터 발끝까지 신경이 갔다. 작업화 대신 구두를 착용하기 때문에 출근 직전에 구두를 닦고 가는 것도 석문의 일과가 되었다.

뒷머리가 뻐근해왔다. 악몽을 꾸면서 나타난 현상이다. 하지만 그는 꿈 얘기를 남들에게 함부로 꺼내놓질 못한다. 깨어나면 건망증 환자처럼 잊어버리기 때문이다. 마치 긴 동굴을 빠져나와 겨우 목숨을 건졌다는 것 외엔 아무것도 없다. 꿈을 꾼 뒤 남는 것은 후줄근히 젖은 옷뿐이다.

어릴 때 어머니는 머리맡에 아무것도 두지 않게 했다. 특히 가위나 손톱깎이는 가장 금기시 하는 물건이었다. 옷도 걸어놓지 않게 했고, 행여 악몽을 꾸다가 놀라 경기라도 일으킬까봐 양팔이 움직이지 않도록 무거운 베개를 양쪽에 붙여놓곤 했다.

석문은 그런 어머니의 영향으로 늘 잠자리 주변을 주의 깊게 살피는 버릇이 생겼다. 머리카락 하나라도 떨어져 있으면 주워냈다. 그러나 악몽은 간밤에도 어김없이 이어졌고, 사흘 전부터는 아침 식사도 걸렀다. 식사를 하지 않아 위가 개운치 않았지만 먹는 일보다 잠 한번 편안하게 자고 싶은 충동만 일었다.

석문은 하루 일과를 시작하기 앞서 습관적으로 휴대폰부터 열었다. 폴더가 열리자 아버지 얼굴이 보였다. 애인의 얼굴이 휴대폰에 올려져 있어야 할 나이지만 석문은 아버지 사진을 휴대폰 화면에 올려놓았다. 하필이면 그 사진은 아버지가 죽기 하루 전에 찍은 것이다. 아버지는 그 다음날 죽었으니 사진을 삭제할 시간적 여유도 없었다. 죽은 아버지의 사진을 삭제한다는 게 마음에 내키지 않아 지금껏 그대로 두고 있었던 것이다.

등산도 못하는 아버지가 산에서 변을 당했다는 게 그로선 도무지 납득이 되지 않았다. 아버지는 산을 그다지 좋아하지 않았고, 젊은 시절 이후로 산 근처에도 가지 않았다. 아버지와 친분 있는 회사 직원들에게 일일이 물어보았으나 아무에게서도 아버지의 죽음에 대한 시원한 이유를 들을 수 없었다. 또한 직장 생활을 하면서 아버지의 죽음을 밝혀내기도 쉽지 않았다.

입가에 살짝 머금은 아버지의 미소가 시야에 쑥 들어왔다. 그 순간 그는 심장이 멈추는 듯한 위기감에 사로잡히며, 마치 죄지은 사람마냥 어디론가 달아나고 싶어졌다.

아버지가 살해당할 아무런 이유가 없었다. 어머니와 이혼해서 비록 홀아비로 살긴 했지만 아버지는 당당하게 살았다. 채무관계도 없었고, 회사에서 조그마한 잡음도 없이 지낼 정도로 안정된 직장생활을 했다. 동료 간의 관계도 좋아 아버지를 싫어하는 사람은 없었다. 석문은 아버지와 같은 직장에서 생활했기 때문에 직접 확인할 수가 있었다. 무슨 일이든 긍정적으로 사고하는 아버지였으므로 집 안팎으로 특별한 부작용 없이 삶을 잘 살아왔던 분이었다. 그런 아버지가 갑자기 싸늘한 시신으로 변한 것을 석문은 도무지 이해할 수가 없었다.

아버지가 죽기 사흘 전 석문은 관리직이라는 직위를 얻었다. 쇠 깎고 기름 만지고 하던 일과는 차원이 달라 업무 익히기에 그는 눈코 뜰 새 없었으므로 아버지의 죽음을 밝히는 일에 전념할 수 없었다. 그렇지만 그의 뇌는 아버지 생각으로 묶여 있었다. 그의 몸과 마음은 따로 움직이고 있었던 것이다. 작업진도표와 생산실적, 그리고 개인별 생산능률 등을 도표로 작성하다 보면 하루가 금방 지나갔다. 부족한 잠과 정신적 스트레스가 겹쳐지면서 석문의 몸은 더운 물에 데친 파김치처럼 흐느적거렸다.

미스 김이 커피 한 잔을 갖다 주었다. 전 부서에 커피자판기가 설치되어 있었지만 미스 김은 늘 석문에게 커피를 갖다 주었다. 그녀가 갖다 주는 커피 한 잔은 석문의 피로를 잠시나마 물러나게 만드는 활력소였다.

"제가 직접 가서 마실 테니 놔두세요."

그녀는 눈꼬리에 주름이 잡히도록 웃으며 말했다.

"괜찮아요. 제가 마실 때 한 잔 더 빼는 것밖에 없는 걸요."

"그래도……."

석문은 주변에 있는 상사들을 둘러보았다. 자칫 두 사람의 관계를 의심받지 않을까 하는 두려움도 없지 않았다.

석문은 커피를 입가에 갖다 대자마자 미간이 맞붙도록 찌

푸려졌다. 설탕과 프림이 들어있지 않아 쓴맛이 혀끝을 자극
했다. 그걸 본 미스 김이 놀란 눈으로 말했다.

"왜 그러세요?"

"아, 아무것도 아녜요."

"커피 맛이 안 좋은가 봐요?"

"아뇨. 괜찮아요."

석문은 그녀의 성의를 봐서 애써 속내를 드러내지 않았다.
필요 이상의 말을 삼가는 게 회사의 규칙이라 그녀는 더 이상
말꼬리를 잡지 않았다. 석문은 커피를 어떻게 처리할까 고민
했다. 그녀는 석문의 행동이 모두 드러나는 가까운 위치에 자
리 잡고 있었다. 그녀는 석문이 커피를 다 마실 즈음이면 컴
퓨터처럼 나타나서 종이컵을 거둬가곤 했으므로 석문은 할
수 없이 쓰디쓴 커피를 마셨다. 그때 마침 휴대폰 진동음이
울렸다. 문자메시지가 들어와 있었다.

"13일 청계산에서 한번 만납시다."

장난전화라고 생각하고 폴더를 덮으려던 석문의 얼굴에
일순간 핏기가 가셨다. 문자메시지 아래 발신자가 '아버지'
로 찍혀있었다.

석문은 서둘러 통화버튼을 눌렀다. 하지만 통화불가였다.
배터리가 없다는 기계음이 들려왔다. 석문은 한동안 생각을
잊어버렸다. 잠시 후 다시금 통화를 시도했으나 역시 배터리

가 없다는 소리뿐이었다. 수차례 거듭되는 동안 그의 휴대폰에는 단축키로 저장해둔 '아버지'가 줄줄이 통화버튼에 나타났다. 마치 아버지가 살아있다는 착각에 빠져들었다.

피투성이로 죽은 아버지의 시신이 참혹해서 석문은 관 속을 슬쩍 들여다봤을 뿐이었다. 하지만 관 속에 있는 시체는 분명 자신의 아버지 김순호였다. 아버지의 시신은 청계산 약수터 너머에서 발견됐다. 죽은 지 거의 반나절 만에 발견되었다. 아버지의 목과 복부에 예리한 칼자국이 나 있었는데 상흔은 깊었고, 짧은 순간에 목숨을 잃을 만큼 치명상을 입었다. 시간적으로 밤 10시 경에 살해당한 것으로 경찰은 추정했다. 아버지는 죽기 하루 전에 친구 딸의 결혼식에 참석했다가 변을 당했다. 발견 당시의 아버지는 하얀 와이셔츠에 빨간 넥타이 차림이었으며 유류품은 아무것도 없었다. 그래서 경찰은 원한에 의한 살해가 아닌 강도에 의한 살인으로 수사를 몰아갔다. 그들이 유력한 피의자로 내세운 사람은 제보를 한 사람이었다. 피의자는 극구 부인했지만 이를 믿는 사람은 아무도 없었고, 급기야 그는 구속되고 말았다.

석문은 고개를 갸웃거렸다. 피의자는 이미 구속돼 있는데 누가 아버지의 휴대폰을 갖고 있다는 것인지 도무지 알 수가 없었다. 경찰은 아버지의 유류품을 이미 수거했다고 했는데 휴대폰만 누락되었던 것인가.

석문은 경찰에 전화를 걸었다. 역시 휴대폰은 발견되지 않았다고 했다. 전화국에서도 아직 아버지의 전화번호로 등록되어 있었다. 석문은 아버지 휴대폰을 정지시키지 않았음을 그제서야 깨달았다. 그렇지만 서둘러 해지할 처지가 못 됐다. 청계산에서 만나기로 한 의문의 전화질을 한 사람을 만나기 위해서는 어쩔 수 없는 노릇이었다. 아버지 휴대폰은 두 사람이 만날 수 있는 유일한 수단이었다.

문자메시지에 의하면 약속 날짜는 앞으로 3일 후였다. 상대방이 누군지도 모르고 시간과 약속 장소도 정확하지 않았다. 장난전화일 거라는 생각이 들었으나 확인할 방법은 아무것도 없었다. 휴일에 약속 장소로 가기 전에는 아무것도 알 길이 없어서 답답하기만 했다.

피의자는 이미 구속되어 있는 상황이니 이미 사건은 종료되었다고 여겨왔던 그였다. 하지만 피의자는 자기가 범인이 아님을 호소하고 있고, 변호사를 선임할 예정이라고 했다. 이러한 행위는 자신이 살기 위해 으레 취하는 행위다. 그러므로 문자메시지를 보낸 이는 피의자와 관련된 사람일 터이고, 만나서 사건을 무마시켜 달라는 협조 요청일 것이다. 여기까지 생각이 미치자 석문은 약속 장소에 가고 싶지 않았다. 아버지가 죽고 나서는 집도 무서웠다.

석문이 옷걸이에 옷을 걸자 한 줄기 바람에 창문이 덜컹거렸다. 그 순간 '바람이 차다. 창문 닫아라.' 하는 소리가 귓전에 들려오는 듯했다. 비가 오거나 바람이 불거나, 또는 잠자리에 들 때면 아버지는 석문이 창문 단속하는 당번이라도 되는 듯 항상 주문을 하곤 했다.

석문은 시계를 쳐다보았다. 밤 10시. 몸은 피로했지만 잠들기가 싫었다. 악몽으로 온몸이 땀으로 범벅된 채 깨어날 것 같았다. 생각이 거기에 미치자 그는 전등을 끄지 않기로 마음먹었다. 라디오도 적당한 볼륨으로 맞춰놓고 잠자리에 들었다. 심적으로 안정이 되긴 했으나 잠기운은 저만치 머물러 있었다. 월말이라 서류정리와 결산할 일이 많기 때문에 수면을 충분히 취해야 하는데 잠을 쉬 이룰 수가 없다. 관리직에 오른 지금은 남들보다 더 열심히 하지 않으면 언제 좌천될지 모른다. 석문의 회사는 3년 사이 비정규직 사원 수가 정규직보다 더 많아졌다. 임금을 최소화시키기 위해 정규직을 명예퇴직 시키거나 어떤 구실을 달아 퇴사시키는 일이 잦아졌다. 그에 따른 빈자리는 비정규직으로 채워나가는 전략을 회사는 서슴지 않았다. 석문이 관리직으로 발령받을 당시 그의 절친한 친구였던 윤호는 자살을 했다. 비정규직으로의 발령이 죽음을 불러일으킨 원인이었다. 두 아이를 가진 가장에다가 카드 빚까지 지고 있던 그는 최종적으로 죽음을 선택했다. 결국 석문과 윤호는 정반대의 길을 간 것이다. 석문은 윤호를 잊지 못했다. 그에게 빚을 진 것처럼 심적 부담을 안고 있었다. 그러나 연이은 아버지의 죽음으로 인해 석문은 윤호를 잠시 잊고 있었다. 윤호의 자살, 아버지의 죽음, 그리고 악몽……. 석문은 머리를 흔든다. 생각하면 할수록 머릿속이 복잡해져 갔고, 머리가 터질 것 같은 두통이 뒤따랐다. 그는 잠을 자려다 말고 창문 덜컹거리는 소리에 놀라서 등을 세웠다.

"창문을 닫아야지. 감기 든다."

아버지의 무거운 음성이 귓전을 파고들었다. 석문은 용수철처럼 몸을 일으키더니 창 쪽으로 부리나케 움직였다. 창문을 닫았다고 생각했었는데 열린 창문 사이로 커튼이 날리고 있었다. 하얀 커튼을 한 손으로 잡고 창문을 닫았다. 문고리도 채워 두었다. 그런데 이번엔 조금 전보다 더욱 거칠게 문짝이 덜컹거리는 소리가 들렸다. 거실로 나가자 발코니와 다용도실의 창이 모두 열려 있었다. 몸을 날려 창쪽으로 접근하다가 갑자기 숨을 멈추었다. 누군가 뒤에서 목을 옥죄었다. 발버둥을 치고 소리를 지르려 해보았지만 몸은 꼼짝달싹할 수 없고 목이 막힌 것인지 음성이 입 밖으로 나오지 않았다. 그가 허우적거리며 안간힘을 쓰는 동안 아버지의 음성이 또다시 들렸다.

"내 휴대폰 좀 갖다 주고 자거라."

석문은 아버지의 요구를 들어줄 수가 없었다. 숨이 멈출 것 같은 위기감에 오히려 아버지에게 구원을 청할 입장이었다. 하지만 사지가 마비되어 소리도 지를 수 없어서 답답해 죽을 지경이었다. 또 한번 휴대폰을 갖고 오라는 소리가 아까보다는 조금 날카롭게 들려왔다. 여전히 석문은 손끝 하나 움직일 수 없었다.

'휴대폰을 갖다 줘야 하는데…… 휴, 휴대폰을…….'

석문이 눈을 떴을 땐 온몸이 땀으로 후줄근했다. 이마에도 식은땀이 맺혀 있었다. 그는 머리맡의 창문을 바라봤다. 창문은 고리가 채워진 채 숨을 죽이고 있다. 커튼도 단아하게 한쪽으로 잘 묶여있다. 방문을 열고 거실로 나가본다. 모든 창문들에는 고리가 잘 채워져 있다. 집안은 마치 마개가 채워진 병처럼 진공상태다. 창을 최대한 밀어붙였다. 신선한 공기를 한껏 마시려고 호흡을 길게 해본다. 땀에 젖은 등자락으로 싸늘한 공기가 잦아들었다. 무겁던 머리도 한결 가벼워졌다. 기지개를 두어 번 크게 켜고 나서 힐끔 아버지 방을 쳐다보았다. 휴대폰을 갖고 오라는 아버지의 환청이 들려오는 듯했다. 꿈속에서 아버지의 요구를 들어주지 못하고 잠에서 깨어났다. 휴대폰 꿈은 지금껏 꾸었던 꿈 중 가장 생생하게 남아있는 꿈이다. 하지만 아버지의 휴대폰은 지금 수중에 없다. 경찰도 유류품에서 휴대폰을 발견하지 못했다. 다만 의심이 가는 것은 어제 걸려온 전화다. 며칠 후에 문자메시지를 보내온 사람을 만나게 되면 아버지의 휴대폰을 찾을 수 있을 것이다. 왜 그 휴대폰이 다른 사람의 손에 들어갔을까 생각해 보았다. 남의 휴대폰을 제 것처럼 사용하는 의도가 무엇인지도 궁금했다. 만나자고 했던 건 휴대폰을 돌려주기 위해서였을까?

석문은 문자를 보낸 사람과 만나고 싶은 생각은 없었지만 시간이 흐를수록 그를 만나는 쪽으로 마음이 움직였다. 간밤의 꿈이 그를 더욱 그쪽으로 이끌고 있었던 것이다. 휴대폰을 넘겨받아 아버지 묘소에 갖다 주고 싶었다. 꿈에서조차 휴대폰을 갖고 오라고 하는 것을 보면 아버지는 휴대폰에 미련이 많은 모양이었다.

아버지의 휴대폰은 석문이 생신 선물로 사드린 것인데 아버지는 주변 사람들에게 아들이 사줬다고 자랑하고 다녔다. 아버지의 휴대폰은 액정이 넓었고, 문자와 숫자가 크게 찍혀 나왔다. 아버지는 휴대폰 폴더 창에 아들의 얼굴을 올려놓았다. 석문은 아버지와 같은 회사에 다녔지만 아버지와는 부서가 달랐다. 그의 아버지는 석문에게 습관적으로 문자메시지를 보내곤 했다. 홀로 사는 그에겐 아들이 유일한 희망이자 외로움을 달래줄 사람이었다. 석문은 아버지에게 재혼을 하도록 수차례 권유했으나 아버지는 수락하지 않았다. 계모 밑에서 힘들게 자랐던 아버지는 아들에게 또다시 그런 환경을 대물림시킬 마음이 없었던 것이다.

석문은 아버지의 휴대폰을 찾아야겠다는 생각이 시간이 갈수록 짙어졌다. 그렇게 하지 않으면 밤마다 꿈에 나타날 것만 같았다. 그리고 아버지의 휴대폰을 소지한 사람을 만나 그 경위를 듣고 싶었다. 하지만 아버지가 죽었던 현장으로 간다는 것은 여전히 내키지 않았다.

"김 대리, 이번 휴일에 무슨 계획 있나?"

점심 식사를 하기 위해 자리에서 일어설 즈음 박 부장이 지나가는 말투로 물어왔다. 석문은 얼떨결에 대답을 했다.

"아, 예 누구 좀 만날 일이……."

"뭐, 중요한 사람 만나는 모양이지, 꼬리를 빼는 걸 보니……."

박 부장의 눈빛은 그가 여자를 만나러 가는 것으로 의심하는 눈치였다. 박 부장이 어깨를 툭 치며 다시금 말을 이었다.

"걱정 말게. 휴일에 근무하라고 하지 않을 테니 부담 가질 필요 없어."

"아, 예……."

박 부장의 흔쾌한 말투가 오히려 부담이 되었다. 상사들의 말을 곧이곧대로 듣는 것은 위험한 일이다. 박 부장이 등을 돌리자 석문은 황급히 말을 붙였다.

"휴일에 일이 있으면 저에게 주십시오. 약속은 다음에 해도 됩니다.”

박 부장이 입가에 실웃음을 지어 보이며 손사래를 쳤다.

“아냐, 괜찮아. 할 일 없어. 이미 정한 약속을 깨뜨리면 안 되지.”

그제서야 석문은 마음이 한결 가벼워졌다. 서랍 속에 넣어 둔 담뱃갑을 들고 등을 돌리는데 가녀린 여자 음성이 들려왔다.

“김 대리님, 데이트하시나 보죠?”

“아, 데이트는 무슨… 별 일 아녜요.”

“다 알아요. 눈빛만 봐도.”

석문은 멀리 사라지는 박 부장의 모습을 힐끔 보고 나서 미스 김에게 작은 소리로 물었다.

“휴일에 일처리 할 것 많아요?”

“글쎄요.”

“박 부장님 말씀으론 아무것도 없다는데 아무래도…….”

미스 김이 눈웃음을 지어 보이며 말했다.

“없겠죠. 뭐. 데이트나 멋있게 하고 와요.”

“그게 아니래두, 참.”

“알았어요. 김 대리님.”

“만약 급한 일 있음 저한테 문자 좀 보내줘요.”

“그런 일 없을 거예요. 만약 있더라도 제가 처리해드릴 테니 걱정 마세요."

석문이 관리직에 발령받는 날부터 그녀는 석문에게 호의적이어서 그는 그다지 어렵지 않게 업무에 적응할 수 있었다. 그녀는 하나부터 열까지 그림자처럼 석문의 뒤를 도와주었다. 그래서 석문은 그녀에게 모든 것을 물었고, 그녀는 일일이 답해주었다. 두 사람은 시간이 흐를수록 속내를 터놓고 지내는 사이로 진전되고 있었다.

석문은 휴대폰을 열어 의문의 문자메시지를 다시금 확인해보았다. 보낸 사람은 역시 아버지로 나타났다. 그 순간 아버지가 죽었다는 생각이 안 들었다. 적어도 문자메시지에선 아버지의 체취가 그대로 묻어나고 있었다. 휴일 청계산에 가면 행여 아버지의 환영이라도 볼 수 있을 것만 같은 기분이 들었다. 심장이 크게 뛰고 있었다.

오후로 약속이 잡혔지만 석문은 아침 일찍부터 잠에서 깨어났다. 간밤에 잠을 설친 탓에 눈꺼풀이 무거웠다. 밤새 충전해둔 휴대폰 배터리를 갈아 끼웠다. 배터리 충전량도 확인하고 문자메시지도 또 한번 확인해보았다. 발신인으로 나타난 아버지의 흔적은 여전히 그대로 남아있었다. 빨리 청계산으로 오라고 종용하는 것 같았다. 휴대폰을 찾을 수 있다는 생각에 마음이 초조해졌다. 휴대폰이 아닌 아버지를 만나러

간다는 착각이 들 정도였다.

　부천에서 경인고속도로에 차를 올려놓자마자 초입부터 차가 정체 현상을 보이고 있었다. 휴일에 차가 밀리는 일은 드물었다. 석문은 짜증이 나긴 했으나 조급한 마음은 들지 않았다. 오후에 약속이 정해졌으니 교통체증이 있더라도 2시간 이상은 소요되지 않을 거란 생각이 들었다. 사람의 보통 걸음걸이 정도로 차 속도가 급격히 떨어졌다. 석문은 물 한 모금 마시기 위해 차의 수납함을 열어 보았다. 페트병에 물이 반쯤 찬 생수가 있었다. 며칠이 지난 물이어서 먹기엔 조금 꺼림칙해서 다시 수납함에 넣어버렸다.

　고속도로를 빠져 나오느라 한 시간 남짓 소요되었다. 이번엔 서울 남부순환도로 쪽으로 차를 올려놓았다. 다행히 차는 제 속도를 내며 달렸다. 얼마나 달렸을까. 10여 분 지나면서 또다시 정체 현상이 일어났다. 석문은 창을 내리고 고개를 빼서 이리저리 살펴보았다. 가을 기운이 목선을 타고 가슴으로 들어왔다. 몽롱해지던 머리가 시원해지면서 졸음이 달아났다. 먼 언덕이 보이는 곳까지 차는 긴 띠를 이루고 있었다. 기운이 빠졌다. 청계산 위치를 석문은 잘 모른다. 청계산은 이번이 처음이라 지도를 갖고 나섰다. 아버지가 죽은 장소였으므로 한 번쯤 가봐야 했었으나 결국 그는 가만히 앉아 시신을 맞이한 셈이다. 아버지가 청계산에서 죽었다는 것 외엔 그 산에 대해 아는 것은 아무것도 없다. 아버지가 왜 이 먼 곳 청계산까지 왔을까. 행여 다른 곳에서 살해당하고 청계산에 버려진 것은 아닐까. 아버지는 왜 살해당할 만큼 중대한 일을 저질렀을까. 온몸에 피가 낭자할 정도로 비극적인 죽음을 맞은 것은……

석문은 핸들을 꺾었다. 너무 지체해서는 안 되었다. 우회해서 가는 게 빠를 것이라는 계산을 했다. 중앙선 침범에다 일방통행이 금지된 곳으로 차를 집어넣기까지 했다. 맞은편에서 경적 소리를 울리며 빠져나오는 트럭이 있었다. 석문은 차를 길 가장자리로 바짝 붙였다. 겨우 지나치던 트럭 기사가 이쪽을 쳐다보며 인상을 쓰고 구시렁거리며 스쳐 지나갔다. 석문은 골목으로 차를 몰았다. 낯선 골목길이었으므로 그는 대충 방향만 머릿속에 넣고 차를 몰았다. 그때였다. 휴대폰에 문자메시지가 떠올랐다.

"서두르지 말고 천천히 오세요. 기다릴게요."

아버지의 휴대폰이었다. 석문은 황급히 수신된 번호로 통화버튼을 눌렀다. 그러나 귀에 들리는 것은 전화기가 꺼져 있다는 여자의 음성뿐이다. 장난전화에 놀아난다는 생각이 문득 들었다. 굳이 통화를 기피할 이유는 뭘까. 온몸이 오싹해졌다. 자신의 움직임을 모두 꿰뚫고 있다는 생각이 들었다. 주변을 휘휘 둘러보았다. 그러나 의심이 갈만한 것들은 아무

것도 없다. 무언가에 홀린 기분이다. 마치 차가 누군가에게 견인되어 간다는 생각이 들었다. 가슴 안쪽을 손으로 만져 보았다. 딱딱한 물체가 손에 들어온다. 청계산에서 만나자는 약속의 문자를 받고서 곧바로 구입해서 윗옷 안주머니에 넣어둔 사시미 칼이다. 그렇게 하지 않으면 청계산에 갈 엄두가 나지 않았다. 아무런 정보도 없이 누군가를 만난다는 게 큰 부담이 아닐 수 없었다. 그래서 호신용으로 갖고 나선 것이다. 차 트렁크에 알루미늄 야구방망이와 쇠파이프도 넣어두었다. 아버지와 같이 개죽음을 당하고 싶진 않았다.

한참을 운전하다 말고 그는 낯익은 거리를 보고 한숨을 내쉬었다. 우회한다고 차를 들이밀었다가 처음 그 길로 돌아온 것이다. 일방통행 길에서 트럭과 마주쳤던 그 길이다.

아까보다는 남부순환도로의 차 흐름이 좋았다. 석문은 할 수 없이 도로로 차를 올려놓았다. 머릿속이 텅 빈 것 같았다. 앞차 꽁무니를 따라 차를 몰았다. 추월을 하려고 몇 번을 시도하려다 그만두기로 했다. 졸음이 다시 몰려왔다. 차창으로 내비치는 따스한 햇빛은 눈꺼풀을 더욱 무겁게 했다. 고개를 흔들고 허벅지를 꼬집으며 졸음을 쫓기 위해 안간힘을 썼다. 차 조수석 수납함에 넣어두었던 생수병을 꺼냈다. 입안으로 물을 거침없이 넣었다. 하지만 졸음은 얼마 가지 않아 또다시 몰려왔다. 그는 반쯤 뜬 눈으로 차를 몰았다.

“석문아, 뭐하냐? 빨리 휴대폰 좀 가져오지 않고.”

“자, 잠깐만 기다리세요. 창문 좀 닫고…….”

그 순간 졸음을 확 몰아내는 소리에 석문은 고개를 반사적으로 쳐들었다.

“이 개자식아, 운전 좀 똑바로 못해!”

옆 차선에서 미간을 잔뜩 찌푸리고 도끼눈을 한 사내가 석문을 향해 계속해서 삿대질을 해대고 있었다. 석문은 기가 죽어 아무 대꾸도 못하고 손들어 미안함을 표시했으나 사내는 여전히 재수 없다는 눈빛으로 쏘아보았다. 사내가 끈질기게 욕지거리를 해대자 석문이 어금니를 깨물었다.

‘뭐 저런 새끼가 다 있어. 까불다 칼 맞으려고 환장했구만.’

석문은 가슴에 든 칼을 믿었다. 상대의 행동에 따라 칼을 휘두를 것만 같았다. 몸을 보호할만한 물건이 수중에 있다는 게 조금은 든든하게 다가왔다. 칼이 없었다면 사내한테 꽁지를 내렸을 그였다.

이윽고 청계산 초입에 도착했다. 음식점들이 즐비하게 도열해 있고, 널찍한 주차시설이 있었는데 땅은 자갈을 넓게 깔아두었다. 차를 움직일 때마다 타이어로부터 비집고 나오는 자갈소리가 자지러졌다. 주차 관리인이 어디서 왔느냐고 물었다. 주차장은 음식점이 관리하는 구역인 셈이었다.

"주차비 줄 테니 걱정 마세요. 그런데 이곳은 처음인데 청계산으로 오는 길은 이곳밖에 없나요?"

석문은 여러 길이 있나 싶어 조바심이 났다. 이곳을 오는 동안 힘들게 왔던 걸 생각하면 또 일을 그르칠 수도 있을 것만 같았다.

"이곳 외엔 없어요. 모두다 이쪽으로 옵니다."

석문은 다소 안심이 된 듯 차에서 내렸다. 등산객으로 보이는 사람들이 삼삼오오 산으로 올라가고 있었다. 석문은 단번에 청계산 정상으로 향하는 길을 짐작해냈다. 주위를 휘둘러보았다. 정확한 약속 장소가 없었으므로 일일이 주변 사람들을 살폈다. 하지만 사람들은 제 갈 길로 갈 뿐이다. 그는 휴대폰을 만지작거리며 연락이 오길 바랐다.

청계산 입구에서 서성거리던 그는 자석에 이끌리듯 청계산을 향해 오르기 시작했다. 곱게 물든 단풍들이 하나 둘씩 잔바람에도 하르르 떨어졌다. 조붓한 개울물에 핏빛 단풍잎이 뒤엉켜 있었다.

"얼마 전 저곳에서 사람이 죽었대."

그 소리에 석문은 도둑질하다 들킨 사람마냥 흠칫 놀랐다. 그는 귀를 세워 그들의 말에 집중했다. 아버지가 죽은 곳을 가르쳐주는 순간을 맞이한 것이다.

"으, 무서워. 빨리 저쪽으로 가."

“저 나무를 자세히 봐. 아직도 핏자국이 있을 거야.”

“왜 하필이면 산에도 못 오게 여기서 사람을 죽이고 난리야.”

그들이 손짓하는 나무는 등산길에서 20미터쯤 떨어진 지점이었는데 거기엔 어깨가 늘어진 소나무 두어 그루가 서 있었다. 사람들은 그 나무를 외면하려고 애를 썼다. 사람들을 의식한 석문은 그 나무 밑으로 가지 못하고 먼 시선으로만 바라보았다.

여기서 기다리면 문자를 보낸 사람과 만날 것만 같았다. 돌에 엉덩이를 걸치고 앉았다. 쏟아지는 잠이 석문을 또다시 괴롭혔다. 시계를 수차례 보았지만 아무도 알은 체하는 사람이 없었다.

오후 5시. 한 번쯤 문자메시지를 보낼 법도 한데 여전히 기척이 없다. 어느덧 해는 산마루에 걸렸다. 올라오는 사람은 드물었고, 하산하는 사람만 눈에 띄었다.

석문은 초조해졌다. 곧 해가 져서 어둡게 되면 약속은 취소될 거라는 생각이 들었다. 석문은 포기하는 쪽으로 마음이 움직였다. 어두운 기운이 감돌면서 그는 자리에서 일어났다. 아버지가 죽은 나무쪽을 힐끔 바라보았다. 더 늦기 전에 현장을 한번 살펴보고 싶었다.

석문은 호흡을 고르며 소나무가 있는 곳으로 고양이 발로 소리 없이 발걸음을 옮기기 시작했다. 발밑에 낙엽들이 켜켜이 층을 이루고 있었다. 그는 바짝 긴장한 눈빛으로 소나무로 접근해갔다. 소나무는 초췌하게 비스듬히 서 있었다. 소나무 밑동 쪽에 사람의 흔적이 있었다. 드문드문 흙이 드러나거나 패인 곳이 있었다. 그 순간 갑자기 소나무 가지가 꽉 껴안는 것만 같았다. 상대한테 사지를 제압당한 것처럼 가슴이 답답하고 목이 잠겼다. 등을 돌려 허겁지겁 그곳을 빠져나오려고 하는데 누군가 등을 잡아당기는 듯했다. 내딛는 발걸음도 마치 고무 땅을 밟는 것처럼 기분이 이상야릇했다.

"휴대폰은 주고 가야지, 어디 가나?"

"난, 모, 몰라요, 아버지가 알아서 하세요."

석문은 아버지의 손에 등자락이 잡히자 벗어나기 위해 마구 몸부림쳤다. 석문이 발버둥칠수록 아버지의 손길은 더욱 매서웠다. 그는 숨이 끊어질 듯한 위기감에 고함을 쳤다.

"저, 젊은이 왜 그래? 어디 아픈가?"

석문은 어깨를 들썩이며 눈을 떴다. 이마에 식은땀이 나 있었다. 꿈이라기엔 너무도 선명했다. 그는 불쑥 자리에서 일어나 산 아래로 냅다 뛰었다. 뒤에서 아버지가 부르는 것만 같았다. 그는 산에서 내려오자마자 차 안으로 들어갔다. 그리고는 눈을 감고 모든 걸 잊으려 했다. 시동을 걸고 전조등을 환하게 켰다. 그 순간 눈앞에 웬 남자가 서 있었다.

"아, 아버지……."

그는 외마디 비명을 지르며 눈을 감았다. 불빛에 비친 남자는 두 팔을 벌리고 차를 가로막았다. 온몸에 마비가 온 듯 석문은 꼼짝달싹도 못하고 있었다. 등줄기에는 땀이 후줄근했고, 핸들에 머리를 처박은 채 바짝 긴장해 있었다.

잠시 후 남자는 운전석 옆으로 와서 창을 두들겼다. 석문은 등을 곧추세우고 액셀러레이터를 세차게 밟았다. 그리고는 핸들을 거칠게 꺾으며 주차요원의 제지에도 불구하고 쏜살같이 그곳을 빠져나왔다. 백미러에 차 한 대가 눈에 들어왔다. 검은색 승용차는 줄곧 끈질기게 따라붙었다. 석문은 가속 페달을 더욱 세게 밟았다. 빨리 큰 도로가 나오길 바랐다. 여전히 꼬리를 물고 뒤따라오는 차가 있었다. 석문은 얼마가지 않아 붙잡힐 것만 같은 기분이 자꾸만 엄습해왔다. 뒤를 돌아보는 횟수도 잦아졌다. 손과 얼굴이 땀으로 범벅이 된 그는 나사못처럼 조여오는 상대방의 추적에 목이 타들어갔다. 타오르는 목을 축이려고 생수병에 입을 갖다 댔지만 병은 비어 있었다.

등 뒤에서 불빛이 깜박거리기도 하고 경적 소리도 자주 들려왔다. 그리고 석문을 부르는 음성도 귓전을 맴돌았다. 그는 차창을 모두 올리고 잠금장치도 해놓았다.

그때 휴대폰 벨이 울렸다. 석문은 떨리는 손으로 폴더를 열었다.

“차 세워요. 오늘 저하고 약속했잖아요.”

석문은 휴대폰을 조수석으로 던져버렸다. 모든 걸 잊어버리고 싶었다. 석문은 마침내 차를 길 가장자리에 세우면서 상대가 가까이 오길 기다렸다. 그리고 가슴에 숨겨져 있는 칼을 확인하고 호흡 조절을 했다.

눈앞에 나타난 사람은 중년 남자다. 점퍼 차림에 금테 안경을 쓴 사내는 얼굴선도 각지거나 매섭지 않은 그저 평범한 사람이다. 손에는 작은 손가방이 들려있는 것 외엔 아무것도 없다. 석문은 숨을 고르며 다소 겁먹은 눈빛으로 그를 쳐다봤다.

“미안해요. 조금 늦어서. 우리 잠깐 얘기 좀 나눠요.”

“문자메시지 보낸 사람 맞나요?”

중년 남자는 눈가에 웃음을 지으며 말했다.

“예, 맞아요. 제가 보냈어요.”

“그런데 왜 문자를 보내고서 배터리를 빼버렸어요? 연락도 안 되게.”

“아, 그건……”

중년 남자는 주변을 한번 휙 쳐다보고 나서 다시 말을 이었다.

“요즘 전자기기들은 추적당하기 때문에 일부러 그렇게 했습니다.”

“무슨 잘못이 있다고 추적을 당합니까? 그 휴대폰은 저희 아버지 걸로 알고 있는데…….”

중년 남자는 안주머니에서 휴대폰을 꺼냈다. 휴대폰은 석문의 아버지 것이 분명했다. 중년 남자는 휴대폰에 있는 석문의 전화번호를 알고 연락을 취한 것이다. 그리고 휴대폰 창에는 석문의 얼굴이 여전히 떠 있었다.

“왜 저희 아버지 휴대폰을 소지하고 있는 겁니까?”

“제 동생이 저한테 넘겨주고 교도소에 갔습니다. 석문 씨한테 전달해주라고 해서 이렇게…….”

“그냥 경찰서에 유류품으로 처리하면 될 것을 굳이 제게 직접 줄 이유가 없었을 텐데요?”

“나중에 문자메시지를 열어보고 제 동생 누명을 풀어줘요. 절대 제 동생은 살해하지 않았습니다. 제발 믿어… 피해요!”

중년 남자가 석문의 가슴을 밀치며 길 옆 수풀로 몸을 던졌다. 그 순간 지프 한 대가 갓길로 휙 스쳐 지나갔다. 두 사람이 섰던 자리를 지프는 막무가내 덮치려 했던 것이다. 지프는 비상 라이터를 켜고 쏜살같이 어디론가 사라졌다. 중년 남자가 머리를 치켜들고 주변을 확인하고 나서 말했다.

“빨리 이 자리를 떠나야 합니다. 죽기 싫으면 빨리 움직이세요.”

석문이 승용차에 오르려고 차문을 열려고 하자 중년 남자가 제지하고 나왔다.

"차를 버리고 가요. 그놈들이 벌써 알고 있을 테고, 또다시 추적당할 겁니다."

두 사람은 차를 버리고 숲이 있는 곳으로 뛰었다. 시골길이 있는 곳으로 가서 택시를 잡아타고 그곳을 벗어났다. 중년 남자는 택시 기사도 의심이 가는지 뚫어지게 자주 쳐다보았다. 석문은 뭐가 뭔지 몰라 그저 어리둥절할 뿐이었다. 중년 남자는 택시를 탄 순간부터 아무 말도 하지 않았다. 차 안은 정적이 감돌았다. 택시 기사도 앞만 보고 달릴 뿐이다. 애가 탄 석문이 말을 걸려고 하면 중년 남자는 허리를 툭툭 찌르거나 눈치를 주어 말문을 닫게 만들었다.

"담배 한 대 피울 수 있을까요?"

중년 남자의 말에 택시 기사는 별 거부 없이 고개를 끄덕거린다. 담배를 피우지 못하는 석문도 답답하여 무엇이라도 입에 넣고 싶었지만 참기로 했다. 담배 연기가 차 안을 휘돌았다. 연기는 스멀스멀 벌레처럼 구석구석 기어다녔다.

비포장도로로 접어들면서 차체의 흔들림이 잦아졌다. 차창 밖은 여전히 불빛 하나 보이지 않았다. 달빛조차 비치지 않는 캄캄한 농촌 길이었다. 목적지도 모르고 차를 탄 것이 마음에 걸렸지만 중년 남자가 눈치를 주는 바람에 석문은 답답해서 미칠 지경이었다. 석문은 신발 끈을 느슨하게 풀기 위해 허리를 굽히다가 휘발성 냄새를 맡았다. 하지만 으레 차에서 나는 냄새라고 여기고 말문을 닫았다. 중년 남자는 줄담배를 피워 차 안은 담배 연기로 가득 찼으므로 기름 냄새도 희석되었다. 석문은 갑갑한 나머지 점퍼의 지퍼를 내리려다 그만둔다. 안주머니에 넣어둔 칼이 노출될 수도 있기 때문이다. 옆에 앉은 중년 남자는 차체가 흔들릴 때마다 석문의 어깨 쪽으로 쏠렸다가 다시 제자리로 돌아가기를 수차례, 여전히 두 사람은 말이 없다. 침묵을 깨고 운전기사가 입을 열었다.

"손님, 어디서 내릴 겁니까?"

중년 남자가 말했다.

"여기서 내려줘요."

석문이 어리둥절한 표정을 지으며 끼어들었다.

"이곳에 내려서 어쩌려고 그래요?"

중년 남자는 석문의 말에 대꾸하지도 않고 차 문을 열고 밖으로 나왔다. 칠흑 같은 어둠이 내린 산야에 차 엔진음만 글글거릴 뿐이다. 잠시 후 택시가 산 아래로 사라지자 무서운 정적이 흘렀다. 석문은 청계천에서보다 더 무서움이 느껴졌다.

"굳이 여기서 내려 사서 고생할 게 뭐 있습니까?"

“휴대폰 꺼내서 아무 데나 전화 한번 해보세요.”

석문은 휴대폰을 꺼내서 미스 김의 전화번호를 누른다. 그런데 수신 지역이 아니라고 나타난다. 중년 남자가 슬핏 웃음을 지어 보인다.

“여기서 얘기를 나누면 안전합니다.”

“누구한테?”

“형씨가 다니는 회사지 어디겠어요.”

“잘못한 것도 없는데 제가 추적은 왜 당해요?”

“그럼 아버지는 잘못이 있어서 추적을 당했겠어요? 아까도 직접 보았잖아요. 하마터면 차에 치어 죽을 뻔했잖아요.”

석문은 등골이 오싹했다. 자신의 목숨을 노렸다는 것 자체가 이해할 수 없었지만 확증이 없는 상황이었기에 그를 믿을 수밖에 없었다. 그때였다. 산 아래 갑자기 불길이 치솟았다. 석문이 놀란 눈으로 중년 남자에게 물었다.

“저게 웬 불이지요? 혹시 산불?”

“글쎄요.”

“산불이면 신고를 해야죠.”

“그럴 필요 없어요. 여기선 휴대폰도 안 터져요.”

“아, 그렇죠. 그럼 어떻게 해요?”

“별것 아닐 거예요.”

그때였다. 사람의 비명소리가 얼핏 들렸다. 석문이 다시 물었다.

"사람 소리 같은데 무슨 일일까요?"

"아까 그 택시 같은데. 신경 쓰지 마세요."

"그게 무슨 말입니까?"

"그 자식 문제가 있는 것 같지 않았어요? 택시 기사증을 보니 얼굴하고 다르더군요."

"전 확인 못했어요."

"내가 말을 못 하게 한 것도 그 녀석에게 믿음이 가지 않아서 그랬어요."

"물론 요즘 대포차가 많긴 하지만……. 지금은 위급한 상황 같은데 이렇게 가만히 있는 건……."

"뭐 자업자득일 수 있죠."

"불은 왜 났을까요?"

"저도 모르죠."

석문은 용의주도한 중년 남자가 두렵게만 느껴졌다. 마치 탐정이나 된 듯 행동하는 그의 신분이 의심스러웠다. 휴대폰만 건네주면 모든 게 끝날 것을 일을 복잡하게 만드는 의도를 알 수 없었다. 하지만 굳이 중년의 마음을 읽고 싶지는 않았다. 주변 상황으로 보아 불탄 택시처럼 나쁜 상황이 발생하면 자신만 손해일 거라는 생각을 했다.

"걸어가면서 얘기합시다."

중년 남자는 건조한 말투로 석문에게 제의했다. 석문은 고개를 끄덕이며 그의 생각대로 해주었다. 중년은 담배에 불을 붙이며 심적 안정을 취하는 듯했다. 몇 모금의 담배를 빨아당기다 말고 입을 열었다.

"단도직입적으로 말하면 형씨도 회사를 잘못 선택한 겁니다. 정치인과 법조인, 그리고 조폭에 이르기까지 수백억씩 들이부어 로비를 하는 회사가 삼청이라는 거죠. 뭐 지금은 대통령보다 더 잘나가니 이 나라는 삼청이 제왕인 거죠. 이런 삼청을 상대할 사람이 어디 있겠어요?"

"삼청 전체를 그런 식으로 몰고 가는 이유가 뭐죠?"

"결론부터 말하면 형씨 아버지가 살해되고 제 동생 해수를 살인범으로 만든 장본인이 삼청이라면 믿겠습니까?"

그 소리에 석문은 심장에 칼을 맞은 것처럼 숨을 딱 멈춘다.

"절 믿어요. 오죽하면 휴대폰도 안 터지는 이런 심심산중으로 형씨를 데리고 왔겠어요? 실은 이곳도 백 퍼센트 안전하다고 믿을 순 없지만……."

"……."

"형씨 아버지는 법조인을 관리하는 로비 팀장인데 최근에 회사에서 불신했던 것 같아요. 동생의 말에 의하면 형씨 아버지의 메모장에서 양심에 호소하는 문구가 있었는데 그게 삼청에 입수된 것 같아요. 그래서 회사가 만약의 사태를 생각해서 조치를 취한 거죠. 제 동생이 형씨와 가까운 사이인 걸 알고 제 동생으로 하여금 형씨 아버지를 유인하게 만든 거죠."

그날, 민해수는 김순호의 생일을 축하해주기 위해 일찌감치 회사를 빠져나왔다. 민해수는 주변 사람을 의식하여 조용한 산야에서 오붓하게 함께 자리를 하고 싶다는 소리를 했다. 김순호는 휴대폰에 입력해 둔 연락처와 장소를 확인하고 차를 몰았다. 두 사람이 만난 곳은 청계산 개울물이 흐르는 끝자락이었다. 각종 회를 구비한 횟집이었으나 그 규모는 작았고, 일하는 사람들도 두 사람이 전부였다. 그러나 내부시설은 온화하고 운치가 있고, 마치 일식집처럼 꾸며놓고 있었다.
두 사람은 서로 술을 교환하며 오랜만에 회포를 나누었다. 같은 부서에서 일하긴 했지만 좀처럼 술자리를 같이 하지 않았다. 회사는 말실수를 의식하여 회사원들끼리 음주를 삼가도록 돼 있었다. 그걸 의식한 두 사람은 폭주할 생각은 애초부터 하지 않았다. 만에 하나 상사로부터 전화를 받게 되면 난처해질 수밖에 없기 때문이었다. 술이 몇 순배 돌자 양볼에 술기운이 감돌았다. 두 사람은 바깥 공기를 쐬기 위해 밖으로 나왔다. 구름에 가린 달 때문인지 주변은 어두웠다. 민해수가 담배를 꺼내 물며 말을 붙였다.

“요즘 일하기가 어때요?”

“그건 민 대리가 잘 알잖아.”

“외형적인 거야 알지만 사람 마음속은 잘 모르죠. 신도 아닌데.”

“그래 나한테 알고 싶은 게 뭔가?”

“이건 순전히 제 생각이긴 하지만 팀장님이 위험한 생각을 하고 있는 것 같아 드리는 말씀입니다.”

김순호가 고개를 앞으로 내밀며 되물었다.

“내가 무슨 위험한 생각을 하고 있다고 그래? 빈말이라도 그런 말은 집어넣어.”

“제 정보에 의하면 팀장님에 대한 좋지 않은 평가가 도는 것 같아요.”

“그럴 리 없어. 난 떳떳해. 삼청을 위해서 지금껏 얼마나 열심히 했는지 민 대리가 더 잘 알잖아.”

“물론 팀장님 공로는 대단하지요. 삼청 회장이 정치자금 로비로 연루됐을 때 이를 전방위적으로 무마시킨 장본인이니까요. 그 일로 팀장으로 승격된 거고요.”

“뭐 지나간 일을 굳이 떠올릴 필요 없고……. 실은 말야. 지금 생각하면 나도 마음의 부담이 없는 건 아냐. 그 이후로 나로 인해 억울하게 죽은 사람도 많고, 인생을 망친 사람도 있고…….”

"그거야 어쩔 수 없죠. 회사를 위해서 한 일인데요 뭘."

"하지만 양심의 가책이 되어 요즘은 잠이 통 안 와."

민해수가 빙긋이 웃으며 물었다.

"뭐, 양심선언이라도 하실 겁니까?"

"글쎄, 그렇게 하면 죄가 씻어질까? 마음이 편해질까?"

"그러지 말고 그냥 이전처럼 사세요. 괜히 건드렸다가 본전도 못 찾아요."

"그동안 수백억을 벌긴 했으나 마음의 원죄는 눈덩이처럼 쌓여가니 요즘은 많은 생각을 하게 돼. 돈이 전부가 아니라는 생각. 아들 녀석 하나밖에 없는데 돈 쓸 곳도 없어. 그리고 말야 요새는 아내 생각 때문에 마음이 무거워."

"……."

"회사에 충성하느라 가정을 등한시했다가 아내가 바람난 것 아냐. 원래 그 사람은 나쁜 사람이 아니었거든. 하지만 하루도 거르지 않고 회사에 미쳐 잦은 출장에 생일도 챙겨주지 않는 날 좋아할 리가 있겠어? 같이 여행 한번 간 적 없으니……. 난 집보다 삼청이 우선이었지. 언젠가 회장님이 한 말이 생각나는군. 회사를 위해선 아내도 바꿀 수 있어야 한다는 말……. 결국 나는 아내와 회사를 바꾼 게지……."

김순호는 바람난 아내에 대한 배신감보다 자신에 대한 책망이 더 깊었다. 아들 석문을 삼청에 채용한 것은 아버지인 자신이었다. 아들을 공부시키지 않고 방치시켜놓았다가 대학도 들어가지 못하자 김순호는 아들을 자기 회사에 넣었다. 자신이 다니고 있는 회사는 군 면제가 되는 산업체여서 아들에겐 더없는 선물이라고 생각했다. 하지만 석문은 아버지의 옳지 못한 행적을 하나 둘 알게 되면서 반감을 가졌고, 결국 그가 선택한 것은 노동조합이었다. 그런 아들이 마음에 걸렸지만 김순호는 어떻게 할 수 없었다. 머리가 커버린 아들을 다루기가 쉽지 않았다. 그는 아들을 회사에 입사시킨 것이 잘못이라고 생각했지만 이미 돌이킬 수 없는 일이 돼버렸다. 아들은 기회가 될 때마다 아버지의 과오를 들고 나왔다. 두 사람의 부딪힘이 가속화되면서 부자간의 정은 극도로 옅어졌다. 한편으론 떳떳하지 못한 일을 하는 자신이 부끄럽기도 했지만 삼청에 몸을 담고 있는 한 그 또한 되돌릴 수 없는 일이라고 생각했다.

"이러다 내가 미쳐버릴지도 몰라. 요즘 악몽을 자주 꾸거든. 나로 인해 피해를 입은 사람들이 꿈에 자주 나타나. 그들이 칼을 들고 휘두르는데 그땐 정말 무섭더라구. 손꼽아 보면 꿈에서 혼절하거나 죽기를 몇 번이나 했는지 모르겠어. 그러다 보니 요즘은 회사 일이 조금 두려워져. 그리고 이번 주말엔 교회라도 나갈 생각이야. 그래야 마음이 조금 편할 것 같아."

“호랑이 같은 팀장님이 왜 이리 심약해졌어요?”

“자, 잠깐만.”

김순호는 방광이 묵직해지면서 수풀 쪽으로 몸을 돌리고 지퍼를 내렸다. 그는 숨을 크게 들이쉬면서 온몸의 찌꺼기를 모두 내보려는 듯 힘을 주었다. 그때 민해수가 허리띠를 빼내서 김순호의 등 뒤로 접근해 갔다. 민해수는 손에 힘을 불끈 쥐고 허리띠로 김순호의 목을 휘감았다. 그리고는 힘껏 끌어 당겼다.

“해, 해수, 자, 자네가…….”

“항상 말조심해야지. 회장님이 그렇게 당부했건만, 스스로 무덤을 판 거야.”

민해수는 미리 계획한 대로 싸늘한 시신이 된 김순호를 차 트렁크에 싣고 청계산으로 향했다. 그리고 약수터가 있는 뒤 켠 소나무 밑에 도착한 다음 빨랫줄을 그의 목에 건 다음 소나무 가지에 매달아 놓았다. 그러고는 쏜살같이 현장을 벗어 났다.

그러나 다음날 신문에 김순호는 자살이 아닌 온몸이 칼로 난자된 상태로 죽었다고 보도되면서 민해수는 눈을 의심했다. 자살로 보도될 줄 알았던 예상이 빗나간 것이었다. 그리고 민해수는 뜻하지 않게 형사들로부터 살인 용의자로 지목되었다. 김순호를 살해한 칼이 민해수의 차 트렁크에서 발견되었기 때문이었다. 회사는 그를 구해낼 아무런 조치를 취하지 않았다. 일을 그르친 데 대한 대가를 지불하는 것처럼 결국 민해수는 구속되었고, 여전히 회사에서는 아무런 조치가 없었다. 삼청의 능력이면 그를 무죄로 만드는 것은 아무 일도 아니었다. 이를 민해수는 잘 알고 있었다. 하지만 그는 불안했다. 사형수가 될 거라는 위기감이 엄습해왔다. 회사는 민해수를 통해 김순호를 죽였고, 민해수를 사형수로 만들었으므로 완전범죄를 했다고 생각하고 있었다. 민해수는 자신의 인생이 끝났다는 생각을 했다. 자신의 능력으로는 삼청을 대항할 수 없었다. 회사의 사주를 받고 김순호를 제거하려 했던 자신의 행동이 후회로 돌아왔다.

“자, 이 휴대폰 받아요.”

“…….”

“이 휴대폰은 회사에서 계속 추적당하고 있으니 함부로 열지 말아요. 그리고 이 휴대폰은 만약을 생각해서 동생이 저한테 비밀리에 맡겨둔 겁니다. 이 휴대폰 속에 그동안 통화기록이나 문자메시지가 있을 테니 참고하면 아버지의 죽음을 어떻게든 알아낼 수 있을 겁니다.”

휴대폰을 건네받는 석문의 손이 떨리고 있었다. 아버지가 찾던 그 휴대폰을 수중에 넣긴 했지만 반가움보다 두려움이 눈덩이처럼 커졌다. 중년 남자가 갑자기 풀썩 무릎 꿇고 앉더니 고개를 조아렸다.

"죄송합니다. 제 동생이 당신 아버지를 살해하려 했던 걸 대신해서 깊이 사죄드립니다. 용서해주십시오."

석문은 어떻게 해야 할지 몰랐다. 석문은 말문을 잃고 하늘을 올려다봤다. 중년 남자는 허리춤에서 칼 한 자루를 꺼내 석문의 발 앞에 내밀었다.

"저를 죽여주십시오. 제가 대신 벌을 받겠습니다."

"왜 이러세요?"

"동생도 알고 보면 회사로부터 이용당한 겁니다. 그 동생이 사형수로 있다는 게 저는 마음이 아픕니다."

중년 남자를 등진 채 석문은 깊은 시름에 빠져들었다. 중년 남자는 미동도 않고 처벌을 바라는 눈치다. 석문은 한숨을 내쉬며 아무 말도 하지 않았다. 삼청의 잔인한 행위가 스쳐 지나간다. 아버지는 회사의 사주에 의해서 죽었다. 중년 남자 말대로 민해수도 피해자다. 그런데 목이 졸려 죽은 아버지한테 왜 칼로 다시 몸을 만신창이로 만든 것인지 이해가 안 갔다. 행여 아버지는 그 당시 살아있었는지도 모르는 일이었다. 그래서 죽음을 확인하러 온 누군가에 의해 확인 사살된 것일 수 있었다. 그렇지 않으면 죽은 사람한테 다시 칼을 갖다 댈 이유가 없었다.

"동생이 아버지의 죽음을 확실히 확인했다고 하던가요?"

"미동을 하지 않았으니 죽었다고 생각했겠지요. 무엇보다 사람이 막상 죽고 나니 제정신이었겠습니까. 빨리 처리하고 그곳에서 벗어나려 했겠지요. 그리고 한밤중이었으니 경황도 없었을 겁니다."

"……."

석문은 민해수가 살인을 하지 않았을 가능성에 대해서는 굳이 말하지 않았다. 민해수가 직접 목숨을 끊게 하지 않았더라도 아버지를 죽이려고 마음먹은 것은 사실로 드러났기 때문이다. 석문은 중년 남자에게 무겁게 말했다.

"그냥 돌아가세요. 다음에 정리해서 찬찬히 다시 이야기를 나눕시다. 지금 기분으로서는 아무 생각도 하고 싶지 않습니다."

중년 남자가 엉거주춤 일어나면서 손을 털며 석문에게 충고하듯 한마디 붙였다.

"회사생활 어떻게 할 것인지 신중하게 고민해보세요. 지금 관리직에 있다는 얘길 들었는데 다시 점검해보십시오. 다시 말하지만 형씨를 도와줄 사람은 아무도 없다는 걸 알아야 합니다. 오직 자기 자신 외에는 믿지 마십시오. 일이 잘 풀릴 때 조심하라는 말도 있잖아요."

중년 남자는 석문의 사생활을 속속들이 아는 듯했다. 동생

민해수로부터 회사 내부를 모두 알고 있었기에 자신과 접촉하는 동안 치밀하게 움직이는 듯했다. 정부도 삼청을 좌지우지 못하고 있는 상황으로 볼 땐 아버지 목숨 하나 정도는 미물에 불과할 수밖에 없었다. 석문이 노조 쟁의부장으로 있을 때도 회사의 방해공작으로 제대로 목소리를 낸 적이 없다. 노동부에 억울함을 호소하고 법에 호소했던 것도 수십 차례였으나 단 한 건도 성사시킨 일이 없었으므로 노조는 껍데기에 불과했다. 사실 석문이 관리직에 발령받은 것은 아버지의 소원을 거절할 수 없어서 마지못해 선택한 방법이었다. 그 일로 조합원들에게 비난을 받기도 했으나 아버지를 회사에서 퇴출시킬 수는 없다는 생각에서였다.

"삼청에서 노조활동은 거의 불가능해. 그리고 노동자로 정년까지 가봐야 생산계장으로 끝나지. 생각해봐. 평생을 생산계장하려고 그 힘든 회사생활을 하려는 거야? 잘못하면 네가 노조활동하는 걸로 인해 난 회사를 그만둬야 할지도 몰라. 지금껏 잘 버텨왔지만 얼마나 갈지……."

아버지는 중년 남자가 말했듯이 회사로부터 취해질 어떤 검은 그림자를 이미 예측하고 있었던 것이다. 아버지는 생일날 민해수의 초대에 응해 양심선언에 가까운 의사를 표시하면서 회사로부터 조금 더 빨리 퇴출당한 것이다.

석문은 머리를 감싸 쥐었다. 박 부장의 따스한 호의가 가면

일 거라는 생각이 머리끝을 스쳤다. 어느 시기엔가 허물이 드러나면 자신도 축출시킬 것이다.

다음날 아침 뉴스에 불에 탄 택시 기사가 났다. 방화범으로 추정, 차 안에 있던 담배꽁초를 물증으로 삼아 용의자를 추적한다는 내용이었다. 석문의 뇌리에 중년 남자가 필름처럼 스쳐지나갔다. 휘발성 냄새와 차 안에서 피운 담배, 그 순간 석문은 머릿속이 텅 빈 듯했다. 중년 남자는 택시 기사를 의심했고, 그가 행여 제보를 할지 모른다고 생각했거나 삼청과 연관 지어 생각했을 수도 있다. 그래서 그는 그 고리를 끊기 위해 대범하게 그를 죽였는지도 몰랐다. 석문은 이 모든 과실이 삼청에 있다고 생각했다. 살해범의 형은 동생처럼 쉽게 당하고 싶지 않았을 것이다. 오히려 그는 동생에 대한 보복을 하고 있다고 여겼다.

그는 출근에 앞서 중년 남자가 건네준 아버지의 휴대폰을 확인하기 위해 서랍을 열었다. 아버지의 양심선언을 대신해야겠다는 생각이 들었다. 간밤에 중년 남자와 많은 시간을 보내는 바람에 아버지의 휴대폰은 서랍 속에 넣고 자물쇠를 채워놓았다.

석문은 떨리는 손으로 아버지의 휴대폰 폴더를 열었다. 아버지가 꿈속에서 가져다 달라고 했던 그 휴대폰을 수중에 넣었다는 것은 생각만 해도 가슴이 뿌듯했다. 간밤에 아버지가 휴대폰을 가져다 달라는 말은 없었다. 그저 아버지는 침묵으로 일관하였을 뿐이다. 석문은 악몽으로부터 해방된다는 생각에 마음이 한결 가벼웠다.

폴더 창에 석문의 웃는 모습이 나타났다. 석문은 아버지의 문자메시지가 궁금하여 서둘러 문자 창을 열었다. 그런데 그 창에는 단 하나의 문자메시지도 없었다. 몇 번을 확인해 보았지만 점 하나 찍힌 것이 없었다. 서둘러 통화 기록을 보기 위해 버튼을 눌렀지만 그 창도 텅 비어 있었다. 메인 창에 석문의 얼굴 사진 하나만 있을 뿐 아무런 정보도 없었다. 중년 남자가 휴대폰을 건네줄 때 확인하지 않고 곧바로 호주머니 깊숙이 넣어둔 게 실수였다. 주변을 의식하여 빨리 감추라는 중년 남자의 말에 황급히 호주머니 속에 넣어뒀던 것이다.

중년 남자는 이미 석문의 시야에서 멀리 떠나 있었다. 간밤의 대화에서 그는 석문의 모든 것을 다 알고 갔다. 그리고 그는 회사생활이 어려울 것이라는 충고성 발언도 했다. 석문이 관리부서로 발령받은 것은 계획된 의도라고 생각했다. 아버지를 죽이기 전에 미리 석문을 관리부서에 발령시킨 것은 삼청의 치밀한 포석이었다. 그렇게 해야 석문이 아버지의 죽음을 회사와 연계시키지 않을 것이기 때문이다. 휴대폰으로 석문을 유도한 데는 석문의 의중을 확인함과 동시에 제거시키기 위한 술수일 것이다.

석문은 중년 남자의 얼굴이 선명하게 다가오자 가슴을 움츠렸다. 그는 아무런 인적 상황을 남기지 않았으며, 자신을 숨기기 위해 철저하게 아버지의 휴대폰을 이용한 빈틈없는 남자였다.

석문은 아버지의 휴대폰을 허공에 던져버렸다. 빈 깡통이 된 휴대폰은 이제 아무 쓸모가 없게 된 것이다. 중년 남자는 아버지의 마지막 유류품을 먹통으로 만들어놓고 사라져 버렸다.

석문은 그가 민해수의 형이 아닐 거라는 생각이 들었다.

시인의 아내

남편 용민이 감옥 갈 처지에 있었지만 시댁 사람들은 꿈쩍도 하지 않는다. 이미 남편은 시댁에서 버린 자식으로 취급되었다. 주변 사람들은 남편이 고추만 달고 공짜 장가갔다는 말들을 한다. 남편은 동네에서 소문난 부잣집 셋째 아들이다. 형제들은 회계사와 의사이고, 여동생은 고등학교 교사로 탄탄한 직장을 갖고 있다. 용민 역시 전문대를 졸업하고 대기업에 들어가긴 했으나 문학에 관심을 둔 나머지 회사를 그만두었다. 용민은 술과 여자를 좋아했다. 용민은 호주머니에 돈이 있게 되면 주로 그런 일들에 퍼질렀다. 이런 용민의 행위를 시댁 사람들은 달가워할 리 없었다. 시댁 부모는 부모의 도리를 지키려고 했지만 형제들의 반대로 남편은 더 이상 부모의 지원을 받을 수가 없게 되었다.

남편에 대한 가족의 불신으로 말미암아 가장 크게 피해를 보는 사람은 아내 선혜다. 아내는 그런 남편 때문에 날이 갈수록 불에 비닐이 쪼그라지듯 정신적 육체적으로 고통스러웠다. 선혜는 남편과 결혼하기 전부터, 좀 더 구체적으로 말한다면 남편을 알고 나서부터 금전적인 일을 도맡게 되었다. 남편이 일자리를 구하지 못하자 선혜는 직장생활하면서 번 돈을 모두 끌어왔다. 시를 쓴다는 남편은 원고료를 제대로 받아온 적이 없다. 시인의 원고료야 뻔해서 그야말로 술 한 잔 걸치면 없어지는 돈이다. 글 쓰는 사람은 배가 고프다지만 그 중에서 시인이 가장 힘든 사람 같았다. 내로라하는 시인도 한 달 수입이 대졸 출신의 입사 초임보다 못하다는 말을 선혜는 기억하고 있다. 물론 선혜는 그러한 수입을 기대하고 남편과 교제했던 것은 아니다. 어릴 적 문학을 좋아해서 글 쓰는 사람을 만나고 싶었고, 남편의 집안이나 미래에 부자가 될 수 있다는 허풍에 솔직히 넘어간 측면도 없지 않다.

"우리집 재산을 우리 형제가 다 나눈다면 각자가 서울에서 아파트 두 채는 살 수 있어. 그러니 너무 걱정 마."

시아버지 나이가 여든을 바라보고 있었으므로 희망이 현실화될 것으로 믿었다. 결혼식의 서운한 감정이 잠시 남편을 힘들게도 했지만 여전히 미래에 대한 희망은 잃지 않고 있었다.

"내가 뭐 주워온 자식도 아니고……. 당신한텐 정말 미안해. 하지만 나중에 재산을 제대로 분배하지 않고 형들이 서로 나눠 가지면 내가 가만있겠어? 형들도 똑똑하니 어리석은 행위는 하지 않을 거야. 그러니 지금은 힘들더라도 조금만 더 기다려봐."

남편은 결혼 3년차가 되었지만 입만 벙긋하면 그 소리였다. 미래에 대한 남편의 막연한 환상 때문에 선혜는 생활비를 해결하느라 힘든 일을 마다 않고 뛰었다. 결혼 전에 두 아이를 낙태시킨 후로는 아이가 생기지 않았다. 다행인지 불행인지는 모르지만 그 덕에 선혜는 생활전선에 나설 수 있었다. 그러던 중 남편이 출판사를 내겠다는 소리를 했다. 당연히 그 사업자금을 구하는 일은 그녀의 일이었다.

"나한테 돈이 어딨다고 그래? 밥이나 안 굶으면 다행이지."

"출판사 하면 자신 있어. 내가 그동안 얼마나 인맥 관리를 잘했는데……. 우리나라 유명한 작가들을 이용하면 한몫 잡을 수 있어."

"그래도 기본 자금이 있어야 일을 벌이든지 하지. 이 상태에서 어떻게……."

"나도 알아. 어떻게 좀 마련해봐. 나도 노력해볼게."

남편은 말로만 노력한다는 소리를 했다. 하지만 선혜는 남편의 말을 믿지 않았다. 선혜는 단호해지고 싶었다.

"난 이제 자신 없어. 친정집에 손 내미는 것도 이젠 지쳤어. 안부전화도 잘 못하는 거 몰라? 전화만 하면 돈 빌려달라는 소리로 안다니까."

선혜는 머리를 흔들며 거부의 뜻을 분명히 했다. 남편은 겉으로 인정하는 척하지만 속으로는 좋은 결과가 오리라는 것을 예상하고 있었다. 선혜한테 주문을 해서 이뤄지지 않은 일은 단 한 번도 없기 때문이다. 선혜는 온몸을 던져서라도 자기 위신을 세워줄 사람으로 믿고 있었다.

"외식 사업하는 친구가 있는데 함께 동업하기로 했어. 걔가 자금을 거의 다 투자하고 난 조금만 하면 돼. 그러니 크게 망할 것도 없어. 아니 망한다고 해도 난 별로 손해 볼 것도 없다는 얘기지."

"알겠지만 지금 관리비도 못 내는 형편이야."

"우리나라 기업들 중에 자기 돈으로 사업하는 사람이 얼마나 된다고 생각해? 박정희 때부터 남의 돈 갖고 일 벌린 것 몰라?"

"당신은 지금껏 사업을 해본 일도 없는데 무슨 경험이 있다고 출판사를 하려고 그래?"

"왜 내가 몰라. 여기저기 출판사 친구들 만나면서 어깨너

머로 배운 게 얼만데……."

선혜는 말을 삼켰다. 남편과의 대화에서 성과를 거둔 적이 없다. 결혼 후로 둘의 대화는 거의 남편 일방적이었다. 사람은 누구에게나 평등해야 한다고 주장하는 남편이지만 실제로 남편은 보수적이고 독단적인 성격의 소유자였다.

도피하다시피 올라온 서울은 남편을 만신창이로 몰아갔다. 길가의 담배꽁초도 주워 피우면서 그는 노숙자와 다를 바 없었다. 처음에는 주변 사람들의 눈치가 두려웠지만 그것도 시간이 흐르면서 익숙해졌다. 사람이 다급해지거나 막다른 곳에 이르면 부끄러움과 무서움이 없어진다는 것을 알게 되었다.

그러던 하루는 고향에서 알고 지냈던 선혜한테 전화를 했다. 선혜는 중소기업 총무과에서 일하고 있고 신임 받는 직원이었다. 선혜는 그때까지 시집가지 않은 채 회사 일에만 열중하고 있었고, 홀어머니와 같이 살고 있었다. 용민은 적절한 시기에 선혜에게 전화를 걸었던 것이다. 두 사람은 고교 때부터 친하게 지냈던 사이였다. 선혜는 문학을 좋아했고, 용민의 가족이나 주변 사람들을 잘 알고 있었다. 그는 선혜의 관심 대상이었다. 하지만 선혜는 그가 다른 여자친구를 사귀고 있다는 것을 알고 등을 돌렸다. 선혜가 대학에 진학한 후로는 시내에서 문학행사가 있게 되면 이따금 만나 차 한 잔 가볍게 나누는 정도였다.

"서울로 와. 시골에 있어 봐야 뭐 발전이 있겠어? 선혜가 온다면 내가 좋은 일자리 하나 줄게."

용민은 기회만 나면 선혜에게 전화를 해서 마음을 부풀게 만들었다. 선혜는 그가 오랜 친구이기도 하고, 집안도 부유해서 서울에서 자리를 잘 잡았거니 여겼다. 그녀는 고민 끝에 서울행을 결심했다. 용민은 희망적인 얘기들로 그녀를 사로잡았다.

"우선 급한 대로 내가 잘 아는 시인이 출판사를 하고 있는데 거기서 좀 일해."

"내가 그쪽은 잘 모르는데 어떻게……."

"그건 걱정하지 않아도 돼. 다 일하면서 배우는 거지 뭐. 그리고 그 시인은 나하고 절친이어서 힘들게 하지도 않아."

선혜는 용민의 호의를 가슴으로 받아들였다. 사장과 영업부 직원, 그리고 그녀를 포함한다면 직원이 셋인 출판사에서 선혜는 왕초보였지만 책을 만드는 일은 싫지 않았다.

"출판 일을 잘 배워두었다가 나중에 내가 출판사를 내면 도와줘."

용민은 선혜의 마음을 사로잡았다. 용민은 미래를 그녀와 함께하겠다고 습관처럼 내뱉었다. 넓은 서울바닥에서 선혜에겐 용민이 유일한 위안이었다. 시간이 가면서 두 사람은 점

점 가까워졌다. 선혜는 용민을 위해 무엇이든 해주고 싶었다. 선혜는 고향에서 퇴직금과 적금통장을 가지고 올라왔다. 언젠가부터 그 돈은 그에게 소리 없이 빨려 들어가고 있었다.

"내가 나중에 이자까지 다 계산해서 갚아줄게. 서울에서 자리 잡느라 고향집에 너무 손을 많이 벌렸거든. 이제는 미안해서 말을 못 하겠더라구……."

선혜는 용민의 말을 의심하지 않았다. 그의 집안이 부유하다는 것을 알고 있기 때문이었다. 만약 그의 집이 궁핍했다면 그녀는 믿지 않았을 것이다. 그래서 그녀는 아무런 조건 없이 생활비를 전적으로 부담했다. 그렇지만 세월이 흘러도 그의 수입은 기대하기 어려웠다. 그는 술을 즐기기 때문에 술값도 만만찮았다. 가랑비에 옷 젖는다고 그가 술값으로 지불하는 돈 때문에 선혜는 꽤 부담이 되기 시작했다.

선혜는 아이를 두 번 가졌는데 두 번 모두 낙태했다. 결혼 준비가 되지 않았다는 이유로 남편은 아이를 낙태시켰다. 그에 대한 불신이 싹텄지만 이제 돌아갈 수 없는 강을 건넜다고 생각했다. 그는 집안사람들에게 그녀를 이미 소개했다고 했다.

"날짜만 잡히면 결혼식 올리자. 이미 우리 집안에서 다 알고 있는 사실이니까."

용민은 결혼을 하게 되면 부모가 자신에게 재산을 넘겨줄 것이라고 했다.

"빨리 결혼해. 나도 이제 한계가 와."

용민의 아내가 된 선혜는 생활비가 바닥나자 고향 어머니한테 손을 벌렸다. 그녀의 어머니는 객지에서 고생하는 딸이 가여워 적금을 해약해서 딸에게 주었다. 반찬거리나 쓸 만한 가전제품도 부쳐주었다. 급기야 손바닥만한 전답마저 날아가는 일이 벌어졌다. 그녀의 집안은 눈에 띄게 가세가 기울어졌지만 남편은 별 관심이 없어보였다. 남편은 허황된 미래만 얘기할 뿐 자기 고향집에 손을 벌리는 일은 단 한 번도 없었다. 출판사를 낸 것은 치명적이었다. 그녀의 어머니가 전답을 팔아치운 것도 출판사가 부도날 지경에 이르렀기 때문이었다. 하지만 한번 진 빚은 눈덩이처럼 불어났다. 집으로 걸려오는 빚쟁이들의 협박전화에 그녀는 밤낮으로 시달려야 했다. 간밤에 걸려온 감옥에 넣어버리겠다는 전화는 아직도 그녀의 귀에서 웅웅거리며 떠나지 않았다.

선혜는 빨래를 개키면서 고민했다. 남편을 감옥에 넣을 수는 없었다. 감옥에 넣겠다고 한 사람은 그녀가 서울에 왔을 때 근무했던 출판사 시인 사장이었다. 그녀는 그 사람을 원망하고 싶지 않았다. 채무를 갚지 않아 한 가정을 파탄으로 몰고 간 전적인 책임이 남편에게 있기 때문이다.

선혜는 바닥에 앉아서 창가를 우두커니 바라보았다. 바람

소리에 창문이 흔들렸다. 반듯하게 개키던 타월의 귀가 맞지 않았다. 생각과 손은 따로 놀고 있었다. 머릿속에는 돈 생각 밖에 없었다. 머리가 흔들리고 입에 침이 바짝바짝 말랐다. 잠을 제대로 못 자 그녀의 눈자위는 부어있었고, 피부는 까칠했다.

남편이 감옥에 가게 되면 결혼도 불투명해질 것이고 아이한테도 영향을 미칠 것은 뻔한 이치였다. 그리고 사업뿐만 아니라 주변 사람들에게 빈축을 사게 되어 삶이 누더기로 변할 것 같았다.

선혜는 방을 빙빙 돌며 안절부절못했다. 손바닥을 비비기도 하고 머리를 뒤로 쓸어 넘기며 한숨을 깊이 내쉬었다. 그때였다. 전화벨이 울렸다. 그녀는 황급히 휴대폰을 열었다. 남편이었다. 남편 외에는 전화를 받지 않기로 약속해두었다.

"아무래도 자기는 시골집에 당분간 가 있는 게 좋겠어."

"그게 무슨 소리야? 뜬금없이."

"자식들이 우리집까지 쳐들어오니까 자기가 걱정돼서 하는 소리야. 나도 당분간 가게 문 닫고 피해 있을 생각이야."

"그래도 이건……."

"내가 시키는 대로 해. 일단 태풍은 피해놓고 봐야지. 잘될 거야. 잠깐만 서로 각자 피해 있자고……."

남편은 통화를 오래하지 않았다. 그의 목소리는 언 입술로 말하는 것처럼 떨리고 있었다. 그녀는 위기에 처해 있음을 실감하고 있었지만 막상 그의 전화통화가 끝난 다음에는 온몸이 저려왔다. 그에 대한 실망감이 바람에 일렁이는 들불처럼 피어올랐지만 현재로선 그 어떤 해결책도 없었다.

선혜는 빨래를 옷장 안쪽으로 넣어두고 외출할 채비를 했다. 시골이 아닌 그 어디라도 가야 될 듯싶었다. 진공 같은 방에 있다가는 숨이 멎을 것만 같았다. 간단한 소지품을 가방에 넣고 문단속을 했다. 방을 나오기 전 달력을 힐끔 쳐다보았다. 생리 예정일을 넘어서고 있었다. 마른침을 삼키고 옷깃을 세웠다. 그리고 챙 있는 모자를 푹 눌러쓰고 현관을 빠져나왔다. 집 밖을 나오면서 주변을 휘둘러보았다. 누군가 자신을 지켜보고 있을 것만 같았다. 발걸음이 점차 빨라졌다. 어릴 적 밤길을 걸으면서 뒤에서 귀신이 뒤쫓아오는 것 같아 도망치듯 달아났던 기억이 났다. 학원 차들이 동네 입구로 연달아 밀려왔다. 유괴 사건이 언론을 타면서 학부모들이 아이들을 기다리고 있었다. 행여 이웃사람과 눈이라도 마주칠까 조심스레 그들을 피했다.

선혜는 강남고속터미널에 도착해서도 목적지를 정하지 못했다. 왜 죄인처럼 도피해야 하는지 자신을 알 수 없었다. 그녀는 서둘러 집을 빠져나오면서도 얼굴에 기본 화장은 하고 나왔다. 핏기 없는 얼굴에 푸석한 피부, 그리고 눈가의 다크

서클이 거슬렸기 때문이다. 화장이 눈물에 지워질까 조심스러웠다. 주위 사람들에게 초췌한 모습을 보여주고 싶지 않았다.

선혜는 매표소 앞에서 서성거리다 길게 늘어선 좌석에 가서 잠깐 앉았다. 사람들의 발걸음이 제법 많았다. 터미널은 도시 사람들과 시골 사람들이 뒤섞여 부산했다. 그들은 하나같이 바쁘게 움직이고 있었고, 바리바리 짐을 든 시골 촌로들도 시야에 들어왔다. 마음 같아선 확 트인 동해로 떠나고 싶은 마음이 굴뚝같았다. 시골에 가본들 부모 친지들에게 좋은 인상을 줄 것 같지 않았다. 서로 불편한 관계로 지루한 나날을 보낼 것이 뻔했다. 그렇다고 동해로 가서 감상에 젖어 있는 것도 사치라는 생각이 들었다. 돈이 문제였다. 돈만 있으면 모든 게 해결될 수 있었다.

선혜는 아무 생각 없이 목포행 버스표를 끊었다. 온몸에 힘이 쭉 빠졌다. 표를 사고 나니 지갑 속은 천 원짜리 지폐 몇 장만 남았다. 그녀는 창가 좌석에 자리했고, 앉자마자 머리를 창가에 기대고 초점 없는 시선으로 바깥을 바라보았다. 그녀의 앞좌석에는 젊은 부부로 보이는 두 사람이 나란히 앉아 있었다. 두 사람은 차에 오르자마자 서로 떠들었고, 웃음소리가 멎지 않았다.

차 출발 시각이 다가오자 단아한 한복차림의 중년 부인이

다가오더니 한복의 치맛단을 돌려 말아 선혜의 옆자리에 조심스럽게 앉았다. 그녀의 쪽진 머리는 어릴 적 어머니의 모습을 떠오르게 했다. 어머니보다 나이가 어려 보이긴 하지만 잠시 모성애가 느껴졌다. 하지만 그것뿐이었다. 중년 부인은 옆자리에 시선을 두지 않고 앞만 바라보았다.

차가 출발했지만 앞좌석은 여전히 시끄럽다. 아이가 딸리지 않은 걸 보아 둘은 신혼인 듯했다. 그녀는 신혼을 느끼지 못하고 살았다는 생각에 조금 억울한 생각이 들었다. 남편의 뒷바라지, 두 번의 낙태, 그리고 금전문제로 밤잠을 설치다 도피하는 신세가 되었으니 가슴이 답답했다.

"신혼이 좋긴 좋은 모양이야. 안 그래요, 젊은 새댁?"

중년 부인이 뜬금없이 그녀에게 말을 붙였다. 옷깃을 세우며 단추를 만지고 있던 그녀는 시선을 맞추지 않고 건성으로 대꾸했다.

"제가 보기에도 그런 것 같긴 해요……."

"인생을 신혼 기분으로 산다면 얼마나 좋겠어."

"……."

중년 부인은 앞좌석에 시선을 고정시킨 채 말했고, 그녀는 대꾸 없이 가만히 있었다. 상대방의 말이 건너오지 않자 중년 부인은 머쓱했던지 이번엔 얼굴을 돌려서 말했다.

"새댁은 애가 있어 보이는 데 몇 살이나 됐남?"

“아, 애…… 없어요.”

선혜의 광대뼈 쪽이 발갛게 상기되었다. 그녀는 마치 도둑질하다 들킨 사람마냥 가슴이 쿵당거렸다.

“나이 들기 전에 빨리 애를 낳아서 키우는 게 나중에 고생을 덜할 텐데…….”

출산율이 낮은 요즘 젊은 세대에게 충고하는 말처럼 들렸다. 선혜는 아무 대꾸도 하고 싶지 않았다. 그 순간 중년 부인이 등골이 섬뜩하는 말을 내뱉었다.

“새댁한테 할 말은 아니지만 남편 몫까지 다하는 운을 타고 났네.”

“예에?”

선혜의 눈이 크게 뜨였다. 중년 부인은 점술을 하는 사람이라는 생각이 번쩍 들었다.

“주책없이 괜한 말을 한 것 같네.”

“절 어떻게 알고 그런 말씀을…….”

“너무 마음에 두지 말게. 순간적으로 그런 느낌이 들기에 그냥 해본 소리니…….”

중년 부인은 손사래를 치며 농담으로 들으라는 식이지만 그냥 넘기기에는 그녀의 정곡을 보기 좋게 맞혔다. 현재의 상황이 미래도 계속 이어질 것인가 그녀는 궁금했다. 중년 부인의 입을 열기 위해선 솔직해지는 것이 효과적일 것이라는 생각이 들었다.

"실은 남편 사업이 안 돼 힘든 상태예요. 언제쯤 풀릴까요?"

중년 부인은 그녀의 눈동자를 깊이 바라보았다. 그리고는 아까보다 침착하고도 진중한 말투로 말했다.

"팔자가 그런 걸 누구한테 원망하겠수. 그러니 마음 비우고 살아요. 현 상황에서는 애를 가지면 더 힘들겠네. 쯧쯧……."

중년 부인은 한숨을 길게 내쉬었다. 그 한숨 사이로 휘파람 소리가 얼핏 섞여 나왔다. 어릴 때 할머니 댁에서 무당굿을 할 때 나오던 휘파람 소리와 비슷했다.

"그럼 해결책은 없나요? 운명을 바꿀 수는 없는지……."

"글쎄……. 자기 자신을 고치기도 힘든데 타고난 운명을 고칠 수 있나……."

"결국 팔자대로 산다는 말인가요?"

"세상 이치란 누구 말마따나 다 되는 것도 없고, 다 안 되는 것도 없다고 했으니…… 내가 해줄 말은 그것밖에……."

선혜는 중년 부인이 한 말을 차를 타고 가는 동안 몇 번이나 되뇌었다. 중년 부인의 뼈있는 말은 그 어떤 수학공식보다 풀기 어려웠다. 여전히 앞좌석은 시끌시끌했다. 옆 좌석의 중년 부인은 선잠이 들었는지 색색거리는 소리가 들렸다. 그녀의 머릿속은 공허했다. 눈을 감고 잠을 청해보지만 잠기운조차 접하기 힘들다. 등줄기를 타고 식은땀이 났다. 원기가 부족해지면서 그녀는 자주 식은땀을 흘렸다. 그리고 몸이 으슬으슬해져서 목을 머플러로 둘둘 감아 찬 기운을 막았다. 가장 먼저 감기 기운이 오는 곳이 목이기 때문이다.

그녀는 보온물통을 열어 물 한 모금을 마셨다. 따뜻한 물이 목을 타고 흘렀다. 물이 목에서 천천히 머물게 할 요량으로 물을 조금씩 자주 마셨다. 앞좌석이 조용해졌다. 부부는 한참을 떠들다 잠이 들었나 보다. 여자는 남자 어깨에 기대고 있었고, 남자는 여자의 어깨를 감싸 안고 있었다. 그녀의 입가에 마른 웃음이 슬핏 머물렀다. 그녀는 옆좌석을 슬쩍 훔치듯 쳐다봤다. 여전히 중년 부인은 눈을 감고 있다. 아까 들었던 말이 머릿속을 맴돌고 있었다. 묻고 싶은 것이 많았지만 중년 부인은 차가 멈출 때까지 눈을 뜨지 않았다.

"색시, 잘 가요!"

차가 도착하자 그녀는 간단한 인사말을 했고, 선혜는 말을 제대로 붙이지도 못하고 헤어졌다. 등을 돌리고 가는 중년 부인을 그녀는 아쉬운 눈빛으로 바라보았다. 차에서 내린 승객들은 제 갈 길을 가기 위해 종종걸음으로 터미널을 빠져나가고 있었다. 찬바람이 볼을 헤집었다. 서울에 비하면 남쪽 지방의 온도가 높긴 했지만 손이 시리긴 마찬가지였다. 그녀는 장갑을 꺼냈다. 시내버스를 타지 않고 걷기로 했다. 거뭇거뭇한 하늘 사이로 눈이 내릴 것만 같은 날씨다. 가죽 가방이 추위를 먹어 플라스틱처럼 뻣뻣해졌다. 그녀는 겨드랑이 사이에 가방을 끼고 걸었다.

남편이 원하든 원하지 않든 예의상 시댁에 가서 인사나 해야겠다는 생각을 했다. 마음을 비우고 싶었다. 그동안 시댁은 두 사람이 전화를 하거나 얼굴을 내밀게 되면 경계의 눈빛을 했다. 사업가 아빠를 둔 어릴 적 친구 연화가 떠올랐다. 연화는 고급 승용차에다 별장을 둔 부잣집 딸이었다. 연화의 집에 가게 되면 늘 듣는 말이 "배고플 텐데 뭘 줄까?"라는 말이었다. 그 집 식구들은 그녀의 아래위를 훑어보며 측은한 눈빛을 주었다. 늘 반복되는 그런 시선이 부담되어 그녀는 연화의 집에 가는 걸 그만두었다.

시댁 문 앞에서 선혜는 땅을 한번 내려보았다가 거두었다. 초인종을 눌렀다. 건조한 목소리가 들려왔다. 시누이다. 시누이와는 결혼하기 전보다 최근 들어 더 서먹서먹한 관계로 변했다. 시아버지가 당뇨병을 얻게 되면서 그 현상은 더욱 심해졌다. 시누이는 그녀의 방문이 달갑지 않은 눈빛이었다.

"무슨 일로 기별도 없이 내려왔어?"

그녀는 내심 비웃었다. 예전에 전화로 미리 알리고 왔을 때도 "이 먼 곳까지 돈 써가며 올 게 뭐 있어. 그냥 전화로 하지"라고 말했던 시누이 아니었던가.

"겸사겸사 들렀어요."

그녀는 적당한 거짓말이 떠오르지 않아 가볍게 둘러댔다. 그 무슨 말을 해도 시누이한테 좋은 감정을 주지 못할 것이기 때문이다. 시누이는 시아버지가 다리를 다쳤을 때 전화 한 통만 했다고 서운한 감정을 드러냈었다. 자신의 어머니가 눈길에 넘어져 허리를 다쳐서 고향에 내려왔을 때도 시누이는 가시 돋힌 말을 했었다.

"없는 살림에 돈이 철철 남아도는 모양이지? 그냥 쉬면 낫는 병인데 뭐하러 내려와?"

그 일이 있은 후 시누이는 그녀에 대한 좋지 않은 감정을 걸핏하면 꺼내놓았다. 그녀는 어떤 형식으로든 시누이와 접촉하게 되면 마음이 편치 않았다. 시누이 입에서 무슨 말이 나올까 늘 신경에 거슬렸고, 언젠가부터 고개를 숙이며 눈치를 살피는 버릇이 생겼다.

"친정에 무슨 일이라도 있나? 우리집은 아무 일 없으니 볼 일이 없을 테고……. 동생이 감옥 가네 안 가네 하는데 급히 내려온 걸 보면……."

"아니에요. 예전에 내가 사용하던 소지품을 가지고 가려고 왔어요."

선혜는 숨이 턱 막혔다. 남편 문제로 돈을 꾸러 왔다는 소리가 입에서 떨어지지 않았다. 시누이는 그녀가 어떠한 요구도 하지 못하게 높은 차단벽을 치고 나왔다. 동생이 어려운 상황에 있다는 걸 알면서도 해결책에 관심이 없는 듯했다. 그녀는 실망한 눈빛을 감추지 않았다. 남편이 가족으로부터 버림받은 상황이지만 감옥을 가도록 내버려두는 건 상식을 벗어난 행위라고 여겼다. 그녀는 일말의 기대를 하고 시댁을 찾아왔지만 그 희망은 물거품이 돼버렸다. 시누이는 동생의 신상에 관한 한 관심 밖이었다. 그녀는 특별히 할 말이 없자 시댁 부모들의 안부나 묻고 자리를 뜨고 싶었다.

"모두 건강하시죠?"

"건강이나 마나 먹고 살기 바쁘니……."

선혜는 시누이가 마음에도 없이 궁상을 떤다고 생각했다. 시누이는 시댁 살림을 총괄하고 있었다. 시아버지의 전 재산이 자기의 것인 양 행세했다. 예상대로 시누이는 배수진을 쳤다. 그녀에게 도움의 손길을 기대하지 말라는 무언의 압력이었다. 댐의 수문이 닫히듯 그녀의 말문은 굳게 닫혀버렸다. 할 말이 무수히 많았지만 한마디도 입 밖으로 새어나오지 않았다. 가슴이 답답해서 잠시 고개를 숙였다. 누구 때문에 구걸하는 신세가 되었나 싶었다. 알고 보면 그녀는 피해자였다. 하지만 남편과 함께 시댁에서는 아무도 그녀를 그렇게 생각하는 사람이 없었다. 여전히 시누이는 남편의 속사정에 대해 묻지 않았다. 남편 애기를 비추기라도 하면 그 물꼬를 타고 한마디 덧붙여주고 싶었지만 시누이는 차 한 잔을 다 마실 때까지 입을 열지 않았다. 시누이는 차 한 잔도 대접하지 않는 냉정한 여자였다. 그녀는 가슴이 답답한 나머지 제 손으로 커피를 타 먹었다.

"그래도 올케는 우리보다 훨씬 낫잖아."

"……."

"시아버지 안 모셔도 되고……. 자기 밥그릇만 해결하면 되니 얼마나 좋아. 말이 나왔으니 하는 말이지만 나는 시아버지에게 동전 하나도 받은 적 없어. 애 아빠가 번 돈으로 시아버지를 모시고 있으니 언제나 살림이 빠듯해. 거기에 비하면 올케는 얼마나 맘이 편해? 그런데도 생활을 그 모양으로 사니…… 내 참……."

시누이는 신세 한탄을 했다. 시아버지가 소유하고 있는 빌딩과 논밭을 처분하지 않으면 돈이 어디서 나오냐는 식이었다. 선혜는 이마에서 식은땀이 났다. 손바닥에도 땀이 났다. 그녀는 손에 습진과 함께 다한증이 있다. 그래서 언제나 손이 습하다. 스트레스를 받게 되면 손은 땀으로 흥건해진다.

한참이 지났지만 시아버지는 나타나지 않았다. 시누이가 안방으로 가서 시아버지와 통화하여 그녀 소식을 전했다.

선혜는 커피 잔을 씻어 놓고 시댁을 빠져나왔다. 남편에게 도움될 만한 것은 아무것도 없었다. 그녀의 손이 파르르 떨리고 있었다. 찬바람에 손은 금방 서늘한 기운이 스며들었다. 큰 기대를 하지 않고 시댁에 들렀지만 문전박대를 당했다는 생각이 들었다. 그녀는 쫓기듯 동네를 벗어났다. 차가운 해가 서산에 발을 담그고 있었다. 나뭇가지가 바람에 맥없이 흔들렸다.

선혜는 명호동이 보이는 마을 초입에 들어섰다. 주차장으로 사용하던 널찍한 공터에는 모텔 건물 서너 동이 들어서 있었다. 모텔은 저마다 다른 조명으로 손님을 기다리고 있었다. 모텔 옆을 돌아서자마자 슈퍼가 보였다. 모텔이 있기 전만 해도 슈퍼는 동네를 안내하는 이정표 역할을 했지만 모텔이 들어서자 왜소하고 초라해보였다. 슈퍼 주인 완산댁은 변함없이 그 자리를 지키고 있었다. 그녀는 어머니가 좋아하는 곶감을 사고 싶었다. 겨울만 되면 어머니는 곶감을 먹고 싶어 했다. 당뇨병으로 아버지가 세상을 떠나면서 어머니는 우울한 세월을 보냈다. 그녀는 어머니의 마음을 위로하기라도 하듯 곶감을 자주 사왔다. 곶감을 먹으면서 아버지에 대한 외로움을 잠시 잊길 바랐던 것이다.

이마에 주름이 자글자글하고 쉰 목소리의 완산댁은 저녁밥을 짓다 말고 얼굴을 내밀었다.

“지금 친정집에 오는 길인가?”

“아, 예······.”

“먼 길 오느라 고생이 많았겠네?”

“아뇨. 괜찮아요. 요즘은 교통이 얼마나 좋은데요.”

그녀는 억지로 밝은 표정을 지어 보였다. 완산댁은 은근슬쩍 그녀의 배를 쳐다봤다. 행여 아이를 가졌는지 궁금했던 것이다. 완산댁은 곶감을 비닐봉지에 넣으면서 말했다.

“오늘은 새댁 엄마가 코빼기도 안 보이던데 무슨 일이 있나?”

“그게 무슨 소리예요?”

“글쎄, 엄마가 오면 주려고 바깥에 종이박스를 쌓아두었는데 통 안 오길래······.”

그녀가 귀를 의심하며 말했다.

“엄마가 박스는 왜요?”

“아, 엄마가 요즘 소일거리로 박스를 모아서 내다 팔어.”

“그, 그래요······?”

“무릎관절이 좋지 않아 힘든데도 하루도 빠트리지 않고 얼마나 열심히 주워 모으던지······.”

그녀는 곶감봉지를 건네받고 황급히 슈퍼를 빠져나왔다. 생활이 어렵기 하지만 폐박스를 주워 돈을 만들 줄은 몰랐다. 그녀는 갑자기 콧잔등이 시큰해왔다. 그 모든 책임이 자신한테 있음을 깨달았다. 어머니는 결혼반지까지 돈으로 만들어 그녀의 생활비로 마련해주었다.

"괜찮아. 요즘 금값이 얼마나 비싼데……."

"그래도 그건 안 돼요."

"네가 나중에 돈 벌어 다시 사주면 되지."

"그건 그냥 금반지가 아니잖아요. 돈으로 바꿀 수 없는 거지."

"아무 소리 말어. 다 필요할 때 써야지. 그리고 죽을 때 갖고 갈 것도 아니고……."

그녀는 자식으로서 못할 짓을 했다고 자책했다. 어머니는 아버지가 돌아가시자 많은 눈물을 흘렸다. 그런 어머니의 마음을 더 아프게 하고 있다는 생각이 들었다. 그녀는 여지껏 단 한 번도 어머니한테 용돈을 준 적이 없다. 그런데도 어머니는 돈이 될 만한 것은 모두 팔아서 그녀의 손에 쥐어 주었다.

선혜가 생활고를 크게 느낀 것은 초등학교 때부터였다. 그녀의 아버지는 노동운동에 관여했다가 해고되었다. 회사에서는 기물 파손에 대한 손해배상을 요구하여 아버지는 옹골차게 벌어서 구입한 소형 아파트를 뺏긴 일이 있었다. 그 바람에 어머니는 생머리를 잘라 생활비를 마련했었다.

"엄마, 머리를 왜 잘라?"

"나무도 가지가 많으면 바람에 넘어가. 엄마 머리도 숱이 많아 좀 솎아줘야 돼. 그리고 머리는 또 계속 자라니 걱정 마."

가발산업이 호황을 누릴 때 어머니는 머리를 내다 팔았다. 어머니는 머리숱이 많아 자른다고만 했지 그것으로 돈을 만들어 생활비를 충당하는 말은 하지 않았다.

선혜는 과거를 떠올리자 다시금 눈시울이 뜨거워졌다. 어머니는 아빠 때문에 머리를 잘랐고, 지금은 결혼한 딸의 궁핍한 생활비를 감당하기 위해 결혼반지를 팔았다. 모든 걸 내어준 어머니는 지금 폐박스를 주워 모아 노후를 연명하고 있다.

선혜는 어머니가 사는 반지하방이 먼발치로 보이자 걸음을 멈추었다. 발이 땅에 얼어붙은 듯 떨어지지 않았다. 지면과 나란히 나 있는 손바닥만한 창은 불이 꺼져 있었다. 그녀는 한참을 서 있었다. 가슴이 뛰고 호흡이 찼다. 용기가 나지 않았다. 그녀는 기운을 내어 조심스럽게 한 발씩 떼어 놓았다. 집안에는 아무 기척이 없었다. 그녀는 현관문 손잡이를 잡았다가 그냥 놓았다. 그리고는 비닐봉지를 그 앞에 놓고 등을 돌렸다. 해는 이미 산자락에 모습을 감추었고, 가로등이 차가운 눈빛으로 그녀를 바라보고 있었다.

선혜는 막차를 타기 위해 터미널로 갔다. 차표를 끊기 위해

지갑을 열었지만 현금이 부족했다. 그녀의 얼굴이 초조해졌
다. 신용카드는 빚쟁이를 피할 요량으로 모두 정지시켜 둔
상태였다. 곶감을 사면서 차비를 지출하는 바람에 차질이 생
겼다. 온 뼈마디가 풀린 듯 기운이 쭉 빠졌다. 그녀는 잠깐 눈
을 감았다가 승객 대기실 의자 쪽으로 가서 털썩 주저앉았
다. 친정집으로 돌아가야 할 것 같았다. 그녀의 입에서 긴 한
숨이 새어나왔다. 하얀 김이 입가에 잠시 머물렀다가 사라졌
다.

선혜는 자리에서 엉덩이를 떼면서 고향 친구 윤숙이가 떠
올랐다. 그녀는 이혼녀고, 부모를 떠나 오피스텔에서 혼자 살
고 있다. 남편은 당분간 자취를 감추겠다고 선언한 마당에 서
둘러 서울로 올라갈 이유가 없어졌다. 그녀에게 생각지 않게
자유 아닌 자유가 온 것이다. 백수로 지내더라도 하루 세 끼
는 어김없이 챙겨먹는 남편이다. 국이 없으면 물그릇이라도
내놓아야 식사를 하는 습관을 가진 남편 때문에 식사를 준비
할 때 국은 어김없이 끓였다, 하지만 남편은 반찬이 입맛에
맞지 않으면 신경질을 부렸고 음식 솜씨가 없다고 핀잔을 주
기도 했다. 그래서 그녀는 남편의 뒷바라지를 소홀히 할 수
없었다.

윤숙의 집은 시내 중심가를 약간 벗어난 곳에 자리하고 있
었다. 오피스텔은 35층이나 되는 고층건물이었고, 승용차들

이 끊임없이 드나들었다. 지상 5층까지는 상가를 형성하고 있어서 손님들의 발걸음도 많았다. 윤숙은 3년 전부터 오피스텔에서 기거해왔다. 세가 오르면 언제든 옮길 준비를 하고 있었다. 최근에 내수 부진으로 인해 매출이 오르지 않자 2차 정리해고자를 차출시키고 있는 중이어서 윤숙은 꽤 긴장돼 있었다. 마침 회사의 일거리가 줄어든 탓에 윤숙은 그녀를 만나는 데 어려움은 없었다.

두 사람은 윤숙의 오피스텔 인근의 주점에서 만났다. 퓨전 음식집이어서 간단한 식사도 곁들였다. 서로 술잔을 오가면서 가슴 언저리가 약간 뜨거워졌다. 윤숙의 눈가가 빨갛게 물들어가기 시작했다. 윤숙이 선혜의 술잔에 술을 부어주며 말했다.

"애는 언제 가질 예정이니?"

"아직 때가 아닌가 봐."

"왜? 경제적인 문제 때문에 미루는 거야?"

선혜는 술잔을 입안 가득 넣고 나서 꿀꺽 삼켰다. 그리고 긴 한숨을 내뱉었다.

"머리가 복잡해. 요즘 아무 생각도 없어. 왜 사는지……."

"네 남편도 술과 여자 때문에 큰일이야. 돈 벌면 뭐하겠어……. 아무래도 네가 결혼을 잘못한 것 같다."

결혼 전부터 윤숙은 그와의 결혼을 말렸다. 윤숙 외에도 그를 아는 지인들은 혀를 차며 안쓰러운 눈빛들을 했다. 한쪽에서는 남편이 결혼하면 정신차릴 것이라는 낙관론자도 있었다. 하지만 그것은 기우였다. 남편은 결혼하면서 술을 더욱 즐겼고, 유흥가도 자주 들락거렸다. 그 모든 지출은 그녀의 몫이었다.

"술은 가끔 하지만 여자 문제는 모르겠어. 어떻든 출판 경기가 안 좋아서 힘들어."

"시댁이 잘산다면서? 더 이상 희생하지 말고 솔직히 말해."

"그런다고 해결되겠어? 아주 버린 자식처럼 여기는데……."

"그럼 너도 일찌감치 보따리 싸. 요즘 세상에 누구 등골 빼먹을 일이 있나……."

선혜보다 윤숙이 더 흥분해 있었다. 윤숙은 남자의 도박과 폭력에 못 견뎌 이혼했다. 갓 돌을 지난 사내아이는 윤숙의 남편이 키우고 있다. 윤숙은 선혜의 소심한 성격과는 달리 가슴속에 있는 모든 것을 밖으로 끄집어내는 성미를 가지고 있다.

등 뒤에서 취기어린 사람들의 목소리가 자주 들려왔다. 술잔이 깨어지는 소리도 있었지만 거기에 시선을 주는 사람은 많지 않았다. 한 취객은 통로를 지나면서 윤숙의 탁자를 치고 지나갔다. 윤숙의 얼굴은 붉게 물들었고, 혀도 마취된 듯 말소리도 약간 어눌해졌다.

"네 남편이 내 돈도 떼어먹은 거 알지?"

선혜는 일 년 전 윤숙과의 전화통화로 남편이 자신 몰래 윤숙의 돈을 빌렸다는 것을 알게 되었다. 윤숙은 그 당시 남편이 자신의 회사로 찾아와 출판사 대표이사 겸 신문사 부장 직에 있다는 명함을 돌리고, 그 미끼로 돈을 빌려갔는데 돈을 갚지 않고 있다고 했었다.

"미안해. 내가 내조를 잘못한 탓이야."

"내가 뭐 갚아 달라는 게 아냐. 그 돈을 몰래 빌려준 게 화근이 되어 우리 남편에게 폭행을 당했거든."

"아, 그랬어?"

선혜는 딸꾹질을 하며 제 손으로 술병을 들고 따랐다. 윤숙도 그런 선혜를 그냥 내버려두었다.

"우리 남편이 의처증이 있어서 온 친구들한테 들쑤셔 나하고 용민 씨와의 관계를 알아내려고 했어."

선혜는 귀를 의심하며 되물었다. 가슴이 두근거려왔다.

"그게 정말이야? 언제 우리 남편과……."

윤숙이 손사래를 치며 말했다.

"오해 마. 잠자리는 안 했으니……. 내가 돈을 안 빌려주겠다고 하니까 자꾸 협박을 하는 거야."

"……."

"남자란 어떤지 알아. 손만 한번 잡거나 눈만 한번 맞춰도 의심하는 쪼잔한 자식들이야. 그랬으니 우리 남편이 그걸 알고 참을 수 있겠어? 마트 가서 늦거나 쓰레기 버리러 갔다가 조금이라도 늦으면 의심하더라니까. 이러니 어떻게 살아. 때려치우는 게 낫지.”

“왜 그 얘길 이제 하니? 너답지 않게.”

“생각해봐라. 내가 그걸 참느라 얼마나 힘들었는지 아니? 네 남편 때문에 이혼했다고 하면 네가 기분이 좋겠어? 그래서 나 혼자 속앓이만 해왔지. 미안해.”

선혜는 할 말이 없었다. 남편의 부도덕한 행위가 생각보다 크다는 것을 실감했다. 남편에 의해 한 가정이 파괴된 것이다. 남편은 윤숙에 관한 한 아무런 언급도 없었다. 그녀는 윤숙에게 술잔을 건네주며 말했다.

“어떻게 이 많은 빚을 갚아줘야 할지 모르겠다.”

윤숙이 입가에 미소를 약간 보이며 말했다.

“이것도 내 팔자지 뭐. 누굴 원망해? 나야 뭐 다 털어버렸으니 홀가분해. 그나저나 용민 씨가 더 이상 헤매지 말고 제자리로 돌아왔으면 좋겠다.”

윤숙은 그를 기대해서가 아니라 선혜가 오히려 정리하길 바라는 마음이었다. 선혜는 주머니돈이라도 꾸어서 차비를 마련하려고 했던 게 얼마나 염치없는 일인지 그제서야 깨달았다. 잠시 선혜는 고개를 숙인 채 아무 말도 없었다. 휴대폰을 열어보았다. 문자메시지 하나 없었다. 휴대폰도 얼마 있지 않아 해지시킬 것이다. 윤숙이 빈 술병을 흔들더니 또다시 술을 주문했다. 잠시 정적이 흘렀다. 선혜는 다소 고민에 빠진 듯 고개를 숙인 채 귀만 열고 있었다. 윤숙이 입가에 묻은 음식물을 휴지로 닦고 나서 말했다.

"사실 네가 친구니까 나도 울화통을 참는 거야. 그렇지 않았다면 용민 씨하고 대판 싸웠을 거야."

그 소리에 선혜는 고개를 번쩍 들었다.

"그게 무슨 소리야?"

"우선 너한테 다짐이나 받고 말해야지. 그렇지 않음 풍파가 일어날 것 같아…… 어쩔래? …… 아냐 관두자. 나 때문에 가정 파괴될까 무섭다."

선혜는 윤숙의 말을 들었으니 놓칠 수 없다는 표정이다. 현 상황에서 아무것도 되는 일이 없다. 그 위기를 몰아간 중심에는 남편이 서 있다.

"아냐, 괜찮아. 넌 나 때문에 이혼까지 했는데…… 말해 봐."

윤숙은 술잔을 입속에 털어 넣고 선혜의 눈을 깊숙이 쳐다보았다. 윤숙은 술기운에 고개가 약간 흔들렸지만 눈동자는 흔들리지 않았다.

"용민 씨한테 돈을 두어 번 빌려줬어. 아니 그냥 준 거지 뭐. 그랬는데도 사채업자도 아니고 계속 요구하는 거야. 내가 뭐 갑부집 딸이냐? 쥐꼬리만한 남편 월급을 쪼개서 살아가는 판인데⋯⋯."

"⋯⋯."

그녀는 호흡을 멈춘 듯 초조하게 윤숙의 말을 기다렸다.

"내 동생한테 성폭행을 해서 애를 가지게 했고⋯⋯ 결국 동생은 낙태를 하게 됐고⋯⋯ 그 이후로 우울증에 시달리고 있어⋯⋯."

그 소리에 그녀는 갑자기 눈앞이 검게 변했다. 아무 생각이 나지 않았다.

"어떻게 그런 일이⋯⋯."

"용민 씨가 내 동생을 잘 알아. 너도 알고 있잖아. 내가 결혼하기 전부터 동생과 함께 외출해서 용민 씨를 만났었지. 동생도 시를 좋아해서 자연스레 데리고 갔거든. 그게 나중에 화를 불러들인 거지⋯⋯. 동생은 외삼촌이 경영하는 패스트푸드점에서 일했는데 거기서 번 돈을 용민 씨가 뺏어갔어. 하여튼 사람으로서 할 행위가 아니었어. 시를 쓴다는 사람이 어떻게⋯⋯."

"난 마치 꿈을 꾸고 있는 것 같아⋯⋯. 네 말이 사실이라면 정말 용민 씨가 몹쓸 짓을 한 거야. 지나간 일이라고 하지만 용서하기는 좀 그렇다."

"너도 알겠지만 돈 문제에 얽힌 일이라면 사기죄로 고발을
할 수도 있겠지만 우리 사회에서 성 문제는 법으로 해결하기
가 정말 어렵잖아. 동생 미래를 생각하면 법적으로 해결할 게
못 되지. 동생 역시 원치 않고……. 어떻든 이 문제를 어떻게
할까 참 고민도 많이 했었어. 더구나 다른 사람도 아니고 너
의 남편이니……."

"미안해. 정말 마음고생이 심했구나. 네 동생한테 사과라
도 하고 서울로 올라가야겠다."

윤숙이 손사래를 거칠게 치며 말했다.

"관둬. 새삼스레 이제 와서 그 일을 꺼내면 동생한테 오히
려 더 부작용 생겨. 어느 정도 세월이 흐른 다음 그때 가서 사
과를 하든 어떻게 하든 해. 지금은 때가 아냐."

선혜는 가슴이 터질 것만 같았다. 남편의 과오가 백일하에
드러났다. 행여 이 사건 외에도 더 묻혀 있을 것이라는 예감
이 들었다. 윤숙의 입에서 엄청난 말들을 들었다. 그녀는 천
장을 올려다보며 한숨을 길게 내쉬었다. 앞으로 닥쳐올 수많
은 일들이 뚜벅뚜벅 자기 앞으로 다가서는 것 같았다. 뒷좌석
에서 피운 담배 연기가 천장을 타고 다녔다. 담배 연기는 온
몸을 이리 비틀고 저리 비틀었다. 그러다가 안개처럼 공간에
끼었다. 환풍이 잘 되지 않아 두어 사람이 담배를 피워도 공
간은 담배 연기로 가득 찼다. 그녀는 말문을 닫고 반성하듯

고개를 조아리고 있었다. 윤숙이 조금은 경쾌한 목소리로 접근했다.

"네가 미안해 할 것 없어. 내가 복수심이 있었으면 너한테 이 말을 꺼내지도 않는다. 다만 바람이 있다면 네가 용민 씨와 사는 동안 두 번 다시 이러한 불상사가 없었으면 해서 하는 말이야. 더구나 아직도 돈벌이를 못 하고 있으니……."

"그 사람도 돈을 벌겠다고 출판사니 뭐니해서 발로 뛰긴 했는데 잘 안 되는 모양이야."

"내가 보기엔 그 어떤 일을 하더라도 술과 여자를 끼고 있으면 잘 안 될 거야."

"뭐. 그건 일리 있는 말이다."

"너도 네 미래를 잘 설계해나가."

윤숙은 두 사람이 오래가지 못할 것이라고 생각했다. 선혜가 윤숙의 술잔에 술을 부어주면서 무겁게 한마디 건넸다.

"난, 이혼하지 않을 거야."

"…… 오해 하지 마, 난 이혼하라고 부추기지 않았다."

"그 사람 내가 붙들고 있지 않으면 또 피해자가 생길 것 아냐."

"아주 열녀 나셨네. 알아서 해. 남의 가정사에 끼어들고 싶지 않으니……."

"사실 이번에 내려온 목적은 돈을 만들려고 온 거야. 남편은 빚쟁이들에게 쫓겨 당분간 잠적한 상태고……. 모르지 이 대로라면 감옥이라도 갈 거야.”

윤숙은 그가 충분히 그럴 가능성이 있는 사람이라고 생각했다. 그래서 속눈썹 하나 흔들리지 않았다.

“막다른 골목까지 갔네. 어떡하나? 내가 도와줄 여력도 없고…….”

“너한테 돈 빌리려고 만난 건 아니니 오해 마. 실은 친정집에 들러 엄마 얼굴이나 보고 가려 했다가 용기가 나질 않아 돌아섰어. 이제 더 뜯어갈 것도 없어. 더구나 돈 몇 푼 만들어간다 해도 며칠 버티겠어? 그래서 그냥 바람 쐬러 여기까지 온 거야. 거기 있으면 빚쟁이들한테 홍역을 치를 것 아냐. 물론 남편은 내 손을 빌려 돈을 만들고 싶어 하겠지…….”

“신혼이 돈 때문에 망가져서 어떡하냐?”

“현재로선 나도 어떻게 해야 할지 모르겠어. 생각 같아선 목매달고 죽고 싶은 맘도 없지 않아. 아직 자식도 없으니…….”

선혜는 남 앞에서 처음으로 속엣 얘기를 털어놓았다. 친정어머니 앞에서도 남편의 험담이나 자신의 우울함을 말한 적이 없는 그녀였다. 윤숙이 속내를 드러내지 않았더라면 그녀는 입을 열지 않았을 것이다.

“네 맘을 모르는 건 아니지만 위기일수록 침착하라는 말이

있듯이 신중하게 일처리 잘해. 넌 원래 인내심도 많고 책임감
도 많은 애잖아."

"그만둬. 그런 건 아무 쓸모없는 거야. 이 상황에서 그건
사치스런 장식이야. 모두 실패했는데 자존심이고 뭐고가 어
디 있어……. 적어도 남편과 난 남을 힘들게 만든 피의자야.
넌 피해자고……."

"굳이 자책할 필요 없어. 마음 추스르고 네 앞길이나 잘 닦
아."

윤숙은 그녀에게 사과를 받을 생각이 없었다. 지난 과거를
잊고 싶었다. 한편으론 그동안 묵은 얘기를 훌훌 털어내면서
마음은 홀가분해졌다. 담배를 뻑뻑 피우던 사람들은 어디론
가 사라지고 창가에 중년 남자 둘이 술잔을 기울이고 있을 뿐
이었다. 대개의 좌석들은 비어있고, 서빙하는 알바생들이 집
기를 부지런히 날랐다. 머리를 빨갛게 염색한 젊은이가 탁자
밑과 주방 옆으로 빗자루로 쓰레기를 몰고 갔다.

윤숙이 손목시계를 내려다보고 나서 말했다.

"일어나자. 시간 많이 됐네."

그녀가 윤숙을 향해 무거운 눈꺼풀을 하고 말했다.

"자정이 넘었나?"

"밤 2시가 됐네…… 우리집에 가서 쉬고 가."

"아냐. 그냥 친정집에 가지 뭐."

"친정집에 가려면 말짱한 정신으로 가야지. 내일 아침에 가. 이 늦은 시간에 어떻게 가냐……."

"설마 딸을 쫓아내겠어?"

"고집 피우지 말고 내가 시키는 대로 우리집에 가서 자고 가. 오랜만에 나하고 한번 자는 것도 괜찮잖아. 뭐, 남자가 아니라서 옆구리라도 시린가……."

윤숙이 피식 웃으며 말했다.

"말 같지 않은 소리 말어. 요즘 그런 기분이 들기나 하겠냐? 하긴 그 사람은 하늘에 천둥 번개가 치는데도 꼭 그건 하려고 밤마다 설치더라…… 쳇!"

그녀는 윤숙의 말에 장단을 쳐주고 말했다. 자신도 모르게 흘러나온 말에 그녀 스스로 의아했던지 물컵을 들이키며 마음을 진정시켰다. 남편은 잠자리를 하는 데 있어서는 현실적이었다. 마치 크고 작은 고뇌들을 그녀와의 잠자리에서 해소시키는 듯했다. 그녀가 건강이 좋지 못한 상태에서도 잠자리를 요구해 와서 불만이 없지 않았다.

윤숙은 팔짱을 끼고 선혜를 붙들었다. 선혜는 못 이기는 척 윤숙에게 이끌렸다. 전조등을 켜고 다니는 자동차들은 쏜살같이 옆을 휙휙 스쳐 지나갔다. 간혹 폭주족들이 삼삼오오 곡예하듯 차 사이를 빠져나가며 적막한 밤을 산산조각 내고 있었다. 주변 사람들은 허공에 대고 욕지거리를 해댔다. 두 사

람이 유흥가를 지나치자 삐끼들이 손짓하며 계속 말을 걸었
다.

윤숙이 살고있는 원룸에는 기본 생활도구가 갖춰져 있기
때문에 그녀가 소유하고 있는 것은 텔레비전과 컴퓨터, 그리
고 이동식 행거 정도가 전부였다. 그녀는 언제든 떠날 수 있
어 보였다. 가재도구가 별로 없는데도 내부는 좁기만 했다.
기껏 두 사람 정도 살 수 있는 공간밖에 되지 않았다.

그녀는 물컵에 알갱이 얼음을 넣어서 내밀었다.

"갈증날 텐데 한 모금 들이켜, 시원하게!"

선혜보다 윤숙이 먼저 컵에 입을 갖다 댔다. 얼음 알갱이만
남기고 물은 남김없이 흡입하고서 탁자에 내려놓았다. 그녀
도 컵을 잠깐 흔들었다가 물을 들이켰다. 책상 위에 얹혀 있
는 탁상시계를 바라보았다. 새벽 3시를 가리키고 있었다.

"내일 직장 나가려면 빨리 자야 되겠다."

"신경 쓰지 말어. 그까짓 직장 때려치워도 돼."

그녀가 고개를 들며 말했다.

"그게 무슨 소리야? 무슨 문제라도 생겼어?"

"우리 부서에 늙은 팀장이 있는데 여잘 얼마나 밝히던
지……. 그 자식 때문에 회사를 언제까지 다녀야 되나 고민하
고 있어. 내가 가정이 없으니 더 난리야. 술만 처먹으면 우리
집 앞까지 와서 골치를 썩히니……. 조만간에 회사를 그만두

든지, 아님 이사라도 해야지…….”

“참 별일 다 있군……. 아무래도 다시 가정을 꾸리든지 해야 되겠다.”

윤숙이 검지손가락을 세워 좌우로 까딱이며 말했다.

“천만에, 결혼은 생각 없어. 이렇게 사는 게 편해. 차라리 동성연애하는 편이 낫지…….”

윤숙은 남자에 대해 적의를 갖고 있었다. 전 남편과의 갈등이 아직도 해소되지 않고 앙금이 되어 그녀를 괴롭히고 있는 모양이었다. 윤숙은 장식장으로 가더니 레드와인과 와인 잔 두 개를 가지고 왔다.

“지금 잠자면 더 피곤해. 그냥 너하고 한 잔 더하다가 깔끔하게 직장 가는 게 좋겠어.”

“무리하지 마. 내가 괜히 왔나 봐.”

“아냐. 잘 왔어. 널 만나 그동안 묵어놓았던 것들을 털어내니까 속이 다 시원해.”

그 말은 오히려 선혜에겐 부담으로 돌아오고 있었다. 그녀를 우울하게 만든 장본인이 다름 아닌 남편이었기 때문이다. 남편에 의해 윤숙의 결혼생활이 허물어지고 만 것이다.

두 사람은 서로 경쟁하듯 술을 마셨다. 윤숙은 담배를 피웠다. 그동안 끊었던 담배를 다시 피운다고 했다. 아무에게도 간섭받지 않고 자유를 누리고 싶다는 말을 습관처럼 자주 했다. 선혜의 눈에는 윤숙이 세상에 등을 돌렸거나 절망한 것이 아니라 자기 자신을 사랑하겠다는 몸짓으로 보였다. 윤숙에 비하면 자신은 키 높은 울타리에 갇힌 생활을 하고 있다는 생각이 들었다. 선혜는 안갯속에서 허우적대고 있는 자신을 보고 있었다.

"정말 종잣돈이라도 생기면 산골에 들어가서 텃밭이나 일구고 조용히 살고 싶다. 생각 같아선 절에 들어가고 싶지만, 요즘은 절도 아무나 안 받아준다고 하더만……. 세상도 많이 바뀌었지."

윤숙은 입가에 웃음 지으며 말했다.

"바뀐 게 아니라 절이 무분별하게 사람을 받았다간 문 닫게? 생각해봐 우리 사회에 백수가 넘쳐나는 세상인데 그들이 몰려가 봐. 절도 먹고 살아야지."

"하긴 그렇긴 해. 남의 돈 벌려니 더러워 죽겠고……."

어느새 창가에 파란빛이 돌았다. 새벽이 오면서 어디선가 참새소리가 들렸다. 두 사람은 동시에 냉수 한 컵을 들이켰다. 윤숙이 머리를 쓸어 넘겼다. 얼굴엔 술기운이 역력했다. 윤숙이 입을 열 때마다 알코올 냄새가 코를 찌를 듯했다. 윤숙은 무거운 눈꺼풀을 감았다가 다시 뜨며 나지막하게 말을 붙였다

"오늘 올라갈 거야?"

"여기 머물면 뭣하냐. 할 일도 없으니 그냥 올라가야지."

"그냥 우리집에서 한숨 푹 자고 며칠 있다가 가."

"아냐, 가야지."

"가면 뭐하냐. 남편도 어딜 날랐다며……."

"그래도 집을 지키고 있어야지……."

"참 네 팔자도 안됐다. 애라도 있으면 적적하진 않을 텐데……."

윤숙은 혀를 차며 세면장으로 가서 얼굴에 찬물을 끼얹었다. 찬물이 얼굴에 닿으면서 정신이 번쩍 들었다. 그리고는 알코올 냄새를 없애려는 듯 양치질을 한참동안 했다. 이혼하면서 술과 친해진 그녀는 주량이 늘어났다. 그녀는 머리끈으로 뒷머리를 묶고 얼굴에 파운데이션으로 눈가의 기미를 가렸다.

윤숙은 서랍장 깊숙이에서 편지 봉투 하나를 꺼냈다. 봉투는 반으로 접혀 있었다. 윤숙은 그 봉투를 그녀 무릎 앞으로 내밀었다. 그녀가 말했다.

"이게 뭔데 날 주는 거야?"

"봉투 속을 보면 알게 될 거야."

선혜는 못 이기는 척 아무 생각 없이 봉투 속을 보았다. 그녀의 손바닥에 얹힌 것은 반지였다. 반지는 왠지 낯익어 보였다. 그녀는 무덤덤하게 말했다.

"이 반지를 왜?"

"네가 갖고 가."

"말도 안 돼. 내가 왜 이걸 가져 가?"

"그걸 보면 몰라? 네 남편 거야."

"뭐?"

선혜는 놀란 눈빛을 했다. 그리고 가슴이 뛰었다. 어느 날 갑자기 남편의 손가락에서 반지가 사라졌었다. 남편은 반지를 술집에 빼놓았다가 잃어버렸다고 했다. 속상했지만 어쩔 도리가 없었다. 그런데 그 반지가 윤숙의 손에서 나온 것이다.

"네 남편이 광주에 내려왔을 때……."

용민은 윤숙과 밤늦게까지 술을 먹다가 탁자에 팔을 대고 자는 바람에 윤숙이 그를 호텔로 옮겼다. 용민은 그제서야 술기운이 가셨는지 잠시 정신을 차렸고 윤숙을 붙들었다. 윤숙은 남편과 이혼한 지 얼마 되지 않아 정신적으로 힘든 상태여서 완강히 용민을 뿌리치고 집으로 돌아왔다. 그 다음날 용민은 숙박비를 지불하지 못해 반지를 잡혀 놓았던 것이다. 윤숙은 용민이 서울로 돌아간 이후에 그 사실을 알았다. 용민은 그 이후에 반지를 돌려받을 생각이 있었으나 현금이 마련되지 않아 차일피일 미루고 있었다. 윤숙은 결혼반지를 찾아올 요량으로 직접 호텔로 찾아가 돈을 지불하고 반지를 찾았다.

그 이후 반지는 윤숙이 보관하고 있었고, 뒤늦게 선혜가 나타
난 것이다.

"오해 마. 내가 실수를 했다면 이해해줘."

그 말에 선혜는 가슴이 뜨거워졌다. 남편이 지방 출장을 와
서 윤숙에게 몹쓸 짓을 했다는 생각이 들었다. 남편에 대한
실망감이 양어깨를 무겁게 짓눌러왔다.

"버려. 필요 없어."

"버리긴, 아무 소리 말고 가져가."

"이걸 갖다 주면 뭐라고 하겠어? 그냥 없던 걸로 하는 게
낫지."

"건네주지 않더라도 네가 보관하고 있어. 요즘 금값도 장
난 아닌데……."

그녀는 봉투를 내려보다 말고 물컵을 들었다. 눈물이 왈칵
쏟아질 것 같았다. 그녀는 한동안 상실감에 빠져 아무 생각
도 나지 않았다. 남편과 윤숙 자매 사이에 비밀이 더 있을 것
같았다. 그녀는 어금니를 꽉 물었다. 긁으면 덧날 것이라는
생각에 참기로 했다. 다만 남편의 도덕적이지 못한 행위가
결혼 이전부터 계속되고 있다는 것이 못마땅했다. 선혜는 윤
숙에게 믿음이 갔다. 선혜에게 반지사건을 밝히는 것은 남편
과 윤숙의 관계가 이미 정리돼 있다는 얘기였다. 윤숙은 남
편에 대한 피해의식을 반지를 건네면서 모두 정리하고 있었

다.

그녀는 한길에서 윤숙과 헤어졌지만 반지사건은 머릿속에서 떠나지 않았다. 남편은 결혼하기 전에 시집을 출간했고, 출판기념회 때 커플 반지를 만들었다.

"내가 책을 낸 것은 모두 자기에 대한 사랑이 있었기 때문이야. 작은 성의의 표시로 이 반지를 선물할게."

남편의 달콤한 말에 선혜는 가슴이 출렁거렸다. 객지생활에 대한 시름이 눈 녹듯이 사라지는 순간이었다. 그 후 결혼할 때도 두 사람은 결혼반지를 따로 마련하지 않았다. 커플 반지가 곧 결혼반지로 연결되었다. 두 사람은 평생을 함께 하자며 굳은 언약을 했다. 그 반지가 남편이 지방 출장을 다녀오면서 없어졌던 것이다.

"책을 옮기려다 반지가 흠이 날까봐 잠깐 빼두었는데……. 걱정 마. 사무실 안 어딘가에 있겠지."

선혜는 반지가 출판사 안 어딘가에서 잠자고 있는 줄로만 알았다.

그녀는 터벅터벅 걸었다. 온몸에 기운이 빠졌다. 윤숙과 보낸 하룻밤은 고통과 번뇌를 가져다주었다. 터미널에 발을 들이면서 지갑을 꺼냈다. 지갑의 똑딱이 잠금을 풀었다가 다시 잠갔다. 입에서 긴 한숨이 길게 새어나왔다. 어제 돈이 부족해 차표를 예매하지 못했다는 사실을 그제서야 깨달았다. 지갑을 다시금 백에다 집어넣는데 하얀 봉투가 눈에 띄었다. 윤숙이가 그녀 몰래 여비를 챙겨 넣어준 것이다. 그녀의 눈가에 눈물 한 방울이 맺혔다. 남편과 자신이 윤숙이에게 큰 빚을 지고 있었다. 잠시 멍하니 하늘을 올려다봤다.

차가 터미널을 빠져나가자 마음은 더욱 공허해졌다. 윤숙과의 만남은 이것으로 마지막이 될 거라는 생각이 들었다. 차는 도시 변두리를 빠져 고속도로로 들어섰다. 어머니한테 얼굴을 내밀지 못하고 돌아간다는 생각에 죄책감이 몰려왔다. 고향에 내려올 때부터 기대하지 않고 무작정 내려왔지만 막상 돌아가는 기분은 왠지 씁쓸했다. 그녀는 눈을 감았다. 아무것도 보고 싶지 않았다. 눈에 보이는 게 없으면 탐욕도 생기지 않을 터였다. 그녀는 삶에 대한 의욕을 상실한 사람처럼 축 늘어져 있었다. 마치 김장하기 위해 소금에 절여둔 숨죽은 배추처럼 의자 깊숙이 자신을 내맡겨두고 있었다. 집으로 돌아가면 빚쟁이가 몰려들 것이고, 끼니조차 해결하지 못할 것만 같았다. 달포 전에 생활고와 병마를 못 견디고 숨을 거둔 시나리오 작가 최고은이 떠올랐다. 예술인에 대한 평소의 관심과는 달리 언론들은 유난을 떨면서 경쟁하듯 그녀에 관한 기사를 올렸다. 정부 관련 부서에서도 전향적인 입장을 취하는 듯했지만, 정작 예술인들은 사건 터지면 관심 한번 가져주는 것 이상으로 보지는 않았다.

선혜는 마른 침을 삼켰다. 그녀는 자신의 삶이 오히려 미혼의 최고은보다 더 형편없다는 생각이 들었다. 최고은은 남에게 피해를 주지 않았지만 남편과 자신은 남에게 피해를 주고 있었다. 그녀는 생에서 사로 가는 직선 위를 아슬아슬하게 걷는 기분이 들었다. 윤숙을 만나면서 남편의 과오는 수면 위로 떠올랐다. 시댁이 남편을 등한시하는 이유도 이해가 되었다. 시댁에서는 남편에 대한 많은 정보를 갖고 있었지만 혈육에 따른 자제력을 발휘하고 있는 것이다. 윤숙을 만나고 나서 시댁에 대한 원망이 다소 수그러졌다. 그녀는 남편을 만나 담판을 지을까도 생각해보았지만 금세 포기해버렸다. 남편은 자기 뜻을 굽히는 일이 없었다. 고집이 세고 고지식한 측면은 그녀가 꺾기 어려운 부분이다. 남편이 술과 여자 그리고 돈으로 인한 정신적 고통을 준 것은 사실이지만 그녀가 남편을 선택한 것은 글을 쓰는 사람은 순수하다고 믿었기 때문이다. 아직까지도 그녀가 남편을 멀리하거나 헤어지지 않은 것도 그런 이유였다.

선혜가 눈을 떴을 땐 창에 뿌연 김이 서려 있었다. 코가 건조하고 목이 따가웠다. 히터에서 뿜어대는 열기가 빠져나갈 구멍은 그 어디에도 없었다. 승객들은 약속이나 한 듯 의자에 몸을 깊숙이 묻고 잠들어 있었다. 발밑에서 엔진음이 끊임없이 글글거렸다. 창 밖으로 나뭇가지가 몹시 흔들렸다.

선혜는 집으로 들어갈 때까지 주변을 둘레둘레 쳐다보았다. 집 근처에서 누군가 몸을 은닉하고 있을 것만 같았다. 집에 들어서자마자 현관문을 걸어 잠갔다. 실내공기는 바람만 없었지 냉기가 공간을 메우고 있었다. 지하방이라 곰팡이 냄새가 났다. 그녀는 날씨와 상관없이 밤낮으로 창문을 열어 내부공기를 환기시켰지만 최근에는 커튼도 옆으로 걷지 않았다. 커튼을 밀면 바깥에서 누군가 얼굴을 내밀 것만 같았다. 실내가 어두웠지만 전기세를 감안하여 전깃불도 함부로 켜지 않았다. 방에 있는 것보다 밖에 있는 것이 오히려 불안감이 없었다.

선혜는 윤숙에게서 건네받은 남편의 반지를 옷장 깊숙이 넣어 놓았다. 외투를 벗어 벽에 거는 순간 현관문이 흔들렸다. 낯익은 목소리가 들려왔다. 주인아줌마 고창댁이다. 그녀는 황급히 현관으로 갔다.

"낮에 경찰이 왔다 갔어. 자세히는 몰라. 남편을 찾는 것 같더라고……."

선혜는 다소 겁먹은 눈빛으로 말했다.

"무슨 일로 그럴까요? 우리 남편이 죄를 지은 것도 없는데……."

"그러게…… 하여튼 다음에 또 들르겠다고 하며 돌아갔

어.”

고창댁은 고개를 흔들며 이해하지 못하겠다는 표정을 지었다. 그녀한테 정보를 얻으려고 했으나 아무 성과가 없자 조금 서운한 눈치다.

“미안해요. 괜히 성가시게 해드린 것 같아서⋯⋯.”

“뭐 아무 일 없음 됐지. 나도 워낙 심장이 약해서⋯⋯.”

고창댁은 선혜를 그다지 신뢰하지 않았다. 방세 밀리는 게 워낙 잦아 여차하면 내보낼 생각을 하고 있었다. 경찰이 들이닥치면서 고창댁은 좋은 기회를 잡았다고 생각했다. 하지만 경찰이 온 이유를 몰라 섣불리 구실을 달 수 없었다. 고창댁은 며칠만 더 기다릴 작정이다. 경찰이 이유 없이 찾아올 리가 만무하다는 생각 때문이다.

고창댁이 사라진 다음 선혜는 덜컥 겁이 났다. 남편과 관련된 일이라면 금전적인 문제일 것이다. 그는 빚쟁이 때문에 도피했고, 돌아올 날짜는 알 수 없다. 그녀는 남편에게 전화를 하려다 그만두었다. 전화 도청이 되면 오히려 부작용이 일어날 것만 같았다. 기회를 봐서 공중전화로 연락을 취할 생각이다.

선혜의 손이 떨리고 있었다. 하루하루를 긴장 속에서 사는 게 두렵고 고통스러웠다. 윤숙이가 머릿속에 떠올랐다. 남편과 한 지붕 아래서 계속 살아야 되는가 하는 생각도 들었다.

경찰에 대한 의문은 그 다음날 오전에 풀렸다. 용민이 술집에서 여자를 성폭행한 다음 달아났다는 신고가 접수되었다는 것이었다. 피해자는 클럽에 놀러온 여자였고, 그녀는 용민에게 성폭행을 당했다고 했다.

"연락처 남긴 것은 없나요?"

경찰은 위압적인 말투로 선혜를 압박했다. 그녀는 고개를 흔들며 말했다.

"저도 시골 갔다 와서 아무것도 몰라요. 어제 집주인한테 들은 것 외에는……."

"행여 연락이 닿으면 곧바로 연락줘요."

경찰은 명함을 건네주었다. 두 경찰은 그녀의 눈을 뚫어져라 바라봤다. 허튼 수작 부리지 말라는 눈빛이었다. 그녀는 심장이 멎는 것 같았다. 경찰에 대한 위압감보다 남편이 성폭행을 했다는 게 믿기지 않았던 것이다. 남편이 여자를 좋아하는 건 사실이지만 성폭행까지 하지는 않을 인물이다. 그녀와의 잠자리를 하는 데 있어서도 강제적이거나 무력을 취하지 않았다. 성적인 집착은 있었지만 적어도 순수한 정서는 있는 사람이었다.

선혜는 휴대폰 폴더를 열었다 닫았다 하며 남편 소식을 기다렸다. 기대를 하지는 않았지만 왠지 연락이 올 것만 같아 잠시도 손에서 휴대폰을 놓지 못한다.

휴대폰 벨이 울린 것은 저녁 무렵이었다. 창에 뜬 전화번호
는 남편의 것이 아닌 낯선 전화번호였다. 여자가 아닌 거친
남성의 음성이었다.

"남편 없어요?"

"누, 누구신가요?"

선혜의 음성은 떨리고 있었다. 그녀에 비해 남자의 목소리
는 무겁고 힘이 있었다.

"소문 들어서 알겠지만 난 피해자 오빤데 어떡할 거요?"

"그게 무슨……."

"콩밥 먹을 건지, 아님 합의를 할 건지 그 말이오!"

"전 아무것도 몰라요. 남편과 연락 닿으면 연락드릴게요."

남자는 여전히 거침없이 공세적으로 나왔다.

"좋은 말할 때 듣는 게 낫지, 괜히 남편 빼돌리고 하면 다친
다고……."

남자의 입에서 반말이 나왔다. 남자는 본심을 보여주겠다
는 듯 발톱을 슬쩍 내보였다. 그녀는 더욱 무섬증이 일어났
다.

"서로 좋게 해결했으면 해요."

"좋게? 지금 누굴 놀리나? 여자 신세를 조져 놓았는데 그
게 쉽게 해결될 거라고 생각해?"

"……."

"딴소리 하지 말고 삼일 안에 해결해, 그렇지 않으면 작업 들어갈 테니……. 당신도 몸조심 하라구……."

선혜는 소름이 끼쳤는지 양어깨가 잠시 떨렸다. 상대는 평범한 남자가 아니라는 생각이 들었다. 남자는 일방적으로 몰아붙였고, 그녀는 대꾸도 제대로 못하고 말았다. 그녀의 머리는 실타래가 뒤엉킨 것처럼 복잡했다. 어디서부터 실마리를 풀어야 좋을지 몰랐다. 어떤 경로로든 남편의 연락을 받고 싶었다. 그녀는 전화를 끊고 밖으로 나갔다. 그리고 한길에 있는 공중전화로 발걸음을 서둘러 옮겼다. 찬바람이 얼굴을 채찍질했다. 이마가 시리도록 찬바람은 날이 서 있었다. 그녀는 공중전화부스에서 수화기를 들고서도 주변에 시선을 두고 있었다. 남편은 전화를 받지 않았다. 세 번의 시도 끝에 남편의 음성을 들을 수 있었다. 그는 이미 경찰서에 연행돼 있었다.

"당신에게 미안해. 나도 뭐가 뭔지 모르겠어. 난 파렴치한 사람이 아냐. 믿어줘."

"……."

"업주가 고용한 꽃뱀한테 물린 것 같아."

그 말에 그녀의 뒷머리를 스치는 것이 있었다. 피해자의 오빠임을 자처하던 사람은 조직폭력배처럼 말했고, 분명 가족이 아닐 거라는 생각이 들었다.

"합의하자고 전화가 왔더라고요. 어떻게 하면 좋아?"

"어떻게 하긴. 억울해도 방법이 없는 걸."

남편은 늪에 빠진 것도 억울했지만 돈이 없으니 해결은 틀렸다고 생각하고 있었다. 선혜는 가슴이 터질 것만 같았다. 남편에게 해줄 말은 아무것도 없었다. 끝내 돈과 여자문제로 망신살이 뻗었다는 게 소름 돋는 일이었다. 한편으론 남편이 자신을 시골로 보내놓고 그 사이를 못 참아 술집을 드나들어 사고를 쳤다는 게 납득이 안 갔다. 여자가 꽃뱀이라 하더라도 남편이 클럽에 가서 접촉한 것은 틀림없는 사실이다. 그녀는 남편이 클럽에 간 사실만으로도 이미 신뢰를 깨뜨렸다고 생각했다. 구차한 변명을 늘어놓는 남편이 가증스러웠다. 그녀는 흐르는 눈물을 그대로 내버려두었다. 두 줄기 눈물이 가슴을 타고 내렸다. 그녀는 전화부스에 그대로 쪼그리고 앉았다. 두 다리에 머리를 얹고 설움에 북받쳤다. 그녀를 그 자리에서 일어서게 한 것은 갑자기 공중전화 부스로 뛰어든 취객이었다. 그녀는 취객을 피해 도망치듯 빠져나왔다.

선혜는 인근 공원에서 잠깐 다리쉼을 했다. 어두운 공원에 희미한 가로등 두엇이 있었다. 인적이 끊긴 공원 주변은 바람소리만 나뭇잎을 스치면서 웅웅거렸다. 그녀는 돌로 만든 긴 의자에 앉아 먼 곳으로 시선을 던졌다. 바람 잘 날 없는 남편의 태도가 이해되지 않았다. 그는 늘 그녀를 안심시키기 위해

곧 형편이 나아질 것이라고 어깨를 토닥거려 주었다. 그러다가 예술가들은 원래 배고픈 직업이라며 동정심을 유발시켰다. 그녀의 약점을 고려한 약삭빠른 노림수였다.

"곧 베스트셀러가 나오면 그땐 우리의 불행도 끝날 거야."

"당신도 참, 베스트셀러가 뭐 풀빵 구워지듯 나오나?"

"우리나라 최고 작가의 작품인데 두말하면 잔소리지."

남편은 자신만만했다. 그는 마치 로또라도 당첨된 사람 같았다. 그녀도 내심 부정하고 싶은 생각은 없었다. 남편이 말하는 그 작가는 베스트셀러 제조기로 통했기 때문에 충분히 가능성이 있었다. 베스트셀러가 안 되더라도 몇 판은 찍고도 남을 중견작가였기 때문이다.

하지만 그 결과는 참패였다. 제작비를 건지지도 못했고, 작가에게 원고료도 제대로 지급하지 못했다. 그 바람에 남편은 그 작가에게서도 신뢰를 잃어버렸다. 그 일로 다른 작가들은 남편의 출판사에 책 내기를 꺼려했다.

"운이 없어 그런 거지 뭐. 지금은 신학기니까 시기가 안 맞은 거야. 두고 봐 잘 팔릴 거야."

남편은 텔레비전 광고로 승부수를 내겠다고 나섰다. 선수금은 그녀의 친정어머니가 갖고 있는 논밭을 매매해서 얻은 돈이었다. 그녀는 남편의 말을 믿고 책이 팔리면 최우선적으로 장모한테 빌린 돈을 갚겠다고 굳은 약속을 했다. 책 판매

가 지지부진하면서 그는 장모와의 약속을 지키지 못했다. 그 일로 남편은 친정어머니의 신뢰도 잃어버렸다.

아내와 장모를 의식한 남편은 또 한번 강수를 썼다. 잡지사 부장 직으로 취직이 될 거라는 말을 꺼냈다. 남편은 어떤 고비 때마다 생각지 않은 희망의 불씨를 지펴 갔다. 그녀는 번번이 실패에 따른 실망을 경험하면서도 귀가 얇은 탓인지 시골 약장사 같은 남편의 사탕발림에 손쉽게 넘어갔다.

"그것 참 될 듯 말 듯 하면서 돈이 손에 안 잡히니……."

남편은 작품에 몰입하는 것보다 돈벌이에 목을 늘였다. 선혜는 오히려 남편이 전업작가로 활동하지 못하고 생활고를 해결하기 위해 몸부림치고 있는 것이 더 안쓰러웠다. 그녀도 남편도 은근히 아이를 가지는 것을 두려워하고 있었다. 생활이 안정되기 전까지는 미루고 싶었다. 두 번의 낙태도 순전히 그런 이유였다. 결혼 전 두 번의 낙태 탓인지 결혼 후 2년 동안 아이가 생기지 않았다. 남편은 가끔 말로만 아이를 가져야 되지 않겠느냐고 했지만 그다지 적극적인 태도는 아니었다. 그녀는 형식적인 남편의 반응이 못마땅하긴 했으나 현실을 인정하는 쪽에 무게를 두기로 했다.

볼에 흐른 눈물을 손수건으로 훔치고 나서 그녀는 집으로 발걸음을 옮겼다. 호주머니에서 열쇠를 꺼내서 문을 열려고 하는데 현관문이 반쯤 열린 채로 바람에 까딱거리며 그녀를 맞았다. 그녀는 눈을 의심하며 황급히 방으로 들어갔다. 남자의 발자국이 방바닥에 찍혀있었고, 화장대 서랍이 열려있는데다가 반짇고리는 뒤집어져 있었다. 옷장을 뒤졌는지 옷가지가 옷장에 끼어있거나 걸쳐진 채 난장판이 돼 있었다. 값비싼 보석이 없어서 손실에 대한 걱정은 하지 않았다. 누군가 집을 침범했다는 게 등골이 오싹했다. 그녀는 방안을 휘둘러보다 말고 황급히 옷장 깊숙이 손을 집어넣었다. 남편의 커플 반지가 사라졌다. 좀도둑은 개코처럼 보석 냄새를 맡고 정확히 빼갔다. 보석은 남편과 인연이 없다는 생각이 문득 들었다. 옷장에 숨긴 것은 상투적인 방법이었다. 그녀는 섬세하지 못했던 자신을 원망했다.

　다음날 경찰서에서 밤새 조사를 받은 남편이 돌아왔다. 증거가 확보될 때까지 구속은 보류되었다. 남편은 증거물을 요구하며 자신의 결백을 주장했던 것이다. 남편의 눈은 깊이 들어가고 이마에 어두운 그림자가 져 있었다. 입술은 마른버짐이 하얗게 피어있었다. 수척한 얼굴을 마주하니 그녀의 가슴 속에 남아있었던 미움이 사라졌다.

　"날 털어먹으려고 아주 작정을 했어, 그 새끼들이."

　"거긴 왜 갔어?"

　"돈 좀 마련하려고 전 직장 친구 만났지."

“조용히 술만 마시고 오지 여자한테 몹쓸 짓은 왜 했어?”

“난 손 한번 잡은 것밖에 없어. 그것도 내가 의도한 게 아니라 그 여자가 손을 끌어당기는 바람에…… 그게 전부야.”

그녀가 조롱하듯 한마디 내뱉었다.

“그만한 일로 경찰에 신고할 사람이 어딨어? 자기가 넘지 못할 선을 넘었으니 그런 거지.”

그녀는 남편의 말에 별로 믿음이 가지 않았다.

“하여튼 꽃뱀한테 걸린 것 같아. 재수 없어 정말. 생각해 봐. 자기한테 조폭이 협박전화를 했다며? 그걸 보면 몰라?”

“난 이제 몰라.”

“일이 안 되려니…….”

두 사람은 고민이 깊어졌다. 남편은 냉수를 마시며 생각에 잠겼다. 그녀는 팔짱을 낀 채 한숨만 연거푸 내쉬었다. 그녀는 반지 얘기를 꺼내고 싶었으나 애써 참았다. 반지는 이미 도둑맞은 뒤였다. 반지와 함께 윤숙의 얘기가 자연스럽게 이어지게 되면 두 사람은 급격한 냉각 상태가 될 터였다. 그녀는 우선 급한 불부터 진화하고 나서 적절한 시기에 반지사건을 말하고 싶었다.

때마침 두 사람의 정적을 깨뜨리는 전화가 걸러 왔다. 그녀는 투박한 목소리의 주인공을 단박에 알아차렸다. 간밤에 피해자의 오빠임을 자처하던 남자였다. 그녀는 휴대폰을 남편의 손에 넘겨주었다. 남편은 망설이다가 마지못해 전화를 받았다.

“어떻게 하기로 했소? 합의 보려면 빨리 연락을 했어야지.”

“무슨 합의를 해요? 내가 무슨 잘못을 했다고?”

말이 끝나기도 전에 남자는 기다렸다는 듯이 목에 힘을 주었다.

“이런 개자식, 죽고 싶어 환장했나!”

“무, 무슨 소릴…… 그렇게…….”

순간 남편의 목소리는 다소 겁먹은 듯 기어들어갔다.

“넌 목숨이 두 개나 되는 모양이지? 겁대가리 없이 어딜 주둥이를 놀려! 죽기 싫음 빨리 남자답게 합의하라고. 이미 증거도 다 가지고 있으니 네가 아무리 꼬리 쳐봐야 안 돼.”

그 말에 남편은 흠칫했다. 경찰에서는 증거를 찾지 못했다는 얘기를 이미 들었는데 그 사이 증거물이 생겼다는 건 신뢰하기 어려운 부분이었다. 남편은 남자가 거짓말로 위협을 준다고 생각했다. 남자는 증거와 무관하게 신체를 훼손시키겠다고 협박을 하고 있었기 때문이다.

“경찰조사를 하면 모든 게 밝혀질 겁니다. 만약 저한테 죄가 있다면 달게 받겠습니다. 그러니 조금만 기다려봅시다.”

“이런 미친 놈! 귓구멍에 X를 박았나. 도대체 말귀를 못 알아듣네…….”

“······.”

“상대방의 호의를 무시하고 어쩌겠다는 거야? 말이 안 통하니 어쩔 수 없지 뭐.”

남자는 일방적으로 전화를 끊어버렸다. 남편의 얼굴이 하얗게 변해 있었다. 입술도 파르르 떨렸다. 남편의 기죽은 모습을 처음 보는 선혜였다. 그녀는 아무 말없이 남편의 눈치만 살폈다. 남편은 연거푸 물컵에 입을 대면서 흥분을 가라앉히고 있었다.

남편은 목 빠진 사람처럼 고개를 숙이고 있다가 겉옷 안주머니의 담배를 꺼냈다. 그리고는 담배에 불을 붙였다. 그녀가 놀란 눈빛으로 말문을 열었다.

“언제부터 담배 피웠어? 애······ 아, 아냐······.”

선혜는 말을 하다말고 얼버무렸다. 그녀는 임신 3개월의 애가 뱃속에서 자라고 있다는 판단을 순간적으로 했던 것이다.

“지금 뭐라고 했어? 애라니······ 애를 가지기라도 했어?”

“아, 아냐. 애는 무슨······.”

“난 임신이라도 한 줄 알았어.”

그 말에 선혜는 서운한 눈빛을 감추지 못했다. 남편은 아이에 대해서는 아무 관심이 없어 보였다. 아이를 가졌다고 하면 또 낙태를 요구할 것 같았다. 그녀가 시치미를 떼고 넌지시 물었다.

"자긴 언제쯤 애를 원해?"

"그런 말이 지금 이 상황에서 나와? 때를 좀 가려서 말해야지."

"그렇다면 언제 우리가 아이에 관해 진지한 대화를 한 번이라도 한 적 있어? 과연 그때가 언제일까? 머리가 하얗게 새고 나서?"

남편은 아내의 의외의 반응에 눈을 지그시 뜨고 말했다.

"오늘따라 갑자기 왜 그래?…… 뭐 나도 굳이 말릴 이유는 없지. 자기가 원하는 대로 해. 다만 이성적으로 판단해."

"나한테 해줄 수 있는 말이 고작 그거야? 실망했어. 당신은 자기밖에 몰라. 다른 건 몰라도 생명에 대한 정마저 없다니 너무하는 것 아냐?"

"내가 뭘 어쨌다고 그래? 괜히 준비 안 된 상태에서 태어나면 서로 고생이다 싶어 하는 말이지. 현실적으로 그렇지 않아? 요즘 세대들이 아이를 갖지 않는 것도 다 이유가 있는 거야. 비단 우리 문제만 아냐. 사회 문제지."

선혜는 말대꾸를 하지 않았다. 한 마디만 하면 그는 곱절로 자기변명을 하거나 미화시키고 나오기 때문이다. 그러다보니 그녀의 자존심도 언제부터인가 시들어 있었다. 그렇게 하는 것이 가정의 평화를 지키는 일이라고 생각해 왔기 때문이다. 남편은 담배를 폐부 깊숙이 빨아들였다가 공중으로 뿜고는 담뱃재를 털며 혼잣말처럼 했다.

"고향에 가서는 별일 없었어?"

그녀에겐 돈을 갖고 왔냐는 소리로 들렸다. 그녀가 생뚱한 눈빛으로 말했다.

"미안해. 헛걸음만 하고 와서."

"어머니는 건강하고……."

"그냥 얼굴도 못 보고 왔어."

"거기까지 가서 그냥 돌아오는 법이 어딨어? 그건 예의가 아니지."

"……."

"없는 돈 써 가면서 그 멀리 갔는데…… 그럼 1박은 어디서 했어?"

"윤숙이네 집에서 하룻밤 잤어."

선혜는 저도 모르게 윤숙이 얘길 해버렸다. 그녀보다 더 놀란 사람은 남편이었다. 남편은 갑자기 뇌가 정지된 것처럼 입이 열렸다.

"윤숙일 만났다고?"

"왜 그렇게 놀라? 윤숙인 내 친구야. 못 만날 이유가 없잖아."

"뭐 그렇긴 하지."

그녀가 남편의 눈을 살피며 물었다.

"앞으로 윤숙이한테 가지 마."

"그게 무슨 말이야?"

"자신이 더 잘 알 것 아냐."

남편의 눈빛이 흔들리고 있었다. 남편은 담배를 다시 꺼내 피우며 마음을 가라앉혔다. 담배 연기는 방안을 가득 메웠다. 굳게 닫힌 창문에 빠져나갈 길을 잃은 담배 연기는 벽이며 천장을 서성거리며 몸부림치고 있었다. 선혜는 눈이 메웠고 마른기침을 했다. 그녀는 자리에서 일어나 방문을 밀었다. 남편은 그녀를 부르려고 입을 열다가 그만두었다.

남편은 불안한 나머지 안절부절못했다. 선혜가 윤숙을 만났으면 자신의 과거를 속속들이 알고 있을 터였다. 아내의 말투는 전에 없이 딱딱하고 다소 반항적으로 보인다. 아내는 이제 자신에 대해 신뢰를 하지 않는 것처럼 보인다. 그는 실마리를 어디서부터 풀어야 할지 고민했다. 한쪽에선 생사를 걸고 협박을 하고 있고, 자기를 지켜주던 아내마저 자칫 등을 돌릴 것이라는 불안감이 그를 짓눌러왔다. 남편은 죽음 같은 시간을 흘려보내고 있었다. 이마와 등짝으로 식은땀이 흘렀다. 식사를 언제 했는지 기억이 나지 않았다. 뱃가죽은 등짝에 붙었다. 가슴을 타고 내려가는 담배 연기가 뱃속을 채우고 있다는 생각이 들었다.

　다음날 새벽 전화벨이 울렸다. 선잠을 자다 깬 남편은 지쳐 있었고, 목청도 풀이 죽어 있었다. 하지만 형님 목소리를 접하면서 남편은 정신이 번쩍 들었다.
　"네가 무슨 짓을 했기에 조폭이 돈 내놓으라고 난리를 치는 거냐!"
　성폭행 피해자의 오빠라고 자처하는 자가 남편한테 합의금을 받지 못할 것이라고 판단한 나머지 그의 고향집에 손을 뻗은 모양이었다. 그들이 지하방에서 궁핍하게 살고 있는 것을 파악하고, 해결책으로 남편의 고향집을 정조준했던 것이다.
　"형님, 그 자식들 말 믿지 마세요."
　"이유 없는 무덤이 어딨냐? 난 모르니까 네가 해결해. 얼마나 네가 못났으면 우리까지 이렇게 힘들게 만드냐?"
　"……"
　"세 살 버릇 여든 간다더니…… 언제 정신 차릴래? 하여튼 네가 저지른 일 네가 수습해. 살다가 별일 다보겠다. 이거 원 창피해서……"
　두 사람 간에는 대화가 이뤄지지 않았다. 형님의 일방적 발언으로 끝났다. 남편의 손이 심하게 떨렸다. 떨리는 입술 사이로 담배 연기가 새어나왔다. 선혜는 아무 말도 못 하고 앉아 있었다. 어디론가 달아나고 싶었다. 지구가 아무리 넓다지만 집 밖으로 나가는 것도 힘들 지경이었다. 덫에 걸린 쥐처럼 몸을 움직일수록 숨통을 죄어오는 것 같았다.

조폭은 남편을 감옥으로 보낼 목적보다 금전적 이득을 취하는 데 목적이 있었다. 금전적으로 해결되지 않으면 최후의 수단으로 남편을 감옥으로 보내려는 심산이었다. 경찰에서도 구속보다 합의 쪽으로 가닥을 잡으려 했다. 하지만 선혜의 수중엔 돈이 없다. 시댁도 이미 등을 돌린 지 오래고, 친정은 끼니를 근근이 유지하는 상황이다. 그들이 요구하는 요구액은 수천만 원이다. 그녀는 포기상태였다. 목숨만 유지할 뿐 아무것도 할 수 있는 일이 없었다. 남편은 사형집행을 기다리는 사람처럼 산송장이 되어 있었다.

"이러지 말고 고향에 내려가서 죽이 되든 밥이 되든 담판을 짓고 와. 어떻게 형제간에 그럴 수 있어? 사람이 죽어가는데도 나 몰라라 하는 법이 어딨어?"

"……."

"나도 할 만큼 했잖아. 더 이상 어떻게 해? 아주 머리라도 깎아서 해결될 것 같으면 그것도 하겠어."

두 사람의 대화는 더 이상 이뤄지지 않았다. 남편의 입에선 맥 빠진 소리가 흘러나왔다.

“감옥 갔다가 올게. 시간 끌어봐야 서로 힘들 텐데…… 내 한 몸 희생하면 끝나는 것 아냐?”

남편은 성폭행에 대한 진의를 밝히자고 날을 세웠던 것과는 정반대의 말을 내뱉었다. 시시비비를 가리고 싶은 생각이 없어졌다. 그들을 상대할 힘이 없었다. 그는 술집에 발을 들인 게 잘못이라는 생각을 했다. 그는 전화기를 들었다. 경찰서 서 형사였다.

“오늘 찾아갈 테니 절 구속시켜요. 제가 모두 했으니…….”

서 형사가 뜬금없는 남편의 말에 의아한 투로 말했다.

“무슨 말입니까? 피해자가 합의 단계에 있다고 해서 기다리고 있는 중인데…….”

“그런 일 없어요. 그냥 절 가두면 됩니다.”

“기다려요. 피해자에게 연락을 취해서 확인 후 부를 테니까…….”

남편은 피해자의 속내를 알기라도 한 듯 피식 웃었다. 꽃뱀과 조폭의 장난에 걸려든 것이다. 돈에 목적이 있어서 자신을 가둘 의사가 없다는 게 확인된 셈이다. 하지만 그것은 남편을 오히려 더욱 힘들게 만들었다. 증거를 제시하지 않으면 경찰서에서 남편을 구금시킬 이유가 없다. 법이란 건 쌍방 합의를 최우선시하고 있기 때문이다.

남편은 시선을 다른 곳에 두고 아내에게 말했다. 어느 때부터인가 아내와 시선을 맞추지 못하는 버릇이 생겼다.

"감옥도 마음대로 들어가는 건 아니구만. 처음엔 날 구속시켜 인생을 망칠 것처럼 난리를 치더니만……."

남편은 아주 마음을 비운 듯 말했다. 그렇지만 문제 해결에 대한 진척이 있는 건 아니었다. 아내가 말했다.

"감옥 가는 게 자랑인감. 자긴 들어가면 그만일 테지만 남아있는 사람은 어떻게 될까 생각 안 해봤어?"

"내가 뭐 감옥을 가고 싶어 가나? 선택의 여지가 없으니 그렇지."

"난세에 영웅이 나고 어려울 때 지혜를 발휘한다고, 뭔가 좀 발전적인 생각을 해야지, 생을 포기한 사람처럼 그게 뭐야?"

"……."

"부와 명예를 바라고 글을 쓰는 건 아니잖아. 뭐가 두렵다고 몸을 사려?"

아내의 말을 듣고 있던 남편의 귀가 떡었다. 남편은 아내의 말에 아무런 대꾸를 하지 못했다. 아내의 훈계가 귀에 거슬리기보다는 자책을 하고 있는 것이다. 그는 아내의 말은 무슨 말이든 수용하겠다는 듯이 계속 듣고만 있었다.

"내가 자기를 의지하며 살았는데 이건 아니라고 생각해. 살다보면 돈과 여자의 유혹에 빠질 수도 있어. 하지만 자기 정체성을 버리는 건 문제가 있어. 지금 자기 모습은 예전의 모습이 아냐. 폐인도 아니고 뭐야. 지난날 자기가 무슨 짓을 했든 난 받아들였어. 단지 돈이 없어서 죄라고 생각했지."

"……."

"내가 돈 때문에 자길 만났다면 벌써 떠났을 거야. 내 이상을 자기가 갖고 있었기에 자기가 외도를 하든 뭘 하든 참고 지켰던 거야. 그래도 당신이 고마운 것은 날 인정했든 안 했든 현재 함께하고 있다는 사실이지……. 그런데 자신만 생각하고 돈의 노예가 되어 삶을 버리겠다고 하는 건 옳지 않아. 그건 곧 날 버리는 것과 같아."

선혜의 눈에 눈물이 맺혔다. 그녀가 휴지를 빼기도 전에 이미 눈물은 방바닥으로 떨어졌다.

"지금까지 두 번의 낙태를 했고, 지금 내 배엔 우리 아기가 있어. 하지만 자기가 원하든 원하지 않든 또 지울 수 있어. 하지만 자기가 이런 식이라면 아기가 아니라 나 스스로도 살아야 할 이유가 없어."

남편은 흠칫 놀란 표정을 지었지만 아무 대꾸도 하지 않고 고개를 수그린 채 듣기만 했다. 담배를 피운 데 대한 죄책감이 들었다. 아내에 대한 무관심이 낳은 일이었다. 아내는 자신에게 많은 것을 양보하고 있다는 것을 알았다. 아내가 자신한테 말하지 않은 더 많은 비밀이 있을 것만 같아 한편으론 아내가 두려운 존재로 다가왔다. 아내의 입에서 더 무슨 말이 나올까 겁이 났다. 아내는 지금 만반의 준비를 해두고 대응하고 있다.

　남편은 잠시 과거를 거슬러 올라갔다. 사실 돈을 벌기 위한 집착 따윈 없었다. 어릴 때부터 원하는 것은 모두 손에 넣을 수 있을 정도로 그의 집은 동네 유지였다. 그로 인해 직업에 대한 열정이나 부를 쟁취하겠다는 욕심도 가지지 않았다. 직장의 월급으로 술과 여자를 감내하긴 어려웠다. 그의 부모는 자식이 수입이 있음에도 용돈을 주었다. 그런 생활태도가 그를 게으르게 만들었다. 그가 간간이 사고를 치면서 돈이 새어나가자 부모로부터 받을 재산이 줄어든다는 위기의식을 형제들은 가지기 시작했다. 형제들은 부모를 구슬려 그에게 더 이상 금전 지원을 못하게 만들었다. 그의 부모는 자식들의 원성에 못 이겨 자금 지원을 끊어버렸다. 형제간에 불화가 일어났지만 그의 손을 들어주는 사람이 없었다. 그 즈음 선혜가 나타난 것이다. 그녀는 그에게 귀인이었지만 그의 가족으로부터 끊긴 돈줄을 대신 감당해야 하는 처지가 된 것이다. 그는 그녀에게 미안한 마음에 돈을 벌 욕심으로 직장을 구해 보기도 하고 결국엔 출판사업을 시작했다. 하지만 직업의식이 없고 워낙 게으른 탓에 실패를 거듭했다. 도박꾼이 부인을 팔아넘긴다는 말이 있듯이 그는 생활비가 바닥이 나고 친정집과 아내의 지인들 호주머니까지 다 털어오는 상황에 이르렀어도 술과 여자에 대한 집착은 못 버렸다. 그러한 흐트러진 사고 끝에 결국 그는 종착지까지 다가온 것이다.

　경찰에서 성폭력 사건에 대한 종결을 내렸다. 쌍방의 합의가 낳은 결과라고 했다. 여자는 성폭력에 대한 고발을 취하했다. 이 소식을 전해들은 용민과 선혜는 마치 꿈속에 온 것처럼 어리둥절했다. 천만 원에 합의했다는 내용이었다. 조폭의 성격으로 보아 돈을 받지 않고 물러날 사람이 아니었는데 천만 원을 누구한테 건네받았는지 궁금했다. 선혜는 최종적으로 그 가능성을 시댁에 두었다. 시댁이 아니면 불가능한 일이었다. 시댁도 조폭의 무지막지한 압력에 굴복했거나, 혈육에 대한 실낱같은 정에 못 이겨 양보했을 거라고 생각했다. 두 사람은 안도의 숨을 내쉬었다.
　과거의 좋지 않은 기억 때문인지 남편은 전화기를 들지 못한다. 형제간의 우애가 깨지긴 했지만 어떻게든 형식적인 예의라도 갖춰야 할 것 같았다. 몇 번을 수화기를 들었다 놓았다 하는 남편을 보다 못해 결국은 그녀가 나섰다. 그녀는 낮은 음성으로 조심스레 접근했다. 전화를 받은 사람은 시아버지였다. 시아버지가 전화를 받는 일은 흔치 않았다. 형식적인 안부를 물었지만 시아버지는 건조하고 투박한 목소리였고, 대화를 싫어하는 눈치다.

"무슨 일로 전화를 했냐?"

"고맙다는 인사를 하려고 이렇게……."

"내가 뭘 했다고 그러냐? 전화요금 나온다 끊어라."

"죄송해요. 돈 벌면 빠른 시일 내에 꼭 갚을 게요."

"뭘 갚어. 내가 돈 빌려준 게 어딨다고……."

그녀는 시아버지가 일부러 꼬리를 내뺀다고 생각했다.

"아버님 맘 다 압니다. 은혜를 갚겠습니다."

"은혜고 뭐고, 난 무슨 소릴 하는지 모르겠다. 나중에 시누이하고 통화하든지 해봐라."

두 사람의 통화는 짧게 끝났다. 옆에서 듣고 있던 남편은 무덤덤한 표정이다.

"한 푼도 내놓지 않겠다고 소리치다가 돈을 내놓았으니 조금 겸연쩍어서 하시는 소리일 거야."

남편은 아버지가 부모된 도리로 합의금을 주었다는 생각엔 변함없었다. 선혜의 마음도 똑같았다.

"이번 주말에 아버님 생신이니 직접 내려가서 인사나 하러 가는 게 어때?"

남편이 가만히 생각하다 말고 입을 연다.

"부모님이 고맙긴 한데 왠지 마음이 내키지 않아. 훗날 뭔가 정리가 되면 내려가지 뭐."

"그러지 말고 이번 기회에 형제간 우애도 다질 겸 한번 같이 가."

"솔직히 일은 이렇게 마무리됐지만 과연 진정성이 있냐 없냐는 생각 좀 해봐야지."

남편은 가족이 어쩔 수 없이 합의금에 응해줬다고 생각하고 있었고 여전히 그들을 신뢰하지 않는 듯 보였다. 그녀는 더 이상 그를 닦달할 생각이 없었다.

선혜는 사흘 후 버스를 타고 고향에 내렸다. 시댁을 가려다 왠지 가까운 친정부터 들르고 싶었다. 점심 무렵에 시댁에 가게 되면 식사에 대한 불편함이 있었다. 김치 하나로 밥을 먹더라도 친정집에서 먹는 게 마음 편했다. 그래서 그녀는 친정집에 들러 시간을 보내고 곧바로 시댁에 들르기로 했다.

하늘은 흐렸고, 바람이 거칠게 바짓가랑이 사이를 타고 올라왔다. 선혜는 호주머니에 손을 깊숙이 찌르고 발걸음을 재촉했다. 그녀는 집에 들어서자마자 현관문을 흔들었다. 초인종이 없어 문고리를 흔들어 어머니를 불렀다. 그런데 문은 잠겨있었고 인기척이 없었다.

그녀는 시간을 벌 요량으로 우선 슈퍼에 들러 곶감을 사기로 했다. 그녀가 들어서자 슈퍼 주인 완산댁이 목도리를 고쳐 매면서 나왔다. 양말도 두꺼운 것으로 착용하고 있었다. 완산댁은 그녀를 알아보자마자 빠른 걸음으로 앞으로 성큼 나섰다.

"어떻게 왔어?"

"친정집에 왔죠."

그 말에 완산댁은 잘못 들은 양 다시 되물었다.

"금방 친정집에 왔다고 했어?"

"…… 예."

"난 엄마가 딸네 집으로 이사 가는 줄 알았는데……."

그녀가 목을 빼며 물었다.

"그럴 리가 없어요. 처음 듣는 얘기예요."

"난 새댁이 무슨 소릴 하는지 모르겠어. 엊그제 엄마가 집을 내놓고 떠났어."

"예에? 어디로요?"

"멀리 갈 거라고 하면서……. 더 이상은 묻지 않았어. 난 멀리 사는 딸이 엄마를 불렀다고 생각했지."

선혜는 가슴이 움찔했다. 마치 꿈을 꾸는 양 정신이 몽롱해졌다. 그녀는 다리까지 떨고 있었다. 어머니가 전화 한 통 없이 홀연히 다른 곳으로 갔다는 게 도무지 믿기지 않았다. 그녀는 슈퍼를 나와 집주인이 사는 언덕배기로 달음박질하듯 뛰었다. 숨이 턱까지 차올랐다. 주인은 어머니가 살던 집보다 약간 위쪽에 살고 있었고, 주변에서는 가장 집터가 넓은 양옥이었다. 대문도 크고 주차시설도 깔끔하게 해놓았고, 감시 카메라까지 설치해둔 집이었다. 그녀는 도착하자마자 초인종을 눌렀다. 주인 여자는 그녀를 알아보고 사무적으로 말했다.

"내가 사생활까지는 모르니 그건 엄마를 만나 직접 물어봐."

"어디로 간다는 말은 없었나요?"

"얼마 전에 어떤 건장한 남자가 찾아왔더라구……. 그러더니 갑자기 방을 빼달라고 하길래 그냥 원하는 대로 해줬지. 그 이상은 몰라."

그녀는 그 자리에 쪼그리고 앉았다. 온몸에 기운이 쭉 빠졌다. 어머니와 가장 가깝게 지내왔던 그녀는 이해하기 어려웠다. 주인과 슈퍼 주인이 모른다면 어머니에 대한 정보를 알 길이 없었다. 어머니는 당뇨병을 가지고 있었고, 자궁까지 들어냈다. 그리고 관절도 좋지 않았다. 그런 어머니가 폐지까지 들고 다녔는데……. 어머니한테 남자가 있을 리도 만무하고, 어머니를 데려갈 친지도 없다. 어머니 주변 사람들은 아버지와 이혼한 이후 모두 관계를 끊거나 건성으로 상대했다. 어머니가 손을 내밀까 조바심 나는 사람들이었다. 어머니는 유일하게 딸만 머릿속에 두고 살았다. 딸이 원하는 것이라면 무엇이든 해주고 싶었다. 그런데 그 딸에게조차 아무런 흔적도 남기지 않고 홀연히 어디론가 가버린 것이다. 어머니는 얼마 되지 않는 지하방 보증금을 갖고 어디로 갔을까. 돈 아낀다고 좀처럼 여행도 가지 않던 어머니가 여행을 갔을 리도 없다. 그녀는 머릿속이 복잡했다. 가슴이 답답하여 소주라도 입에 털어 넣고 싶었다. 오만가지 생각이 머릿속을 휘감았다.

선혜는 어머니가 살던 집 앞에서 한참을 멍하니 바라보았다. 사람 움직임이 전혀 없었다. 해는 등 너머에서 서성거리고 있었다. 그녀는 구두코를 내려다보며 걸음을 옮겼다.

산다는 것은
맨손으로 산다는 것은
버릴 게 없으니 속편하고

산다는 것은
속편하게 산다는 것은
빈손이니 남들이 유혹하지 않아서 좋은 거지

없어서 불편한 것이
있어서 근심이 되는 것보다 낫지

선혜는 남편이 쓴 초기시를 머릿속에 떠올렸다. 그 당시 가슴으로 품고 명상하듯 했던 시 구절이었다. 보는 것과 듣는 것을 현실에 꿰맞추긴 어렵다는 생각이 들었다. 그 시는 마음을 편안하게 하기보다 오히려 저리게 만들었다. 숨통을 조여오고 머릿속이 까맣게 타들어갔다. 그녀는 그동안 많은 걸 잃어버렸지만 절망하진 않았다. 하지만 어머니가 곁에 없게 되자 모든 걸 잃었다는 생각이 들었다. 모든 걸 버리면 근심이 없다 했는데 오히려 근심은 더 증폭되어 있었다.

선혜는 한참을 걷다 무슨 생각이 들었던지 휴대폰을 꺼내 메시지 함을 열었다. 어머니가 보낸 은행 계좌번호가 보였다. 어머니는 따로 현금카드도 주었다.

"아직은 너보다 내가 형편이 나으니 이걸 갖고 있다가 필요하면 빼내 쓰도록 해라."

예전에 출판사를 열면서 1억 원을 어머니로부터 받은 적이 있다. 그 일로 어머니는 월세방 신세가 됐다. 그 상황에서도 어머니는 갖고 있던 한 장의 현금카드까지 내주었다. 하지만 그녀는 죄의식에 사로잡혀 현금카드에 손을 대지 않았다.

선혜는 카드를 들고 가까운 은행을 찾았다. 그리고 카드를 조심스럽게 넣었다. 그런데 카드 잔액이 없었다. 0원으로 찍혀 있었다. 그녀는 속았다는 생각보다 뭔가 잘못되었다는 생각이 들었다. 어머니가 아무 말도 없이 자신을 속일 리가 없었다. 돈이 빠져나간 날짜가 2일 전으로 나와 있었다. 천만

원이 넘는 액수가 빠져나간 것이다. 그 순간 그녀는 조폭의 얼굴이 스쳐 지나갔다. 조폭이 겨냥한 게 시댁이 아니라 친정 집을 건드렸다는 생각이 들었다. 어머니는 딸의 가정을 지키기 위해 전 재산을 그들의 손에 넘겨주었던 것이다. 그녀의 집에 든 도둑도 그들일 것이다.

선혜는 주민자치센터로 가서 주민등록을 살펴보았다. 예상은 적중했다. 어머니는 주민등록이 현재 주소로 그대로 등재돼 있었다. 어머니가 그 많은 돈을 줄 사람은 아무도 없었다. 그녀의 통장으로 송금될 리도 없었다. 남편을 의식하여 엄마는 그 방법은 피했던 것이다. 온몸이 플라스틱처럼 뻣뻣해졌다.

어머니의 행방을 당분간은 찾긴 힘들 거라는 생각이 들었다. 실종신고를 할 필요도 없을 것 같았다. 선혜의 눈에 굵은 눈물이 맺혔다. 저 멀리 시댁 집이 등을 돌리고 앉아 있었다. 그녀는 발걸음을 돌렸다. 아까부터 망설이고 있던 태양이 머리를 감추었다. 그녀는 옷깃을 올리고 아랫배가 조이지 않을 만큼 외투의 고리를 채웠다. 그녀는 혼자가 아니라는 것을 느끼고 있었다. 지난날 고속버스에서 남편복이 없다는 중년 부인의 말이 슬핏 뇌리를 스쳤다. 바람이 그녀의 머리를 마구 헝클어뜨렸고, 그녀는 외투자락을 겹쳐 잡았다. 저만치 수은 등이 길게 밤을 안내하고 있었다. 그녀는 바람을 뚫고 한길로 나섰다. 그때까지 남편의 안부전화는 없었다.

한파주의보

그가 포장마차를 빠져나왔을 땐 칠흑 같은 어둠이 기다리고 있었다. 구정을 사흘 앞두고 한파는 벌써 닷새째 기승을 부렸고, 이러다가 정월 초하루까지 이어질 듯싶었다. 깊은 산 쪽으로 난 비포장도로를 걷는 그의 얼굴은 술기운으로 붉게 피어올라 추위보다는 걸음걸이에 더 신경을 쓰고 있었다. 하긴 넘어지거나 말거나 누구 한 사람 의식할 필요가 없는 산기슭이었다. 걷다가 고꾸라지면 그대로 죽어버릴 민가나 행인도 없는 그런 곳이었다. 그나마 차가운 달빛이 좁은 길을 비춰 주어 비포장길이 뱀꼬리처럼 허옇게 드러나서 길을 잃어 헤맬 필요는 없었다. 스산한 바람이 목덜미를 주욱 긋고 지나간다. 일순간 죽음보다 무서운 적막감이 온몸을 덮쳐왔다.

넘어질 듯 말 듯 걷는 발걸음은 진작부터 보폭이 일정치 않았고, 신발 끄는 소리도 컸다 작았다 했다.

얼마쯤 걸었을까. 등 뒤 민가의 불빛이 별빛처럼 꺼질 듯 말 듯 가물거리고 있었다. 그는 세수하듯 두 손으로 얼굴을 슥슥 문질렀다. 까칠한 피부에 광대뼈가 잡혔고, 영하의 바람으로 이마는 불 뺀 구들장처럼 온기를 좀처럼 느낄 수 없다. 엉뚱하게도 콧속으로 다가드는 건 손에 배인 진득한 기름냄새뿐이다.

그는 긴 한숨을 내쉬다 말고 다시 하늘로 고개를 치켜든다. 고개를 너무 젖혔던 탓에 그는 맥없이 땅에 엉덩방아를 찧고 만다. 잠시 동안 눈앞에 보이는 것 아무것도 없다. 그는 두 손으로 땅바닥을 짚고 일어서려다 말고 그 자리에 벌렁 드러누워 버렸다. 등골로부터 시원한 냉기가 전해왔다. 멀리 갈 것도 없이 그냥 이대로 잠들고 싶었다. 어느새 그의 눈자위엔 물기가 고였다. 그동안 축적된 서러움이 한꺼번에 가슴 깊숙이 젖어든 것이었다. 방 한 칸 장만해보려고 동분서주하던 아내의 모습이 성큼 눈앞에 다가온다. 그녀는 돈이 될만한 일은 무엇이든지 했고, 파출부 일은 벌써 십 년째 하고 있다. 손등까지 번진 습진이 그 증표였다. 습진이 그렇게 번지도록 그녀는 손에 약 한번 바른 적이 없다. 이따금 그가 닦달하면 "약 발라 보았자 물에 손 넣고 나면 마찬가진데 뭐하러 아까운 돈

낭비해가며 소득 없는 짓을 해요? 이까짓 게 어디 병이에요? 내 평생에 습진으로 죽었다는 사람은 아직 한 번도 본 적이 없어요."라며 단단히 빗장을 걸고 나오는 아내였다. 그런 아내의 희망도 벼랑 끝으로 내몰리고 있었다. 그는 자그마치 15년의 세월을 입을 것 못 입고 먹을 것 못 먹고 할 말 제대로 못하고 눈 감고 귀 막고 죽도록 회사에 몸바쳤건만 월급은 고사하고 퇴직금도 못 받고 쫓겨난 것이다. 더군다나 어처구니 없게도 도둑놈이란 오명까지 쓴 채로 말이다.

그는 누웠다 말고 벌떡 일어선다. 옷소매와 등자락에 흙이 묻었지만 거기에 조금도 관심을 주지 않는다. 아무리 곱씹어도 억울하다는 생각이 계속 뇌리를 쳐댄다. 주먹을 꽉꽉 쥐어 보지만 남는 것은 허탈함뿐이다. 그러면서도 엊그제의 잔인했던 일을 잊지 못하고 또다시 어금니를 문다.

그날도 그는 비지땀을 흘리며 팔목에 힘을 주었다. 그는 추운 겨울을 여느 계절과 마찬가지로 땀에 절어 살았다. 속옷 한 장에 작업복을 걸친 그는 마른 체격답지 않게 겨울을 늘상 그렇게 보내고 있었다. 일주일 전에 조립라인의 에어관 공사가 시작되면서 땀의 양은 더욱 많아졌다. 땀이 작업복에 배어 나오면서 근력 좋던 팔의 힘도 점차 떨어지고 있었다. 그렇지만 일거리는 오히려 늘어가기만 했다. 작년 생산량의 두 배로

끌어올리기 위해서 만들어진 조립라인은 에어관 설치가 끝나면 곧바로 생산에 들어갈 수 있었다. 그래서 회사는 한시가 급하다며 작업자들을 줄곧 들볶아댔다. 그 바람에 야간작업은 식은 죽 먹듯이 행해지고 있었다. 그 일은 그와 더불어 세 명이 떠맡아서 하고 있었는데 그를 제외한 두 사람은 작업을 하는 중에도 습관처럼 구시렁거렸다.

"어떤 놈은 팔자가 좋아서 난롯불 앞에서 얼굴이 타도록 앉아있고, 우리 같은 시다바리는 팔자가 더러워 좆이 빠지도록 일만 해야 되고……. 참말로 세상 좆같네 정말."

"우리같이 좆탱이 치는 놈은 일을 해서 추위를 견뎌내라는 것 아냐. 그건 좋다 이거야. 그러면 일을 하게끔 인원은 제대로 보충해줘야 할 것 아니냐 이 말이야. 젠장!"

"그러게 말이다. 이러다 좋은 세상 못 보고 골로 가는 건 아닌지 모르겠다, 씨펄!"

그는 두 사람의 말에 동감을 나타내면서도 한편으론 서운함을 갖고 있었다. 매부리코에다 턱 쪽에 도장 크기만한 검은 점을 가진 스무 살의 사내는 힘든 일을 기피했고 바쁘다는 이유로 잔업도 빠지기 일쑤였다. 그리고 그 사내보다 두어 살 아래인 강무량은 서른두 살에 늦장가를 든 사내였는데 소아마비로 다리를 절고 있어서 높은 곳에선 일을 할 수가 없었다. 그런 나머지 높은 곳을 원숭이처럼 넘나드는 일은 결국 그의 몫이 돼버렸다. 내성적인 성격에 배포가 작은 그는 일을 제대로 해내려면 그 일을 떠맡을 수밖에 없었다. 파이프를 탄다는 것은 외나무다리를 건너는 것보다도 더 위험천만한 일이었다. 실수로 발이라도 헛디디면 머리가 부서지고 말거라는 생각에 사지가 떨리고 현기증이 일어났다.

그는 장대를 들고 줄타기 하는 곡예사처럼 한 발 한 발 조심스럽게 떼어놓았다. 수도관 두께의 파이프는 그를 바짝 긴장케 했다. 마치 TV 안테나처럼, 아니 많은 발을 가진 흉물스런 지네처럼 에어관 설치는 끝없이 길게 이어졌다. 선반, 밀링, 연삭, 드릴, 호우닝, 브로우치, 제복을 입은 수많은 작업자들은 제 일에 바빠 머리 위쪽은 거들떠보지도 않았다.

에어관을 설치하는 옆쪽엔 몸통만한 은빛 보일러관이 있었다. 시골집에서 군불을 피워 밥 짓는 것과는 달리 여기서는 더운 김으로 중식을 준비하고 있었다.

그는 아래로 내려가기 위해 조심스럽게 그쪽으로 다가갔다. 그리고 손을 짚었다. 추운 겨울에 보일러관이 얼어 터지지 않게 파이프 둘레에 방온장치를 해두어서 바깥까지 뜨겁지는 않았지만 그걸 함부로 잡은 사람은 아무도 없었다. 마치 뜨겁게 달구어진 쇳덩이를 잡는 것처럼 사람들은 멈칫거렸다. 그 역시 아래위를 오르내리게 되면 그곳을 통과해야 했고, 그럴 때마다 자신도 모르게 머리끝이 쭈뼛거렸다. 그는 보일러관에 걸쳐둔 사다리를 타고 내려오면서 한숨을 내쉬었다. 그의 손엔 기름과 먼지가 흉하게 얼룩져 있었다.

"손씨, 저곳에 널려있는 파이프는 버리는 거야?"

그가 그걸 타고 내려서자 우 과장이 기다렸다는 듯 퉁명스럽게 말을 걸어왔다. 오전 작업이 얼마 남지 않은 데다 수십 개의 파이프가 아무렇게 널려있었다. 그는 잠시 후 식사시간에 이쪽을 지나칠 사람들에게 피해를 줄까봐 벌써부터 마음에 두고 있었다. 그런 중에 우 과장과 맞닥뜨린 것이었다.

그는 우 과장이 가리키는 파이프에 눈길을 주었다가 맥없이 돌려버렸다. 턱 쪽에 큰 점을 가지 젊은 사내, 원상점의 짓이었다. 상점은 파이프를 합리적으로 절단하지 않고 있었다. 조금만 신경을 쓰면 원 재료를 사용하지 않고서도 소재를 절약할 수 있었음에도 불구하고 상점은 마음대로 이것저것 잘라댔고 결국은 길이가 어중간하여 소재를 버릴 수밖에 없었던 것이었다.

"쓰고 남은 로스 같은데요."

"뭐? 로스?"

"어떡하겠습니까. 길이가 맞지 않으니까 아까워도 할 수 없이……."

그는 생각잖게 상점을 두둔하고 나섰다. 걸핏하면 관리자에게 구박받는 상점이 아니었던가. 그걸 앞에서 보고 있노라면 그의 잘잘못에 앞서 측은하기조차 했다. 이따금 술좌석에서 회사를 그만두겠노라고 자신의 심정을 풀어놓을 땐 뜻하지 않은 동정심이 발동하여 함께 고민해주었다. 그것도 수차례 그의 푸념을 듣는 것도 이력이 났다. 그렇지만 과장에게 고자질을 해서 그를 곤란하게 만들고 싶은 생각은 없었다.

"이 사람아, 길이가 안 맞아도 한두 개지. 도대체 이게 몇 개야?"

우 과장은 등 뒤의 난롯불을 쬐다 말고 발 앞에 있는 파이프를 구두코로 차버렸다. 팔길이만한 파이프가 다른 파이프와 부딪히면서 쇳소리를 내며 아무렇게 굴러갔다.

"월급 올려달라고 데모만 할 줄 알았지 일하는 것 보면 장난치는 것도 아니고……."

우 과장의 얼굴은 신경질이 더덕더덕 붙어있었고 난롯불을 쬐던 탓에 얼굴빛도 벌겋게 달아있어서 마치 술 먹고 화난 사람 같아 보였다.

"이번엔 눈감아주겠지만 한 번만 더 그랬다간 변상조치 시킬 테니 정신차려 일하라고. 괜히 노조 믿고 껍죽대지 말고."

지난봄에 노조가 생긴 후 우 과장은 모든 일을 노조와 연관시키고 나왔다. 노조를 삽입시키지 않으면 밥맛이 없는 사람처럼 그렇게 길들여져 있었다. 그가 노조에서 홍보부장 직을 맡으면서 우 과장의 간섭은 더욱 노골화되었다. 그렇지만 그는 가급적 충돌을 피하고 있었다. 날만 새면 얼굴을 맞대는 사이인 만큼 불편한 관계를 만들 필요가 없다고 생각한 그였다.

그는 흩어져있는 파이프를 한쪽으로 모으고 있었지만 생각처럼 우 과장의 날선 충고를 떨쳐내지 못했다. 내심 상점이가 원망스러웠다. 밤색으로 도색된 길고 짧은 파이프는 거의 정리가 되었지만 상점은 눈에 띄지 않았다. 싫은 소릴 듣더라도 이번엔 그에게 한마디 해주겠다며 벼르고 있었지만 중식을 알리는 벨소리가 울리도록 끝내 상점의 모습은 보이지 않았다. 여느 때와 마찬가지로 공장 밖에 있는 세면장에서 손을 씻은 후 현장엔 들어오지 않고 곧장 식당으로 갔을 법했다.

손을 서로 비비거나 입으로 불며 식당으로 가는 사람이 제법 불어났다. 호주머니에 손을 넣고 다니면 안전사고의 우려가 있다며 작업복이 지급될 때부터 호주머니는 달려있지 않았다. 그래서 사람들은 자연히 언 손으로 겨울을 날 수밖에 없었다.

그는 세면장에 가다 말고 되돌아왔다. 하마터면 어제와 마찬가지로 수도 파이프 제작을 잊을 뻔했다. 우 과장에게 불쾌한 소리를 듣고 난 다음 그 생각이 어디론가 꼬리를 감춘 모양이었다. 어쨌든 짧은 시간에 떠올렸다는 건 그에게 지극히 다행스러운 일이었다. 엊저녁에도 수도 파이프가 터질까봐 불안해서 잠을 설쳤던 걸 생각하면 오늘은 천하없어도 고쳐 놓아야 했다.

그는 손바닥에 기름때와 함께 희미하게 적혀 있는 수도 파이프 치수를 확인하고서 파이프가 적재된 곳으로 갔다. 못 쓰게 된 파이프는 길이가 들쭉날쭉했고 그는 거기다 줄자를 일일이 갖다 대며 적당한 소재를 찾았다. 그가 1미터 15센티미터의 파이프를 선택했을 때는 이마의 땀이 식은 지 오래였다. 땀에 축축했던 속옷도 벌써 찬바람으로 가득 찼다. 허나 그것도 잠시뿐, 파이프를 바이스에 물려놓고 수나사를 치면서 추위는 또다시 달아나고 있었다. 시간이 흐를수록 그의 손놀림은 더욱 기민해졌다. 중식 시간에 끝내지 않으면 오늘도 수도 파이프를 만들지 못하고 끝날 수밖에 없다는 강박관념에 그는 팔목에 더욱 힘을 주었다. 그리고 제대로 만들어지길 가슴으로 바랐다. 파이프에 나사를 만드는 동안 그의 머리는 자신이 살고 있는 셋방에 가 있었다.

그가 사는 집은 공단지대에서 자그맣게 촌락을 이루고 있는 곳이었다. 집의 양편엔 고래등 같은 대기업들이 버티고 있었고, 지대가 높은 탓에 창원공단이 내려다보였다. 집들은 쳐다보기만 해도 쿰쿰한 냄새가 묻어날 만치 구옥들로 다닥다닥 들어찬 마을이었다. 그러나 창원공단이 생기면서 이 구옥들은 때아닌 돈방석에 앉았다. 손바닥만한 땅을 가진 사람들이 창원을 떠나지 않고 버티는 것도 그런 연유였다. 여기저기 빌딩이 세워지고 크고 작은 공장이 눈코 뜰 새 없이 세워지면 세워질수록 그들의 마음은 더없이 기대에 부풀어갔다. 그만큼 인구도 눈에 띄게 늘어났다. 그렇지만 그들을 수용해낼 만큼 집들은 많지 않았다. 여기저기 아파트도 계속 신축되고 있었지만 그 많은 수요를 이겨내지 못하고 있었다. 방 구하기가 어려워지자 반듯한 집이거나 허름한 집이거나 집을 갖고 있는 사람들은 너나 할 것 없이 터만 있으면 무조건 방을 만들어댔다. 대충대충 뚝딱거려 하늘만 덮으면 그냥 그게 방이었고, 그 방은 내놓기 무섭게 사람들이 몰려들었다. 그것도 집이라고 방세는 더럽게 비쌌고 거기서 살겠다는 사람은 또 왜 그렇게 많은지. 어쨌든 답답한 놈이 우물 판다고 그 역시 없는 돈에 찬물 더운물 가릴 처지가 아니었다.

그가 세들어 사는 집엔 일곱 세대가 마당도 없이 살았는데 죄다 공장에 다니는 노동자였다. 그런 나머지 아침저녁엔 늘상 시장바닥처럼 북적거렸고, 한낮엔 적막하기 이를 데 없었다.

그와 아내가 수도관에서 물이 홍건한 걸 발견한 것은 이삿짐을 푼 지 꼭 사흘만이었다. 파이프는 벌겋게 녹슬어 있었고, 손을 대기 무섭게 쇠 부스러기가 너덜너덜 일어났다. 수도관은 땅 밑으로 묻히지 않고 부엌 벽을 뚫고 길게 뻗어 있었다. 그 파이프는 벽돌 한 장을 지나 다른 집으로 연결되어 있었는데 그 집 역시 그의 집과 매한가지였다.

그는 마음속으로 조만간에 파이프가 터질 걸로 예상하고 있었다. 벌써부터 갈아치웠어야 할 수도관이었다. 회사에서 배관공으로 15년을 넘긴 그는 파이프 두께까지 계산할 정도였다. 어쨌든 그에겐 불쾌한 일이었다. 이사한 지 3일 만에 수도관이 이 지경이라니…….

그는 실망한 눈빛으로 주인을 찾았다. 그러나 그의 의도와는 다르게 주인의 입장은 엄동설한의 추위만큼이나 쌀쌀했다. 사흘이 아닌 하루 만에 이사를 왔더라도 세들어 사는 사람이 고치게 되어 있다며 단호하게 잘라 말하는 주인이었다. 한 마디 더 대꾸했다간 방을 빼달랄 것 같아 그와 아내는 말문을 닫아버렸다. 방 구하기 힘든 상황에서 서로 맞서 보았자 불리한 쪽은 이쪽일 수밖에 없었다.

"당신 좋은 기술 놔뒀다가 뭐할 거예요? 이때 써먹지 않고……."

"내가 이런 데 써먹으려고 배관공이 된 줄 알어? 두 번 다시 그런 소리 입 밖에 내지 말어."

"그럼 어떡할 거예요? 사람을 불러다가 고치려면 적어도 몇 만 원은 들 텐데……."

"나도 모르겠어. 사람을 불러다가 고치든 아주 수도를 다시 놓든 난 모르겠으니까 당신이 알아서 하라구.”

그는 핏대를 세우며 자신의 뜻을 밝혔으나 하루를 못 넘기고 결국 아내의 요구에 이끌리고 말았다.

끼릭 끼릭 끼리릭—

파이프에 나사가 만들어지면서 내는 소리는 조용한 공장 바닥과 천장을 농밀하게 핥아나갔다. 벌써 식사를 마친 동료들이 식당 쪽에서 하나둘 나오고 있었다. 어떤 사내는 그가 있는 쪽을 쳐다보며 식사하라고 떠드는가 하면 입버릇이 나쁜 고형술은 “뒤비쪼우지 말고 밥때가 되모 밥이나 챙겨 묵어”라며 억센 사투리로 비웃어댔다.

그는 이런저런 소릴 들으면서도 그들에겐 반감을 가지지 않았다. 집주인과 자신의 빈곤함만 탓할 뿐이었다. 언제까지 남의 셋방살이를 살아야 할지 한숨을 푹푹 내쉬는 그의 얼굴은 그늘지고 수척해져 있었다.

수도관을 고치기 위해 그는 잔업을 빼고 도망치듯 회사를 빠져나왔다. 낮이 짧은 겨울철엔 오후 다섯 시가 무섭게 해가 꼬리를 감춘다. 그는 통근버스를 타지 않고 시내버스를 잡아 탔다. 통근버스는 퇴근시간보다 40분 후에나 도착하고, 그걸 타게 되면 어둠이 깃들 무렵이 되어서야 집에 도착한다. 그땐 세들어 사는 사람들이 들어와서 저녁밥을 준비할 때다. 그렇게 되면 그의 수도관 수리는 차질을 빚게 된다. 수도관을 고치려면 메인 스위치를 잠가둬야 한다. 그걸 누구보다 잘 알고 있는 사람이 그이기 때문이다.

시내버스는 사람들로 꽉 찼다. 몸을 비틀 수 없을 만치 아니 호흡이 곤란할 정도로 차 안은 복잡했고, 운전사가 운행 중에 급브레이크를 밟거나 핸들을 좌우로 꺾게 되면 사람들은 이리저리 떠밀렸다. 자칫하면 차 밖으로 튕겨나갈 것 같았다.

변비 걸린 사람이 아랫도리에 힘을 주듯 차는 끙끙대며 힘겹게 내달았다. 그리고 한 명이라도 더 태우기 위해 승객의 아우성을 무시하고 정류소마다 끈질기게 차를 세웠다. 그때마다 차는 둔중한 소음과 함께 새까만 매연을 뿌려놓고 마산 쪽으로 미친 듯이 달아났다.

잠시 후 짐짝처럼 내던져지다시피 차로부터 빠져나온 그는 얼얼한 표정으로 한동안 차의 꽁무니만 바라보고 서 있었다. 해방감보다 어지럼증이 되레 앞섰다.

그는 뛰었다. 그리고 횡단보도를 한걸음에 건넌 뒤 동네가 내다보이는 키 높은 언덕도 단숨에 올랐다. 개발되지 않은 연덕동은 도심지 속의 농촌을 연상시켰다. 아스팔트나 시멘트 도로는 고사하고 시골에서나 볼 수 있는 황톳길 그대로였다. 그나마 땅 표면도 굴곡이 심해 밤길 걷기는 여간 까다롭지가 않았다. 울타리 역시 제대로 반듯해 뵈는 곳이 없었다. 도회지에서 흔히 볼 수 없는 둥글넙적한 돌이나 흙벽으로 아무렇게 쌓아올린 벽돌담이었다. 그만큼 이곳은 개발이 덜 된 곳이었다. 도시 속의 민속촌이라기보다 차라리 내팽개쳐둔 폐가의 군락이란 표현이 더 어울렸다. 그렇지만 사람은 턱없이 많이 살고 있었다. 오래전부터 터 잡고 산 사람들은 대개가 여섯 식구 이상이고, 세들어 사는 사람까지 합치면 그 숫자는 어마어마했다. 그의 가족도 그 중의 하나였다. 도배를 했어도 퀴퀴한 냄새가 날 만큼 구옥에다 좁은 방이지만 이만한 집도 못 얻어 시외에 집을 얻어놓고 통근하는 사람에 비하면 얼마나 다행스러운지 몰랐다.

그가 함석 대문을 밀치고 들어서자 마당에 물이 넓게 괴어 있었다. 마치 한줄기 소낙비가 훑고 지나간 것 같았다. 해가 지면 금방이라도 얼음바닥이 될 것 같아 괜히 기분이 좋지 않았다.

그가 놀란 것은 부엌문을 열었을 때였다. 세찬 물소리와 함께 물이 한강을 이루고 있었다. 물은 벌써 방문턱까지 차 있었고 넘치다 못해 일부는 부엌 문틈을 빠져나가고 있었다.

그는 방문을 열어젖혔지만 바깥의 상황을 아는지 모르는지 두 아이들이 태평스럽게 초저녁잠에 빠져 있었다. 초등학생인 작은놈은 그렇더라도 큰놈은 올해 중3임에도 잠이 많았다. 이 녀석은 공부하라고 밤낮을 닦달해도 잠을 이기지 못했다. 오늘따라 그의 눈에 내비친 큰아들 우길은 그에게 더없이 실망을 안겨 주었다.

그의 고함소리에 두 아들 녀석은 놀라 잠을 깼다. 그는 두 놈을 다그치기 이전에 물에 빠져 죽지 않은 게 그래도 다행스럽다는 생각을 했다. 두 아들이 대야와 바가지로 부엌에 찬물을 퍼내면서 그는 미리 갖고 온 파이프렌치를 수도관에 갖다 대고 팔뚝에 힘을 모았다. 녹이 슨 수도관은 끄떡도 않고 그를 괴롭혔다. 풀어져야 할 체결 부위는 마치 접착제처럼 엉겨붙어 꼼짝달싹도 하지 않았다. 도리어 파이프만 엿가락처럼 비틀어질 뿐이었다.

그때 대문이 열리며 옆방에 사는 온양댁이 들어섰다. 얼마 있지 않아 다른 식구들도 들이닥칠 거였다. 밥 짓는 것도 밥 짓는 거지만 그들이 마치 구경거리라도 되는 양 기웃거리며 한마디씩 해대면 그것도 골치 아픈 일이었다.

그가 가까스로 수도관을 고친 뒤 메인 스위치를 올릴 즈음 부엌에 괴어있던 물도 언제 그랬냐는 듯 거의 다 빠져있었다. 그의 아내는 얄밉게도 그제서야 들어섰고, 작은놈 우민은 꼴사납게 허리를 이리저리 젖히며 마치 저 혼자 일을 다한 것처럼 표시를 냈다.

그날 밤 그는 일찌감치 방바닥에 등짝을 뉘었다. 여느 때와

달리 온 뼈마디가 풀어져 내리는 것 같았다. 그걸 아는지 모르는지 어린 자식들은 벌써 코까지 골며 잠에 빠져 있었다. 아내는 물에 빠진 그릇과 신발을 씻었다. 그리고 그가 입고 갈 작업복을 마지막으로 다림질했다. 그녀는 기름때와 땀을 지우기 위해 거의 매일같이 작업복을 세탁했다. 그래서인지 옷 색깔은 바랠 대로 바랬고 천도 닳아 문드러져 언제 구멍이 날지 몰랐다.

아내의 다림질은 밤늦도록 계속되었다. 옆방에선 초저녁에 있었던 물난리 얘기가 그칠 줄 몰랐다. 아내는 그들의 성가신 소리를 억지로 삼키며 겨울밤을 한숨으로 보냈다.

다음날이었다. 그가 회사에서 빌려갔던 파이프렌치를 들고 출근했다가 사무실 입구에서 총무과 공 과장과 맞부딪쳤다. 공 과장은 그의 손에 들려있는 연장에 눈길을 주며 미간을 심하게 찌푸렸다. 그렇잖아도 미간이 좁은 그의 양쪽 눈썹은 두 개로 구분이 되지 않고 그냥 일자로 주욱 그은 듯했다.

"그걸 어디다 사용하고 갖고 오는 거야?"

그는 엉겁결에 파이프렌치를 허리께로 올려다 보이며 어눌하게 말했다.

"집에 뭣 좀 고치려고 잠깐 빌려갔던 겁니다……."

"뭐? 빌려가?"

공 과장은 '요것 봐라.' 하는 투였다. 손씨는 눈을 꿈벅거리며 의아한 표정을 지었다. 그리고는 작은 소리로 말했다.

"…… 네. 정문에서 고길선 경비에게 허락을 받고 갖고 나갔습니다……."

"고길선 경비?"

"네!"

"경비고 뭐고 회사 물건은 공장 밖으로 함부로 갖고 나갈 수 없는데 왜 자네는 마음대로 들고 나가는가?"

"그게 무슨 말씀입니까? 여태까지 다른 사람들도 빌려 갔던 걸로 아는데요?"

"잔소리 말어. 회사 물건을 갖고 나간다는 건 한마디로 도둑질이야, 알겠어?"

"… 과… 과장님…… 무슨 말을 그렇게……."

"긴 얘기 하고 싶지 않으니까 그거나 이리 줘."

공 과장은 그의 손에 들린 파이프렌치를 빼앗듯이 넘겨받았다. 파이프렌치의 입(소재를 무는 부위)이 벌어진 것처럼 그의 입도 어처구니없다는 듯 한참 동안 그렇게 벌어져 있었다.

조회가 끝나자마자 총무과로 불려간 사람은 그가 아닌 그의 담당과장이었다. 담당과장이 총무과로 갔을 땐 그의 연장 얘기가 벌써 총무부장 귀에까지 들어가 있었다. 공 과장은 마치 조루증 환자처럼 서슴없이 총무부장에게 그를 도둑놈으로 보고했던 것이었다.

그의 담당과장인 우 과장은 총무부장의 기세에 눌려 계속 수동적인 자세만 취하고 있었다. 고개를 연신 푹푹 숙이며 "네네" 하는 소리만 줄창 해대는 우 과장의 모습은 피곤하리만치 자신의 존재를 잃고 있었다. 어쩌면 벌써부터 거기에 만성이 된 듯한 느낌을 주었다. 한참을 설교 받았던 우 과장은 마침내 그에게 설욕을 하기 시작했다. 뱀눈에 주름이 두 개나 진 그의 턱은 적이 비장해보였고 얼굴은 풀기가 가신 것처럼 굳어 보였다.

"파이프렌치 말고 집어간 게 또 있지?"

"……."

"좋은 말할 때 전부 다 불어."

그의 눈엔 우 과장이 형사로 보였다. 우 과장은 총무부장보다 한 술 더 뜨고 있었다.

"파이프렌치와 파이프밖에 갖고 가질 않았습니다."

"파이프?"

"폐각처분된 파이프인 줄 압니다."

"폐각처분된 건지 아닌지 안 본 이상 그걸 어떻게 믿어? 그러고 각 소재든 뭐든 그것도 엄연히 회사 재산이란 걸 알아야지!"

우 과장의 목소리는 턱없이 커져 있었다. 그가 집안 사정을 얘기하면서 나쁜 의도가 없었다는 걸 분명히 했으나 우 과장은 조금도 곧이들으려 하지 않았다. 그는 양손을 번갈아가며 가슴을 치거나 발을 굴렀지만 제대로 우 과장에게 먹혀들지 않자 자신이 비굴해지고 서글퍼지기도 했다.

"명색이 노조 홍보부장이라면 모범이 돼야지. 아무리 할 짓이 없다고 도둑질을 해?"

"과장님!"

그는 참다못해 아랫배에 힘을 주고 큰소리로 말했다.

"지금부터 날 과장이라고 부르지 마. 난 자네같이 손버릇 나쁜 부하직원 둔 적 없으니까."

"자꾸 이러실 겁니까?"

"왜 그래? 눈깔을 까뒤집고?"

"억울해서 그럽니다."

"주제에 억울하긴, 저리 비켜! 재수 없어."

우 과장이 손으로 어깨 옆을 기분 나쁘게 툭 쳤다. 그러나 그는 일자 입을 하고 꼼짝도 않고 노려보고 서 있었다.

"뭐 이런 자식이 다 있어!"

우 과장이 느닷없이 손으로 그의 옆 목을 쳤다. 그는 욱! 하는 소리와 함께 목을 잡고 옆으로 꺾이더니 갑자기 작업대 위에 기대놓은 파이프 한 개를 덥석 잡았다. 그 바람에 우 과장의 기가 일순간 꺾이면서 삽시간에 방어자세로 들어갔다. 파이프에 맞았다간 뼈가 성할 것 같지 않았다. 어디론가 달아나고 싶었지만 그와는 팔만 뻗으면 닿을 만큼 가까운 거리여서 이러지도 저러지도 못하고 있었다. 벌써 이쪽으로 몇몇 사람들이 몰려오고 있었다.

'당신 앞에서 죽는 꼴 보려면 또 주먹질하세요!'

어디선가 아내의 목메인 소리가 귓전을 파고든다. 그는 파이프를 힘껏 쳐들다 말고 멈추었다. 지난날 다른 회사에 근무할 당시, 그러니까 신혼 초였을 것이다. 아내가 큰아들을 가졌는데 출산일이 달포 전이라 배는 만삭이었다. 그래서 다니고 있던 직장도 일찌감치 손을 놓고 있었다. 그 바람에 그는 혼자서 돈벌이를 할 수밖에 없었다. 때를 같이 해서 그의 아버지는 공사장에서 일을 끝낸 뒤 술 한 잔 하고 돌아오다 어두운 골목길에서 불량배에게 얻어맞아 졸지에 세상을 떠나고 말았다. 그 일로 손씨네는 끼니 걱정할 만큼 형편이 어려워졌고 방세도 2개월째 못 내고 있었다. 그러던 하루는 그가 잔업을 하고 퇴근하는 길에 집 앞에서 아내의 눈물을 보았다. 집주인이 방세 안 받아도 좋다며 가재도구를 집 밖으로 내던져버렸던 것이다. 아기를 출산할 때까지 조금만 더 봐달라는 그의 간곡한 부탁을 집주인은 끝내 저버리고 배가 만삭인 아내를 내쫓아버렸다. 그걸 본 그는 화를 억누르지 못하고 주먹으로 집주인을 구타했다. 그 일로 집주인 장씨는 생각잖게 눈을 크게 다쳤는데 상처는 실명에 가까웠다. 그 바람에 그는 애써 모았던 적금을 해약했고, 그 돈도 모자라서 어머니가 살고 있던 집까지 처분할 수밖에 없었다.

그는 쥐고 있던 파이프를 저 멀리 내던져버렸다. 가슴이 불덩이처럼 타올랐지만 아내의 간곡하고도 단호한 말을 거역할 수가 없었다.

그러나 그의 인내도 일시적일 수밖에 없었다. 노조위원장인 근식에게서 해고를 통고받았을 때 그는 우 과장을 찾아가 책상을 뒤엎어버렸다. 책상에 깔린 우 과장은 목뼈에 이상이 생겼고 변상하지 않으면 형사입건 시키겠다고 강경하게 나왔다. 절도범에다 형사입건까지 그는 해고를 더 이상 피할 수 없게 돼버렸다.

"아무래도 이번 경우엔 재수 없게 시범케이스에 걸린 것 같애."

노조위원장인 근식은 침통한 얼굴로 그를 위로했다. 노조에 반감을 갖고 있던 회사는 최근 들어 탄압을 더욱 노골화시켰는데 그 덫에 보기 좋게 걸려든 사람이 하필이면 그였던 것이다.

바람은 아직도 차고 거세다. 손씨는 발가락을 꼼지락거려본다. 발끝이 시린 걸 보아 술기운이 달아난 모양이다. 그의 발걸음은 군불 피운 아랫목을 찾은 듯했다. 차들이 매섭게 획 획 지나치면서 일으킨 바람은 등줄기를 서늘하게 타고 내렸 다. 어둠이 짙어가면서 인적은 뜸해졌고 멀리 민가의 불빛만 낮게 엎드려 있었다.

그는 동네 입구에 들어설 때까지 바지주머니에서 손을 빼 지 않고 있었다. 자그마한 신문 뭉치가 손 안에 들어왔다. 어 제 회사를 빠져나올 때 도금공장에서 몰래 가져온 청산가리 한 줌이었는데 그는 그걸 손으로 쥐었다 폈다 하고 있었다. 며칠 전 회사 측과 벌인 해고철회 교섭이 실패한 후 며칠의 고민 끝에 그가 선택한 마지막 결정이었다.

그날 술좌석에서 근식은 깡소주를 마시며 자신의 심정을 솔직하게 털어놓았다. 올봄의 임금인상투쟁을 목전에 두고 일어난 이번의 회사조치는 첨예한 계획에 의한 탄압일 수밖 에 없었다. 근식은 그들의 노골적인 행위를 비난했지만 그건 현실적으로 그에게 직접적인 도움을 주지 못했다. 회사가 법 으로 내달리면 결국 불리한 쪽은 그였기 때문이다. 어쨌든 그 는 여지껏 분실된 엄청난 공구값과 폭행죄를 면할 방법이 없 었다. 공구값은 어림잡아 수백 수천만 원이 넘을지 몰랐다. 그들이 연필을 굴리는 대로 그 액수는 멋대로 매겨질 것이다. 월세 보증금과 퇴직금을 모두 털어놓아도 해결될 문제가 아 니었다. 설사 그 돈을 메꿔준다 하더라도 그들은 물러설 것 같지 않았다. 우 과장에게 취한 폭력을 그들은 최후의 보루처럼 여기고 있었기 때문이다. 어쨌든 그들은 위원장과 그의 관계가 보통 사이가 아니라는 걸 알아차리고 그걸 교묘하게 이용해 먹고 있었다. 그는 근식의 갈등을 보다 못해 스스로 물러나기로 결심했다. 일개인의 문제로 인해 전체 조합원에게 피해를 줄 수 없다는 생각에서였다.

그는 입술을 깨물었다. 자신의 일로 인해 노조를 어용으로 몰고 싶지는 않았다. 그리고 근식을 믿고 싶었다. 근식은 어느 누구보다 그를 아껴 주었고 지난날 집을 얻게끔 보증금 백만 원까지 선뜻 내놓았다. 도둑놈이라는 나쁜 인상을 동료에게 심어주고 그만두는 게 자꾸 마음에 걸릴 뿐이었다. 벌써부터 현장엔 손씨 문제가 입으로 전해져 있었고, 동료들은 동정보다 따가운 시선을 보냈다. 한 사람으로 인해 전체 조합원을 욕되게 했다며 상대조차 않는 그들이었다. 위원장인 근식이 회사의 농간이었다고 설득했지만 사람들은 하나같이 믿으려 하질 않았고, 한편에선 절친한 친구라고 해서 사적인 감정에 치우쳐선 안 된다고 근식에게 충고까지 했다.

그가 죽기로 작정한 이 괴로움에서 벗어나기 위한 마지막 결단이었다. 믿음 하나만으로 살아왔던 그가 하루아침에 모든 사람에게 배신당했을 때의 충격은 감당하기 힘든 것이었다.

항상 열려 있는 대문을 바라보며 그는 구두 뒷굽을 조심스
럽게 떼어놓기 시작했다. 대문과 마주보고 있는 그의 집은 엎
드리면 코가 닿을 만큼 가까운 거리다. 가슴이 뛰었다. 마지
막으로 집을 보러 왔다가 재수 없이 들키기라도 하면 차라리
안 온 것만 못할 것이다. 하긴 죽을 놈이 무슨 미련이 있다고
산속으로 가다 말고 다시 돌아왔나 싶었다.

방안은 여느 때와 마찬가지로 불이 켜져 있었다. 그는 창가
로 접근하다 말고 걸음을 멈추고 만다. 밤 10시, 이맘때면 아
내를 제외하곤 모두 잠에 곯아떨어졌을 시간인데 방안에서
때 아닌 말들이 오가고 있었다.

그는 창가에 귀를 바싹 갖다 대고 조심스럽게 엿들었다. 늦
은 밤이었던지 두 사람의 대화는 선명하게 들려왔고, 그는 행
여나 눈치챌까 봐 숨도 함부로 쉬지 못했다.

"아버진 왜 아직도 안 들어오시죠?"

큰아들 우길의 말에 아내는 지나가는 말로 가볍게 받아넘
긴다.

"곧 오시겠지."

"그렇지만 오늘은 너무 늦으시는 것 아녜요?"

"낼모레가 설이니까 바빠서서 그렇겠지. 그러니까 너는 먼
저 자."

"아버지가 맨날 잠 많이 잔다고 야단치시는데 오늘만큼은

끝까지 버텨내서 확인시켜 드리고 싶어요……. 설마 밤 근무하고 들어오시는 건 아니겠죠?"

"그럴지도 모르지. 네가 미워서라도……"

그녀는 입을 삐쭉해 보이며 농조로 말했다.

"근데 아버진 언제까지 밤늦도록 일해야 되는 거죠?"

"네가 공부해서 훌륭한 사람이 될 때까지 아니겠니."

"또 그 소리……."

"기다렸다가 아버지 오시면 직접 물어보렴. 내 말이 거짓말인지……."

우길은 입을 삐쭉해 보이며 어머니의 말을 건성으로 받아넘긴다. 그리고 아까부터 펴놓았던 책에 다시 시선을 던진다. 잠을 이기려는 우길의 눈꺼풀은 한층 무거워보였다. 우길은 몇 줄 읽어가다 말고 부엌 쪽에 귀를 세운다.

"밖에 물 떨어지는 소리 아녜요?"

"수도관에 또 구멍이 난 모양이다."

그녀는 벌써부터 알고 있었다는 말투였고 약간 걱정스런 눈빛이다.

"아빠가 고쳤잖아요."

"글쎄 말이다……."

창가로부터 몸을 빼려던 그가 그 소릴 듣고 감히 발을 떼지 못한다. 다 고쳤던 수도관에서 물이 새다니. 그럴 리가 없다며 그는 도리질을 한다. 구두닦이는 광내는 게 생명이듯이 배관공 15년에 그가 힘들여 만든 파이프에서 물이 샌다는 건 있을 수 없는 일이다.

우길의 목소리가 다시 가슴을 찌르고 달려든다.

"이러다 엊그제처럼 또 한 번 물난리 겪는 것 아녜요? 이번엔 이웃 사람들이 가만 안 있을 텐데."

"그러게 말이다. 낼모레가 구정인데 음식장만하다 일 나면 큰일이지……."

초조하게 듣고 있던 그의 가슴이 뛰기 시작하고 벌써부터 손엔 땀이 배어오고 있었다. 아내의 걱정스런 말이 가슴을 찡하게 만들었다. 한편으론 은근히 부아가 치밀었다. 다른 일 같으면 모르지만 수도 고장으로 회사와 담까지 쌓게 되었다는 게 무엇보다 기분 나빴다. 그 일 때문에 죽으려고까지 하지 않았던가. 그는 안타까운 심정을 억누르지 못하고 계속 주먹만 꽉꽉 쥐고 있을 뿐이다. 그 바람에 신문지로 싸두었던 가루가 손가락 사이로 조금씩 터져 나왔다. 그것을 아는지 모르는지 그의 신경은 다시 방안에 가 있었다.

"낮에 번개탄 사갖고 오면서 들었는데 이번 달 수도요금은 우리가 다 내야 된다고 하던데요?"

"그게 무슨 말이냐, 뜬금없이?"

"거짓말 아니라니까요. 아줌마들이 애기하는 걸 두 귀로

똑똑히 들었단 말이에요."

"나…… 참. 인정머리 없는 사람들 같으니라구. 우리가 뭐 수도관을 일부러 부쉈남? 다 같이 살면서 서로 이해할 줄은 모르고 한다는 소리들이 쯧쯧……."

그녀는 혀를 차다가 한숨을 두어 번 몰아쉰다.

"어쨌든 아버지 오시면 빨리 수도를 고쳐달라고 해요. 이러다가 수도세는 고사하고 쫓겨나면 어쩔 거예요?"

그녀는 아들의 말에 발끈 소리쳤다.

"네가 뭘 안다고 그런 소릴 함부로 하냐? 앞으로 그런 말 두 번 다시 입에 담지 말고 공부나 열심히 해."

"공부고 뭐고 불안해서 공부가 돼야죠. 지난번 남산동에서 방세를 못내 이곳으로 쫓겨나기까지 했으면서……. 난 이제 학교 안 다닐래요. 우릴 공부 안 시키면 이 고생 안 해도 될 거 아녜요."

"에이, 망할 자식!"

그는 창가에 귀를 기울이다 말고 돌아선다. 그의 고개가 아래로 축 처지면서 가슴 밑바닥에서 북받쳐 오르는 설움을 끝내 이겨내지 못하고 눈을 감는다. 세상을 떠나게 되면 아들 녀석도 자신과 똑같은 처지로 남을 것 같았다. 그의 진로가 바뀐 것은 지난날 고교입시를 앞두고 아버지가 지병으로 죽었을 때였다. 그 바람에 그는 야간고등학교에 입학하여 일하면서 배웠다. 그래서 그는 이때껏 못 먹고 못 배운 게 한이 되었고 자신의 아픔을 아들에게만은 넘겨줄 수 없다며 마음속 깊이 새겨왔었다. 그런 나머지 그는 저임금에 시달리면서도 꿋꿋이 참고 이겨냈다. 그 노력에도 불구하고 이번의 사건이 그를 좌절시키고 말았다.

그는 어지러운 생각들을 정리하지 못하고 머리를 계속 흔들었다. 악발이로 소문난 자신이 왜 이렇게 허약해졌는지 몰랐다.

그가 머리를 감싸 쥐고 고통스러워할 즈음 방안에선 아내가 아들을 나직한 어조로 계속 타이르고 있었다. 죽음을 놓고 괴로워하던 그의 눈앞에 아내의 얼굴이 다시금 파고든다. 그 얼굴은 메마르고 어두워보였다. 리어카를 끌며 멍게 장사하다 차에 친 이후로 아내는 허리의 통증을 늘상 얼굴에 나타내고 있었다.

그는 생각했다. 자신이 병을 얻거나 죽게 되면 가정은 그날로 파산될 것 같았다. 그의 손은 자신도 모르게 문고리를 잡고 있었다. 손씨는 들어오자마자 검정 손가방을 방문 앞에 내려놓고 전깃불을 켰다. 창가에서 엿들은 대로 파이프에서 물이 새어나오고 있었다. 그는 물이 새는 곳을 확인한 뒤 갑자기 자신만만해진다.

'그럼 그렇지, 내 기술이 어떤 기술인데…….'

그는 지난번에 고쳤던 곳이 아닌 엉뚱한 곳에서 물이 뻗어 나오는 걸 보고 자신의 기술에 적이 만족한 표정을 지었다.

그는 옷소매를 두어 번 걷어 올렸다. 걷어 올릴 때마다 작업복에 배어 있던 진득한 기름에 청산가리가 하얗게 묻어나왔다. 그는 수도꼭지를 단단히 잠근 뒤 등 뒤의 인기척에 스스럼없이 고개를 돌린다. 아내가 팔을 동동 걷어 올린 그를 보고 의아해하며 입을 떼는 순간 그가 먼저 선수를 쳤다.

"우길아, 거기서 뭐하고 섰냐. 가서 펜치 좀 갖고 와라!"

그가 아들을 부르는 소리엔 힘이 들어가 있었지만 불쾌하거나 신경질적이진 않았다. 수도 파이프 문제는 염려하지 않아도 된다는 자신감과 가족에 대한 따뜻함이 섬섬이 배어있었다.

그는 두 손에 힘을 주고 너트를 힘있게 푼다. 그러나 너트는 꼼짝을 않고 표면에 입힌 은빛의 도금 부스러기만 떨어져 내릴 뿐이다. 이마에 땀이 맺히면서 그는 망치를 비롯한 여러 연장들을 조합해서 쉼 없이 돌리거나 밀었다. 자신과의 싸움에서 이길 수 있는가를 시험하듯 그렇게 인내하고 있었다.

어느새 손에 묻었던 청산가리는 물과 땀에 씻겨나가고 옷소매에 묻어있던 것도 튀어오르는 물줄기에 조금씩 없어지고 있었지만 거기에 대한 관심은 이미 멀어져 간 뒤였다. 그걸 지켜보고 섰던 아내와 아들이 자석에 이끌리듯 그의 곁으로 다가선다.

그의 팔뚝은 시퍼런 핏줄이 금방이라도 툭툭 터져나갈 것처럼 팽팽하게 살아 숨쉬고 있었다. 그걸 아는지 모르는지 그는 너트에 또 한번 힘을 준다.

달빛 부메랑

불볕 같은 더위가 연일 계속됐다. 사무실에 에어컨을 쉼 없이 돌리긴 했지만 염수천 사장은 연신 손수건으로 이마며 목덜미를 훔쳐댔다. 유난히 더위에 약한 그는 걸핏하면 에어컨 바람이 약하다며 구시렁거렸다. 손수건은 얼마 안 가 마치 물에 넣었다 꺼낸 것처럼 축축해졌다. 그는 직원이 보라는 듯 손수건을 짜기도 했다. 그의 책상 한쪽에는 항상 얼음이 담긴 컵이 놓여 있다. 컵은 온몸에 수두가 난 것처럼 물방울이 맺혀 있고, 물방울이 부풀다 이기지 못하고 길게 흘러내리기도 한다. 볼살이 몇 겹이나 되고 뱃살이 허리선을 덮은 그는 살로부터 자유롭지 못했다. 조금만 움직여도 땀이 비 오듯 흘러내려 걷는 것은 그에게 무척 짜증나는 일이다. 하지만 살을 밖으로 보내줄 운동은 그의 관심 밖으로 밀려나 있었다.

그런 그가 최근엔 외출하는 일이 빈번해졌다. 하루종일 사무실을 지켜 앉아 사사건건 간섭을 받던 직원들에겐 다소 숨통이 트이는 일이어서 환영하는 눈치다.

"살이 안 빠지는 걸 보니 헬스를 가는 것은 아닐 테고……. 혹시 여자라도 생겼나?"

"돈독이 오른 사장이 설마……."

"여자 욕심이 많으면 돈 욕심도 많다는 걸 몰라?"

직원들은 저마다 염사장의 사적인 일에 관심을 가져보지만 어디까지나 농으로 한번 지껄여보는 것 외엔 다른 이유는 없다. 그동안 염 사장은 여자문제에 있어서는 단 한 번도 의심 산 일이 없기 때문이다. 더구나 염 사장은 여비서를 두지 않았을 뿐 아니라 여자와 술자리를 같이하는 법도 없었으므로 사람들이 그를 여자와 연관시키는 일은 거의 없었다. 최근에 그가 간혹 자리를 비우긴 했지만 직원들은 굳이 여자문제로 연결시키지 않았다. 게다가 늘 쓰는 손수건조차 체크무늬 손수건 한 장뿐일 정도로 그는 검소한 사람이다. 그 역시 자신의 성공신화를 말할 때도 구두쇠 같은 기질 때문이었다고 공공연히 말했고, 모두가 그렇게 살아가길 강조해왔다. 그런 성품을 가진 그가 여자에게 돈을 쏟아부을 리는 만무했다. 사실 중소기업 사장이라는 이유 하나만으로 여자들의 관심을 끌기는 어렵다. 뚱뚱한 체구에 돈 안 쓰는 남자를 좋아할 여자가 나타나긴 쉽지 않은 일이다. 회식 자리에서도 그는 여자 얘기를 잘 꺼내지 않는다. 남자들이 시시콜콜 입버릇처럼 내뱉는 성 문제도 그에겐 상품가치가 없다.

"돈 벌어서 뭐해? 좀 즐기고 살아야지."

"혹시 성 불구 아냐? 홀애비로 오래 살았으면 여자 하나 들여놓지. 자식도 생각해야지."

염 사장은 아내와 이혼하고 아들 하나를 키우고 있다. 아들은 특별히 장애가 있는 건 아니지만 학습 능력이 떨어져 같은 동기생들에게 훨씬 못 미친다. 그래서 어렸을 때부터 학원을 부지런히 보내긴 했지만 학습 능력은 좀처럼 개선되지 않았고, 오히려 동기들 간에 물의만 일으켰다. 아들 수천이는 특히 여자아이를 괴롭히거나 폭력을 잘 쓰는 편이어서 주변 아이들로부터 미움을 샀다. 그래서 다른 아이들과 같이 학습하는 것도 힘들었다. 편부 가정에서 자란 아들이어서 그런지 정서적으로 늘 불안했고, 가슴에 쌓인 화를 억누르지 못하고 엉뚱한 곳으로 분출하곤 했다. 수천이의 머리가 커져 가자 아빠와 언쟁하는 일도 자주 벌어졌다.

수천이가 중학교에 입학한 지난 3월, 아들의 미래가 걱정된 염 사장은 아들에게 과외를 시키기로 마음먹었다. 수전노인 그가 비싼 과외비를 들인 것은 더 이상 아들을 이대로 방치하면 안 되겠다는 생각에서였다. 하지만 아들 혼자 과외를 받는 것은 원치 않았다. 정서적으로도 남들과 어울리는 것이 좋다고 생각했기 때문에 다른 아이 하나를 붙여주고 싶었다. 하지만 수천이와 함께 공부할 아이를 찾는다는 것은 쉬운 일이 아니었다. 염 사장이 머리를 돌리다가 찾아낸 것은 자신의 부하직원으로 있는 어무르의 딸이었다. 어무르는 네팔에서 이주한 외국인 노동자로 그의 아내는 한국 사람이다. 그의 아내 현숙은 염 사장의 회사 직원이었고, 어무르가 회사에서 만난 여자였다. 어무르는 한국에 온 지 15년이나 되어 얼굴색만 제외하면 능통한 한국어 실력에다 한국 사람과 다를 바 없다. 외국인 노동자 중에서 유일하게 반장 직을 맡길 정도로 염 사장은 그의 성실함을 인정했다.

사실 어무르는 한국 사람보다 더 대우를 잘 받고 있다. 그의 아내 현숙은 딸 유경이를 낳고 2년 만에 퇴사를 해서 주부로 지내고 있다. 감원 바람이 불면서 부부가 함께 회사를 다니는 사람 중 한 사람은 명예퇴직을 권고 받았고, 그 결과 현숙은 생각지 않게 회사를 그만두게 된 것이다. 딸 유경이는 피부색이 약간 가무잡잡하지만 이목구비가 또렷하고 공부도 잘한다. 학교에서 모범생으로 뽑혔고, 다른 외국인 자녀에 비해 따돌림도 적게 받는 편이다.

염 사장은 술좌석에서 어무르를 통해 유경이를 알게 되었고, 마침내 자기 아들 수천이와 함께 공부할 것을 권했던 것이다.

"과외비는 전액 부담할 테니 자네 딸을 우리 아들과 함께 공부시켰으면 하는데 어떤가?"

"아닙니다. 일부는 보태겠습니다."

"아냐, 괜찮아. 자네 딸이 싫지만 않다면 돈 문제는 접어둬."

염 사장의 제의에 어무르는 거부하지 못했다. 딸의 의사와 관계없이 수락한 셈이었다. 유경이가 좋은 고등학교를 가기 위해선 실질적인 투자가 있지 않고서는 한국 교육제도에 따라가지 못한다는 것을 그도 익히 알고 있었다. 한편으론 잘됐다는 생각도 없지 않았다. 게다가 마음에 안 내킨다 하더라도 염 사장의 제의를 거부한다는 것은 먼 미래를 감안하더라도 있을 수 없는 일이었다. 회사에서 쫓겨나지 않기 위해서는 염 사장의 뜻을 잘 헤아려야 한다고 판단했기 때문이다. 수천이가 개망나니 같은 행동을 하기 때문에 유경이가 마음의 상처를 입을까 약간 우려되기도 했으나 크게 문제될 건 없다고 생각했다. 유경이가 바른 아이여서 좀처럼 흔들리지 않을 것이기 때문이다.

"난 반대예요. 우리 애가 여태껏 과외를 받지 않았어도 상위권 성적을 유지하는데 굳이 과외를 시킬 이유가 없잖아요.”

아내는 말을 꺼내자마자 고민할 것도 없이 반대 의사를 분명히 해왔다. 어무르는 귀를 의심하며 재차 물었다.

“사장님이 날 배려해서 권한 일인데 굳이 반대할 이유가 어딨어? 더구나 우리 유경이가 좋은 대학 가려면 지금부터 질 높은 교육을 받아야지. 현 수준에 만족하면 안 된다구. 한국 사회가 어떤 땅인데.”

“알지만 수천이는 질이 안 좋은 애예요. 착한 우리 유경이가 개로 인해 나쁜 물이 들거나 피해를 보면 그땐 어떻게 하려고 그래요?”

현숙은 남편의 마음을 되돌려놓기 위해서는 수천이를 팔 수밖에 없다는 생각을 했다.

“애들이 다 그렇지. 싸우고 떠들고 하면서 크는 것 아냐? 당신도 어린 시절 남자애들로부터 고무줄 끊기고, 아이스께끼니 뭐니 해서 많이 당했다며? 다 지나고 보면 철부지 애들 장난이라고 한 사람이 누군데…….”

“그래도 난 싫어요. 우리 애 그냥 이대로 됐으면 해요.”

아내의 완곡한 거부에 남편 어무르의 고민이 커졌다. 그녀의 강한 거부의사는 결혼 이후 처음 있는 일이었다.

어무르의 고민을 해결해준 사람은 다름 아닌 딸 유경이었다.

"엄마, 수천이와 과외하게 해주세요. 1등 하려면 부족한 게 많아요. 걔는 난폭하긴 하지만 지금까지 학교에서 절 괴롭힌 적은 없어요. 너무 걱정 안 하셔도 돼요."

"그래도 안 돼. 사람이란 알 수가 없어."

"만약 걔가 괴롭히면 그때 그만두면 되잖아요."

"그건 네가 몰라서 그래. 만약 네가 그만두면 아빠는 어떻게 되겠니? 수천이 아빠는 네 아빠의 사장 아… 아냐, 됐어……."

아내는 말을 하다 말고 얼버무렸다. 남편의 체면을 손상시키고 쉽지 않았던 것이다. 결국 그녀는 마지못해 유경의 손을 들어주었다. 얼굴이 굳은 그녀는 등을 돌리고 자리를 떠나버렸다.

수천과 유경의 과외가 시작되었으나 그 어떤 잡음도 들려오지 않았다. 유경도 말수가 조금 준 것 외엔 특별히 변화된 것은 없었고, 수천에 대한 불만을 내뱉는 일도 거의 없었다. 아내는 여전히 불안한 눈빛으로 긴장을 늦추지 않았다. 집착하지 말라는 남편의 말에도 별 관심이 없었다. 날이 갈수록 아내의 집착은 더욱 가중되어갔다. 공부보다 딸의 몸가짐과 옷차림에 더 관심을 집중했다. 아내는 딸에게 치마를 입지 못하게 했다. 윗옷도 목까지 올라오는 옷을 입혔다. 시간도 철저히 챙겼다. 유경은 과외 1분 전에 도착했고, 마치면 곧바로 집에 전화하고 귀가하게 되어 있었다. 그건 엄마와 딸의 숙명 같은 약속이었다. 이를 어기게 되면 유경은 곧바로 잔소리와 함께 무릎을 꿇어야 했다. 자신의 의사를 무시하고 고집스럽게 엄마 식대로 몰고 가는 바람에 유경의 불만은 커져만 갔다. 유경의 말수가 준 것도 지나친 외모 간섭 때문이라는 걸 아내 자신도 알고 있었다.

유경은 원래 자기 성격을 잘 드러내지 않는 아이였다. 부모 간 말다툼이 있거나 친구끼리 싸우는 일이 발생하면 그 누구의 손을 들어주는 일이 없었다. 항상 중간 입장을 취했고, 다툼의 현장에 끌려가는 것도 싫어했다. 과외를 받으며 수천이의 짓궂은 장난에 힘들었지만 유경은 특유의 참을성으로 넘겼다. 수천은 유경에게 가슴이 크다든지 키스 언제 해봤냐는 등의 성적 추태도 부렸지만 유경은 늘 흘려들었다. 습관이 하루아침에 고쳐지지 않는다는 것쯤은 유경도 알고 있었으며, 과외를 받기 전부터 수천의 행실은 익히 알고 왔기 때문에 당분간 참기로 했던 것이다. 다만 유경을 서운하게 만드는 사람은 과외 선생님이다. 수천의 행위를 정당화 하지는 않았지만 말끝마다 사춘기를 내세우며 슬쩍슬쩍 넘겨버리기 때문이다.

과외 선생 재희는 서울대 법대를 거쳐 대학원에 다니고 있고, 부모의 경제적 도움 없이 학비를 마련하는 모범생이다. 염 사장은 그녀에게 여느 과외 선생보다 많은 돈을 지불했고, 박사과정을 마칠 때까지 경제적 지원을 해주겠다며 파격적인 대우까지 해주었다. 이런 제안을 마다할 사람은 아무도 없을 터였다. 넝쿨째 들어온 돈 보따리를 외면할 수 없었기에 과외 선생은 자연히 염 사장의 아들 수천이에겐 유화적인 입장을 취할 수밖에 없었다. 그녀는 수천이가 성적만 오른다면 자기 몫을 다하는 것으로 여기고 유경에겐 별다른 관심을 두지 않았다. 돈줄은 수천이 아빠임을 그녀는 또렷이 인식하고 있었다. 그래서 그녀는 유경의 피해의식 따위엔 별다른 관심이 없었다. 그렇다고 해서 유경에게 아주 손을 놓을 수는 없었다. 유경이가 과외를 받지 않으면 수입이 절반으로 줄어드는 것은 기정사실이기 때문이다. 자칫하면 수천이도 친구 없다고 과외를 거부할 수도 있는 일이기 때문에 유경이 문제도 막무가내로 나 몰라라 할 수 없는 입장이었다.

유경은 수천에게 맞대응하는 일도 거의 없는데다 참을성이 남달랐다. 수천의 거친 말투를 접하게 되면, 못 들은 체하거나 눈을 질끈 감아버리곤 했다. 유경은 갸름한 얼굴에 턱선도 예쁘고, 눈매는 맑고 온화해서 상대방에게 부드럽고 편안함을 가져다주는 인상이다. 유경이가 이해력이 부족하고 실수를 연발하는 수천에게 창피를 주는 일은 없었다. 하지만 과외 선생은 유경이를 칭찬하지 않았다. 유경이를 칭찬하면 수천이는 이를 빌미삼아 유경에게 면박을 줄 게 뻔하기 때문이었다.

과외 선생은 마라톤처럼 장기적인 레이스를 펼친다는 생각으로 두 아이를 이끌어 갈 계산이었다. 성적을 대폭 올리게 되면 소비자의 기대치는 더욱 높아질 것이고 이를 만회하지 못하면 과외를 오래 유지하기 힘들 것이라는 것을 잘 알고 있기 때문이다. 성적이 바닥권에 있는 상황에서 조금만 올라가더라도 소비자는 가능성이 있다는 판단을 내리게 돼 있다. 수천이의 경우는 온 정성을 다 기울인다 하더라도 성적이 대폭 오를 아이가 아니기 때문에 굳이 무리수를 던질 필요도 없었다.

과외 선생의 의도는 첫 중간고사에서 그대로 나타났다. 약성분을 투여하면 효과가 몇 시간 안에 나타날 거라는 것을 알고 있는 것처럼 그녀의 예측은 빗나가지 않았다. 두 사람의 성적이 일정하게 상승하면서 염 사장과 어무르는 기뻐했다. 어무르의 아내는 성적에 대한 만족보다 불미스러운 일없이 석 달을 잘 보낸 것에 오히려 안도하는 쪽이었다.

그로부터 달포가 지난 어느 날, 발코니 한쪽 큰 수건에 덮인 채 걸려있는 유경의 속옷이 현숙의 관심을 끌었다. 단 한 번도 딸 유경은 제 손으로 속옷을 세탁한 적이 없다. 모두 엄마의 손에 의해 세탁이 이뤄졌기 때문이다. 그녀는 전신을 덮을 만큼 큰 수건의 안쪽에 있는 유경의 속옷을 걸었다. 아직 손에 물기가 촉촉하게 전해왔다. 큰 수건 때문에 햇볕을 받지 못해 건조가 더뎠던 탓이다. 속옷 한 장만 달랑 세탁기에 넣고 돌릴 순 없어 손으로 빨았을 테고 과연 제대로 세탁을 했는지도 궁금했지만 그녀의 관심은 그것보다 다른 데 있었다. 그녀는 속옷을 확인하면서 옅게 맺혀있는 핏자국을 발견했다. 빨강색 물감을 캔버스에 잘못 칠했다가 물에 묻힌 붓으로 지우고 난 흔적처럼 속옷 가장자리에 묻어 있었던 것이다. 유경이가 초경을 했다는 생각이 뇌리를 순간적으로 스쳐지나갔다. 중학교 1학년이니 적절한 시기라고 생각했다. 그녀 역시도 중학교 1학년 때 초경이 있었다는 것을 떠올리며 입꼬리가 슬쩍 올라갔다. 유경이처럼 자신도 그 당시 초경을 부끄러워했고, 남한테 숨기고 싶었던 때가 있었다. 유경이가 제 손으로 속옷을 세탁했다는 것은 지극히 자연스러운 일이라 생각했다.

그 일이 있은 후 유경은 말문을 닫았다. 엄마의 물음에 대답하길 꺼려했고, 얼굴도 굳어져 갔다. 평소 같으면 따져 묻던 현숙도 딸의 초경을 의식해서 당분간 부딪치지 않을 작정이었다. 유경은 식사를 거르는 일도 잦았고, 공부에 대한 의욕도 눈에 띄게 떨어졌다. 그리고 방문도 잠그고 혼자 있으려

했다. 어무르는 딸의 마음을 돌리기 위해 외식이나 영화 관람, 그리고 여행을 가자는 제안도 했지만 아무 소득 없이 끝났다.

"그냥 놔둬요. 초경을 하게 되면 불안해지고 우울해지기도 하니까요."

"그렇지만 내가 보기에 너무 심한 것 같아서 그래."

"세월이 해결해 줄 거예요."

아내는 계속되는 침묵과 과민함, 그리고 사람들과의 접촉을 극도로 꺼려하는 유경을 안심시킬 방법을 생각했다. 초경에 대한 상식을 설명해주는 것이 유경에게 심적 안정을 주는 일이라 여겼다. 그러나 유경은 엄마의 말을 들으려 하지 않았다. 엄마가 입을 열자마자 등을 돌리고 제 방으로 들어가 버렸다.

아내는 속상한 마음에 유경의 등짝이라도 때려주고 싶은 마음이 솟구쳤지만 가까스로 흥분을 가라앉혔다. 답답한 가슴을 틔우려는 듯 베란다 창을 모두 열어젖히고 청소기를 마구 돌려댔다. 웅웅거리는 청소기 소리가 거실과 방을 들쑤시고 다니면서 조금 전의 정적과 긴장은 폭풍우에 흔들리는 갈잎처럼 마구 흐트러졌다. 어둠이 창가를 짙게 물들이면서 대로변을 지나는 차량들의 불빛이 강렬하게 창을 꿰뚫었다. 벽시계 초침소리가 더욱 선명하게 귀에 와 닿았다. 멍하니 뜬 눈으로 누워있던 현숙은 여전히 흥분된 가슴을 진정시키지 못하고 있었다. 남편이 초인종을 눌렀지만 그냥 내버려두었다. 방문을 열고 들어오는 동안에도 그녀는 미동도 하지 않았다. 남편은 아내가 잠들었다고 생각했는지 오히려 더 조심스러워했다. 늦게 귀가하면서 아내의 심기를 건드릴 수 없다는 생각에 그는 아무 말도 하지 않았다. 방안은 술 냄새가 널찍하게 퍼졌고, 옷 벗는 소리만 났다. 아내는 갑자기 벽 쪽으로 등을 돌렸다. 그제서야 아내가 잠자는 게 아님을 남편은 알아차렸다.

"사장님이 개인적으로 술 한 잔 하자고 해서 좀 늦었어. 미안해."

"……."

"전화 한 통도 안 했으니 많이 속상했지?"

"……."

아무 반응이 없자 남편은 아내 곁으로 다가갔다. 사과할 마음으로 어깨를 잡으려하자 아내는 갑자기 뿌리쳤다.

"유경이한테 한번 가 봐요. 나한테 관심 사려고 신경 쓰지 말고……."

"유경이가 왜? 무슨 일 있어?"

"무슨 일이 있는지 가서 물어봐요. 나와는 상대를 안 하니까."

아내의 말투는 건조하고 퉁명스러웠다. 얼굴도 마주치지 않는 걸로 보아 유경이와 아내의 갈등이 깊다는 생각이 들었다. 유경의 방이 있는 현관문 쪽으로 다가갔다. 귀를 세우고 방안의 인기척을 감지하려 했지만 아무 소리도 들리지 않는다. 죽음 같은 정적만 깔려있을 뿐이다. 그 정적을 깨뜨리기라도 하듯 방문을 노크했지만 여전히 응답이 없다. 두어 번의 노크에도 반응이 없자 그는 목소리를 세워 유경을 불렀으나 대답이 없는 건 마찬가지였다. 문은 안으로 잠겨있었고, 남편은 한참을 서성거리다 소파로 돌아와 앉았다. 갈증을 가라앉히려는 듯 냉수 한 컵을 들이켰지만 가슴이 답답하고 목이 마른 건 그대로였다. 아내가 머리를 뒤로 묶어 올리며 나왔다.

"무슨 애가 저렇게 예민한지……."

"도대체 무슨 일로 그러는지 말 좀 해줘. 뭘 알아야 대응을 할 것 아냐."

적극성을 보이던 남편은 말을 접었다. 남자가 관여하기엔 힘든 부분이라고 생각했던 것이다. 그는 유경과 맞부딪히지 않은 게 다행이라는 듯 안도의 숨을 몰아쉬었다. 애가 타는 쪽은 아내였다. 유경이의 지나친 언행이 자꾸만 마음에 걸렸던 것이다. 아내의 눈치만 살피던 남편이 화제를 다른 쪽으로 몰고 갔다.

"유경이가 과외는 잘 받으러 다녀?"

"잘 다니겠죠 뭐. 대꾸는 안 하지만 제 시간에 왔다 갔다 하니까……."

"사춘기에다 초경까지 했으니 정신적으로 많은 생각을 할 때지. 조금 더 지켜보는 게 좋을 것 같아."

"당신이야 회사 나가면 그만이지만 난 많이 힘들어요."

남편이 아내의 어깨를 감싸 안으며 말했다. 왜소한 어깨가 남편의 억센 손에 더욱 수축되는 듯했다. 아내는 어깨가 활처럼 안쪽으로 구부러졌다. 알코올 냄새가 그녀의 이마를 타고 얼굴로 퍼졌다. 그녀는 미간을 찌푸렸다.

"웬 술을 그렇게 많이 마셨어요? 근래 들어 술자리가 빈번해졌는데 왜 그래요?"

"글쎄. 다른 사람 같으면 적당히 거짓말을 해서 빠져나오면 되는데 사장이 불러대니 난들 어쩔 수 있남."

"무슨 일이 있기라도 한 거예요?"

"내가 그걸 어떻게 알겠어? 워낙에 속엣말을 안 하니……. 나이가 들어가는데 부인 없이 홀애비로 살려니 옆구리가 허전한 건지도 모르지."

"설마 룸싸롱에 간 건 아니죠?"

"룸싸롱은 무슨… 사장은 여자 있는 곳은 안 가. 얼마나 철저하고 돈을 아끼는데……."

"모르는 소리 말아요. 다른 곳엔 돈을 아끼면서 여자들한테 팍팍 쓰는 남자들이 얼마나 많은데……."

"내가 보기에 우리 사장은 안 그런 것 같던데? 단 한 번도 여자와 관련된 얘기는 들어본 적이 없으니……."

남편은 염 사장을 신뢰하고 있었다. 그는 사장이 여자 문제에 관해선 자유로운 사람이라고 생각했다.

하지만 아내는 지난 기억들을 지우지 못한다. 그녀가 회사에 입사했던 10년 전만 해도 염 사장은 주변에 많은 여자를 두고 있었다. 여직원의 경우 미모가 출중하지 않으면 채용하지 않을 만큼 그는 여자 편력이 많았다. 여직원들은 3개월을 채우지 못하고 퇴사하는 경우가 많았다. 하지만 그 내막을 아는 이는 아무도 없었다. 사람들은 깐깐한 사장의 업무 지시를 충족시켜주지 못해 퇴사한 것으로 여겼다. 그녀는 구조조정에 의해 퇴사하긴 했지만 운이 좋았다는 생각을 했다. 사장이 그녀에게 묘한 눈빛을 보낼 즈음 그녀는 어무르와 서둘러 결혼식을 올렸다. 결국 사장은 닭 쫓던 개 신세가 돼버린 것이었다. 그녀가 결혼을 늦추기라도 해서 사장과 불미스러운 일이 발생했다면 여느 여직원들과 마찬가지로 회사에서 쫓겨났거나 불명예를 안고 살았을 수도 있었기 때문이다. 그녀는 애초부터 남자들과의 접촉은 좋아하지 않았고, 결혼할 마음도 갖지 않았다. 그녀는 산부인과도 여의사만 골라서 이용했고, 택배가 오더라도 직접 물건을 건네받지 않고 무조건 경비실에 맡겨두게 했다. 그녀가 수영장을 이용하지 않는 이유는 대개의 트레이너가 남자이기 때문이다.

그녀가 남자를 경계하게 된 것은 초등학교 4학년 때 옆집에 살던 친구와 같이 하게 된 과외 때문이다. 과외 선생은 아이들에게 칭찬을 아끼지 않는 사람이었고, 부모로부터 간섭과 폭력에 시달려온 그녀는 과외 선생에게 부모 이상으로 정이 갔다. 그래서 그녀는 입버릇처럼 "나중에 선생님 같은 분과 결혼하고 싶어요"라는 말을 자주 했다. 과외 선생은 그녀뿐만 아니라 함께 공부하는 다른 애들에게도 인기가 좋았다. 그녀는 과외 선생을 독차지하기 위해 선물도 자주 사주었다. 과외 선생은 글씨를 예쁘게 쓰기 위해서는 연필 잡는 법을 올바르게 배워야 한다며 그녀의 손을 잡기도 했다. 과외 선생은 그녀와의 신체적 접촉 회수를 늘여 갔다.

그러던 어느 날 그녀는 여느 때보다 일찍 과외를 받기 위해 친구 집을 찾았다. 과외 선생은 항상 10분 전에 도착하기 때문에 학교 과제물에 대한 정보도 미리 알고 싶었던 것이다. 6월 초의 무더위는 한여름을 방불케 하듯 폭염에 가까웠다. 그녀가 손부채를 하며 서둘러 친구집에 도착했을 땐 온몸이 땀으로 범벅이었다. 귀밑과 머리 밑은 땀에 젖어 축축했다. 현관의 문고리를 돌렸는데 문이 잠겨 있었다. 과외 시간이 되면 늘 문을 잠그지 않았고 더군다나 여름에는 현관문을 거의 열어놓는 편이었다. 그녀는 할 수 없다는 듯 초인종을 눌렀다. 여러 번 손끝에 힘을 주었지만 기척이 없다가 뒤늦게 굵은 남자 목소리가 들려왔다. 쫓기는 듯한 다급하고 숨찬 목소리였다. 그렇지만 문은 바로 열리지 않고 조금 더 뜸을 들인 후에 열렸다. 얼굴을 내민 사람은 친구도 그녀의 엄마도 아닌 과외 선생이었다. 그는 애써 밝은 얼굴로 그녀를 맞았다.

"선생님밖에 안 계세요?"

"아냐. 선민이도 있어."

그녀가 친구의 방으로 들어가려 하자 선생이 그의 팔을 붙들었다.

"조금 있다 가. 아까부터 뭘 정리하는 모양이던데……."

과외 선생의 눈빛은 약간 긴장되어 있었고, 손등에 길게 핏빛으로 긁힌 자국이 있었다. 그녀는 다친 애완견이라도 본 것처럼 동정의 눈빛을 했다.

"어쩌다 그랬어요?"

과외 선생은 손등을 등으로 가져가며 말했다.

"괜찮아. 그냥 길 가다 넘어져서 조금 긁힌 것뿐이야."

"약을 좀 발라야죠."

그녀는 약을 찾으려 했으나 자기집이 아님을 깨닫고 곧바로 친구의 방으로 갔다. 그리고 문을 열었다. 문을 여는 순간 상큼한 레몬향이 코를 자극했다. 과외 선생한테서 느낄 수 있는 레몬향의 향수 내음이었다. 친구는 침대 곁에서 두 무릎 사이로 머리를 붙이며 울고 있었다. 머리는 산발이었고, 아직 덜 채운 블라우스 단추 옆으로 목덜미가 드러나 있었으며, 겨드랑이 안쪽으로는 맨살이 보일 만큼 찢겨 있었다. 그리고 짧은 치마 아래로 핏방울이 얼핏 보였다. 그녀는 친구의 어깨를 감싸듯 안고 조심스럽게 말했다.

"무슨 일 있어? 왜 그래?"

선민은 훌쩍이기만 할 뿐 아무 말이 없었다. 그녀는 불길한 예감이 머리끝으로 타고 올랐지만 애써 억누르려고 했다. 그녀는 거실 쪽에 얼굴을 돌렸다가 다시금 친구를 관찰하듯 쳐다보았다. 그녀는 어떤 증거물을 찾기라도 하듯 친구의 머리부터 발끝까지 요목조목 살폈다. 선민의 손톱 사이에 핏기가 있는 걸 보는 순간 과외 선생의 목덜미가 떠올랐다. 그 순간 강한 현기증이 몰려왔다. 손발이 저리고 가슴이 떨리면서 그녀는 제 가슴에 손을 얹고 흥분을 가라앉히려 했다. 그렇지만 과외 선생하고 굳이 연관시키고 싶은 생각은 없었다. 과외 선생은 따스하고 인간적인 사람이라고 생각해 왔던 탓이었다.

"오해하지 마. 아무 일 없었으니까. 현숙인 날 믿지?"

"……"

"의심나면 직접 물어 봐. 난 결백하다구."

그는 자신을 신뢰해 달라는 말로 포장했지만 목소리는 흔들리고 있었다. 그는 자신을 의심하지 않도록 끊임없이 변명했다. 그녀는 듣기만 할 뿐 아무 대꾸를 할 수가 없었다. 그 일로 과외는 끝이 났다. 선민이는 학교에 더 이상 나오지 않았다. 그녀의 잦은 전화와 방문에도 선민은 만나주지 않았다. 학교 선생님도 그녀의 입장과 비슷했다. 과외 선생에 대한 의심이 갈수록 증폭되었지만 그녀는 아무 대응을 할 수 없었다. 나중에 안 일이지만 선민은 다른 학교로 전학을 가버렸다. 그리고는 소식이 끊겨 버렸다. 과외 선생은 아예 전화번호까지 바꿔 버렸다. 그녀는 온몸에 기운이 싹 빠졌다.

"엄마, 나 오늘부터 과외 안 가요."

침묵으로 일관해오던 유경이가 불쑥 내뱉은 말에 현숙은 뛰는 가슴을 진정시키며 가까스로 말문을 열었다.

"왜 안 간다는 거니? 무슨 일 있었어?"

"과외 선생님이 관뒀어요. 더 이상 묻지 마세요. 그 외엔 아무것도 모르니까요."

유경은 미리부터 엄마의 말문을 차단하고 나왔다. 후한 과외비로 고수익을 올리는 과외 선생이 갑자기 손을 놓았다는 게 납득이 되지 않는지 그녀는 머리를 갸웃거렸다. 유경이와 어떤 갈등이 있었을 거라는 생각이 문득 들었다. 유경이가 초경 때문에 수척해지고 우울해진 것이 아닐 수도 있다는 생각이 등골을 타고 올랐다. 그 생각에 온몸이 오싹해졌다. 그녀를 불안하게 만든 것은 과외 선생이 전화를 받지 않았기 때문이다. 의심이 꼬리를 물면서 그녀는 온몸이 달아오르기 시작했다. 유경은 말문을 닫고 제 방에서 꼼짝달싹하지 않고 앉아 있었다. 그럴수록 그녀의 머릿속엔 유년시절 친구 선민이가 선명하게 떠올랐다.

며칠을 두고 전화를 해댔지만 과외 선생과 연락이 닿지 않았다. 할 수 없이 그녀는 수천이의 집을 직접 찾아갔다. 수천이의 집은 널찍한 정원에 연꽃이며 금붕어를 키우고 있었고, 쉼터로 이용하려는 듯 자그마한 정자도 마당 한편에 서 있었다. 그녀가 염 사장의 집을 찾은 것은 처음 있는 일이었다. 수천이는 애완견과 잔디밭에서 장난을 치고 놀다가 그녀와 만나게 되었다. 느그적느그적 걷는 수천이는 잠시도 가만히 있지 못하고 몸을 흔들거렸다. 침착함이라곤 찾아볼 수 없었다. 수천이는 유경이 얘기도 꺼내지 않았다. 그녀가 왜 왔는지에 대해서도 별 관심이 없어 보였다.

"과외 선생님이 왜 그만두셨어?"

"난 잘 몰라요. 아빠하고 자주 싸우더니 그만……."

그녀는 귀를 의심하며 목을 쭉 빼고 잔뜩 긴장된 표정을 지었다.

"아빠하고 싸울 일이 뭐 있어? 과외 공부할 시간에 아빠는 회사에 계셨을 텐데……."

"아녜요. 아빠는 공부할 때도 자주 왔어요."

그녀는 염 사장의 성격을 짐작하기라도 한 듯 고개를 끄덕였다. 고액을 주고 과외를 시키면서 과외 선생이 돈값을 하는지 확인하고도 싶었을 터다. 염 사장은 허투루 돈을 낭비하는 성격이 아니라는 것을 그녀도 익히 알고 있었다.

"넌 공부에 관심 많은 아빠를 뒀으니 좋겠다."

그 말에 수천이는 비아냥거리듯 한마디 던졌다.

"아빤 공부에 관심 없어요. 과외 선생님을 엄마처럼 잘 모시라고 하면서 맨날 선생님과 놀다 가는데요 뭘."

그녀는 놀라는 표정을 감추고 다시 말꼬릴 붙들었다.

"근데 왜 과외 선생님이 그만뒀을까?"

"아빠 맘에 안 들었겠죠 뭐."

"아빠와 선생님이 다툴 때 우리 유경이도 그 자리에 있었니?"

"당연하죠. 아빠와 선생님이 고함치며 싸울 때 유경이 이름이 가끔씩 들렸어요."

그녀는 허리를 낮추며 수천이에게 조심스럽게 물었다. 머릿속이 마구 뒤엉켰지만 침착해지려고 노력했다. 자칫 수천이가 말문을 닫으면 공수고로 끝날 것이란 우려가 앞섰다. 그녀는 수천이에게 용돈을 쥐어주며 수천이가 알고 있는 것을 모두 끄집어낼 생각을 했다.

"그때가 대충 언제쯤이니?"

"일주일쯤 됐을 걸요."

그녀는 유경이가 초경 때문에 속옷이 베란다에 걸려있던 날을 머릿속으로 헤아려봤다. 그녀는 날짜를 계산하다말고 갑자기 눈앞이 캄캄해졌다. 유경이가 우울증에 빠진 듯한 모습을 보인 것도 그 즈음이라는 생각이 들었다.

"유경이가 너한테 잘못한 거라도 있니? 아니면 선생님한테 대들기라도 한 거야?"

"걔는 순둥이라서 대들 줄도 모르는 바보예요."

수천이는 바보라고 말하면서도 별로 미안한 눈치가 아니었다. 그저 할 말을 했다는 표정이었다.

"아빠는 선생님한테 입을 열면 가만두지 않겠다고 한 것 같아요."

"… 그, 그래?"

그녀의 눈자위가 가늘게 떨리고 있었다. 염 사장이 과외 선생이나 자기 딸에게 수치감을 줬을 거라는 생각이 물밀듯이 몰려왔다. 미모의 여성을 선호하는 염 사장답게 과외 선생도 미인이었다. 과외 선생과의 말다툼에서 유경이가 끼어있었다면 비밀의 열쇠를 유경이가 쥐고 있을 거라는 생각이 들었다. 수천이 말대로 과외 선생을 부인으로 만들려고 노력했을 가능성도 충분히 있었다. 하지만 그 두 사람 사이에 왜 유경이를 끌어들였는지 알 수 없는 일이었다. 유경이의 침울한 상태를 보면 모종의 사건이 있을 법했다. 하지만 증거 없이 염사장을 찾을 수는 없는 일이었다. 남편이 염 사장의 회사에 있는 한 그 불똥이 잘못 튀게 되어 불이익을 받게 되면 한순간에 가정이 무너질 것이라는 판단이 섰다.

그날 밤 그녀는 남편에게 아무 말도 하지 않았다. 피곤하다면서 잠자리에 먼저 들긴 했지만 잠은 멀리 있었다. 염 사장에 대한 불신감이 들불처럼 번져갔다. 유경이에게 과외를 시킨 남편이 원망스러웠다. 염 사장의 속성을 알고 있으면서 적극적으로 막지 못한 게 자꾸만 후회되었다.

그녀는 시간이 흐를수록 유경이를 힘들게 만든 장본인이 염 사장일 거라는 확신이 들었다. 과외 선생이 남자가 아닌 상황에서 의심이 가는 사람은 아무리 생각해도 염 사장뿐이었다. 하지만 극단적으로 몰고 갈 생각은 없다. 과외 시간이라는 한정된 시간에 그런 행위가 행해질 가능성은 희박하기 때문이다. 아무래도 언어폭력 정도일 거라고 생각했다. 철저한 시간관념을 요구한 자신의 판단이 옳았던 것이다.

그때 휴대폰에 문자 하나가 찍혔다. 창가에 시선을 두고 있던 그녀는 스팸 문자일 거라는 생각에 잠시 무시했다가 폴더를 열었다.

‘수천인 어린애가 아니에요.’

그녀는 통화버튼을 황급히 눌렀지만 귀에 들려오는 소리
는 ‘전원이 꺼져 있습니다’ 라는 기계음 소리뿐이었다. 그녀
는 시간을 두고 계속 문자의 발신지와 통화를 시도했지만 끝
내 불발로 그치고 말았다.

지워진 그림자

새벽녘부터 내리던 비는 오후가 되도록 그치지 않는다. 시간이 지나면서 달라진 건 비가 바람을 싣고 내린다는 거다. 장마를 예고하듯 비는 그렇게 내리고 있었다.

비가 계속 내리면 경일에게 좋을 일은 아무것도 없다. 비오는 날 노가다판의 인부는 소금장수 신세다. 그렇지만 오늘만큼은 운이 좋다. 기둥과 천정이 만들어졌기 때문에 구질구질한 날씨와는 상관없이 칸칸마다 벽돌을 주위 올리면 그만이기 때문이다.

일찍 중식을 마친 경일은 시내가 내다보이는 4층에 엉덩이를 깔았다. 수북이 쌓인 벽돌 위에 앉아 담배를 피우는 그의 얼굴엔 그늘이 져 있다. 허리의 통증이 가끔 경일을 괴롭혔다. 육체적 노동이 전부인 이곳에서 살아남기란 실로 어려운 일이다. 그는 세상 어디를 가든 돈 벌기가 쉽지 않다는 걸 생각하면서 잠시 비장한 각오를 다진다.

그때 비바람이 건물 안쪽까지 깊숙이 들어오더니 일순간 경일의 얼굴을 훑고 지나간다. 경일은 놀란 나머지 숨을 멈췄다가 다시 내쉬었다. 그리고는 손등으로 얼굴의 물기를 닦아냈다. 그는 담배를 입가에 갖다 대다가 눈앞이 침침한 걸 느끼곤 손등으로 또 한번 눈을 비볐다. 아픈 눈에 물이 들어가면서 시야를 방해했기 때문이기도 하지만, 한쪽 눈은 벌써부터 이상 증세를 보이고 있었다.

경일은 발아래 내다보이는 간판을 쳐다보았다. 시력이 얼마나 떨어졌나 싶어 양쪽 눈을 서로 번갈아가며 글씨를 확인했다. 차이는 두드러지게 나타났다. 한쪽 눈은 금방 그 글씨를 읽을 수 있었지만, 다른 한쪽은 간판을 읽을 수 없을 정도로 흐릿했다. 다른 간판의 글씨에다 초점을 맞추어 보았지만 마찬가지였다. 확연하게 두 눈의 시력은 차이가 있었다.

경일의 가슴은 심하게 뛰었다. 얼마 안 가서 시력을 완전히 잃을지도 모른다는 생각이 들자 마음이 더욱 착잡해졌다. 그는 들고 있던 담뱃불을 바닥에 내던지면서 그때의 기분 나빴던 순간들을 하나하나 떠올렸다.

그날은 아침부터 정신이 없었다. 경일의 아내는 밥상을 걷어간 뒤 얼마 안 가 배를 잡고 괴로워했다. 출근 준비를 하던 경일이 무슨 일이냐고 물었지만 이유는 뻔했다. 아내는 산기를 보이고 있었던 것이다. 경일은 양말을 주섬주섬 챙겨 신고 그녀를 부축하여 곧바로 병원으로 내달렸다. 병원에서도 아내는 아랫배를 잡고 계속 신음소리를 냈지만, 산부인과 의사는 아기가 나오려면 적어도 수 시간은 있어야 할 것 같다며 기다리라고 무뚝뚝하게 말했다. 경일은 아내와 의사를 번갈아보며 어찌할 바를 몰랐다. 결국 의사의 말대로 수 시간이 지나도록 아기는 나오지 않고 아내만 힘겨워하고 있었다.

경일은 임시방편으로 처제를 병원에 있게 하고 회사에 출근했다. 지각 사유를 아내의 출산 때문이라고 했으나 김을수 반장은 대수롭지 않게 여겼다. 그까짓 일은 남들도 다 겪는 일이라는 눈빛이었다.

"빨리 기계에 가서 붙어. 오늘 할 일이 태산 같은데."

김 반장은 간단명료하게 말하고는 돌아가 버렸다. 경일은 그의 행동이 약간 거슬리긴 했지만 대꾸하지 않았다. 숱하게 들어온 말이었다.

경일은 바쁘게 작업복으로 갈아입었다. 궂은 날씨 탓인지 옷이 덜 마른 것처럼 습기가 가득 배어있었다. 그는 습관처럼 옷의 목깃을 서로 붙들고 옷을 털었다. 기름이 손에 묻어났다. 그는 손에서 번쩍거리는 기름때를 마른걸레로 닦아내었다. 기계는 누군가에 의해 벌써 전원이 들어와 있었다. 작업 시간 전에 전원이 들어와 있지 않으면 상사들에게 싫은 소리를 들어야 했고, 3회를 넘어서면 시말서를 쓰게 되어 있었다.

그는 'T' 자 형의 쇠로 만든 척 렌치를 척의 원주면 구멍에 끼우고 돌렸다. 이물질이 많이 들어갔는지 죠오는 쉽게 열리지 않았다. 그리이스를 죠오에 넣거나 녹이 슨 경우엔 사포로 닦아댔지만, 얼마 전부턴 무슨 이유에서인지 죠오에 힘을 가해야 열리고 닫혔다.

작업대 옆에 50개 들이로 넣어진 비닐포대가 십여 개 쌓여 있었는데, 그 중 한 자루를 끌어내렸다. 대접 그릇 크기의 소재에다 계단식으로 단을 만든 뒤 구멍을 내면 1차 가공이 끝나게 되어 있었다. 경일은 바쁘게 소재를 척에다 물리고 회전 선택 레버를 적절하게 맞춘 뒤 회전을 시켰다. 척은 기다렸다는 듯 힘차게 돌아갔다.

경일은 한눈팔지 않고 쉴 새 없이 빠른 손놀림으로 제품을 깎아 나갔다. 평소보다 빠르게 작업을 했지만 시간이 흐를수록 제품은 생각처럼 양산되지 않고 마음만 급해져 갔다. 지금쯤 아내가 아기를 낳았을까 하는 생각이 한시도 그의 머리에서 떠나지 않고 있었다. 그는 이따금 바깥을 내다보며 뛰쳐나가고 싶은 충동을 느꼈다. 그러나 작업량을 채워놓지 않으면 이곳을 빠져나가기란 불가능한 일이었다.

조립라인에 제품을 적절하게 보내지 못하면 여러 가지 불이익이 따랐다. 징계도 징계였지만 월급이 깎인다는 건 참을 수 없는 일이었다. 일전에 노사분규가 일어났을 때도 회사는 이 점에 대해서 더없이 촉각을 세웠었다. 회사의 강경한 입장에 결국 타협은 이루어지지 않고 계속되었다.

회사는 휴가를 찾아먹을 수 없을 만치 팍팍한 생산계획을 짜놓고 있었다. 경일이 회사 근무 5년이 되도록 휴가 한번 못 찾아먹은 것도 순전히 그러한 장치가 있었기 때문이었다. 그러나 오늘은 웬일인지 휴가를 내고 싶었다. 하다못해 도망이라도 가버리고 싶을 정도로 마음은 조급해지고 있었다.

절삭량이 7미터를 넘어서면서 척이 회전하다 말고 정지하는 횟수가 늘어갔다. 많은 절삭량에 이기지 못한 척이 그 부하를 이겨내지 못하고 있었다. 제품이 척에 물려있지 못하고 탈락하고 마는 경우도 이따금 있었다. 그럴 땐 경일도 놀란 나머지 반사적으로 뒤로 물러서곤 했다. 하지만 그 회전속도나 이송속도를 조금도 늦추게 하는 법이 없었다. 그렇게라도 해야만 조급한 마음을 극복할 수 있다는 생각에서였다.

오후가 지나면서 오전 작업량을 확인한 결과, 확실히 생산량이 지난번 생산량을 초과하고 있었다. 잘하면 정시에 마칠 수 있다는 확신감에 경일의 굳은 얼굴은 눈에 띄게 펴졌다.

생산량을 못 맞춰서 잔업을 하게 되면 병원에 발도 들일 시간
도 없을 터였다.

경일은 자신에 찬 기분으로 레버를 아래위로 올렸다 내렸
다 했다. 정지 기능에 발을 얹어 칩이 척에 물려서 돌아가거
나 회전을 멈추는 것이 마치 신들린 듯했다.

"오늘 무슨 일 있어?"

경일 바로 뒤쪽에서 선반작업을 하던 수윤이 걱정된 눈빛
으로 말했다. 경일은 대답을 무시해버리려다 지나가는 말로
대꾸했다.

"오늘이 우리 애 귀빠지는 날이 될 것 같아서 빨리 작업해
놓고 가려고 그러지."

"오늘이 출산일이야?"

"그래."

"그럼 집에 가지 뭐하러 일하냐, 나 참."

수윤은 어처구니없다는 표정을 지었으나, 경일은 마음에
두지 않고 그저 제품 깎기에 정신이 없었다. 제품이 깎여 나
가면서 머리 위로 날아오르는 쇳가루와 칩이 온 바닥에 너절
하게 깔렸다.

"신경 쓰지 마. 작업 끝나자마자 가면 되니까."

더 이상 묻지 말라는 투로 경일은 말했지만 수윤은 계속 안
타까워했다.

"일이 중요하냐, 마누라와 애기가 중요하냐? …… 제발 멍청한 짓 그만두고 기계 끄고 집에 가."

"신경 끊으라니까 자꾸 그러네……."

"자식, 그 고집 때문에 망할 거야."

수윤은 제 뜻을 몰라주는 경일이가 다소 서운했던 모양인지 혀를 찼다. 바이트를 갖다 대다 말고 절삭유를 공급하지 않았다는 걸 알아차린 그는 노즐의 레버를 돌려놓았다. 그는 제품 하나를 채 깎기도 전에 경일에게 다시 충고를 던졌다.

"야, 이 자식아. 답답해서 못 보겠다. 내가 철야를 해서라도 깎아줄 테니 빨리 병원에 가봐라."

"남들이 들으면 싸운다고 하겠다. 목소리 좀 낮춰."

"새끼! 한다는 소리가 고작 그거야? 까불지 말고 니 마누라는 니가 챙겨."

수윤의 말은 아무 소용이 없었다. 경일은 제품을 한 개라도 더 깎으려고 더욱 민첩해지고 있었다.

그때 갑자기 전원이 나가고 머리 위의 형광등마저 꺼져 버렸다. 순간 공장 내부는 조용해지고 사람들 소리로 시끌시끌해졌다.

경일은 정문부터 쳐다봤다. 이따금 일어나는 농성은 이렇게 시작되는 경우가 많았다. 공장 밖으로 내다보이는 정문 쪽엔 두 사람의 수위 외엔 아무도 얼씬거리는 사람이 없었다.

주위에서 일하던 동료들도 그 자리에서 기지개를 켜거나 서로 얘기를 나눌 뿐, 아무런 미동이 없었다.

경일이 불안한 눈빛을 하고 수윤에게 말했다.

"이거 정전 아냐?"

수윤이 빈정거리듯 한마디 했다.

"잘됐지 뭐냐. 놀아도 되고……."

"지금이 놀 판이냐? 마음이 급해 죽겠는데."

수윤이 아까보다 더 능글맞게 나왔다.

"마음이 급하면 늦지 않았으니 지금이라도 가면 될 것 아냐."

"작업량은 어떡하고?"

"그게 어디 네 잘못이냐? 전기 잘못이지."

"에이, 그만둬……."

경일은 수윤에게 말하고 싶지 않은지 말을 끊어버렸다. 내심 전기가 빨리 공급되었으면 하고 마음속으로 바랐다.

"야! 지금 뭐하냐!"

등 뒤에서 부르는 큰소리에 경일은 뒤를 힐끔 쳐다보았다. 심인홍 조장이었다. 그는 쉿소리를 내며 다시 한번 꾸짖었다.

"야, 임마! 정전이 되면 빨리 전원 스위치를 내려놓아야 될 것 아냐!"

경일은 그제서야 깨달았다는 듯 황급히 스위치를 내렸다.

"새끼들, 쇠를 한두 번 깎냐? 애 새끼들처럼 몇 번이나 말을 해야 되나……."

심 조장은 투덜거리며 다시 다른 기계 쪽으로 옮겨 갔다. 그리고는 그쪽에서도 누군가 기계 스위치를 내리지 않았나 확인하기 바빴다.

스위치를 내린 경일은 잊은 게 있었던지 멀리 사라져가는 심 조장을 쳐다보았다. 그걸 본 수윤이 말을 붙였다.

"왜 그래?"

"조장한테 아까 물어봤어야 했는데……."

수윤이 턱을 내밀며 말했다.

"왜, 병원에 가려고 마음먹었어?"

"아니."

"그럼?"

"언제 전기가 들어오냐고 물어 보려고 했지."

"꼴통도 저런 꼴통이 있을까……."

수윤은 말대꾸한 걸 후회했다. 그는 쪼그리고 앉아 담배를 피워 물었다. 시간이 흐를수록 경일의 마음은 더욱 급해져 갔고, 반장은 돌아다니며 놀지 말고 기계나 닦으라고 소리쳤다.

전기는 두어 시간이 지나서야 공급되었다. 순간적인 정전이길 바랐던 경일의 생각을 완전히 뒤집어놓았다. 전기가 안 들어올 것 같았으면 밤늦도록까지 공급되지 말았어야 했다. 때맞춰 수윤은 경일에게 들으라는 듯이 한마디 했다.

"아, 잘 놀았다. 정전이 자주 되면 얼마나 좋을까."

수윤은 기계 스위치를 올리고 나서 다른 소재를 집어 물렸다. 정시에 마치려면 남은 시간은 한 시간밖에 없었다. 경일은 재빨리 제품을 세어 보았지만, 한 시간 만에 나머지 제품을 깎아낸다는 건 무리임을 간과하자 온몸에 힘이 빠졌다. 아까는 몰랐는데 무리하게 일한 탓에 근육이 뻐근해져 왔다.

공장 내부는 언제 그랬냐는 듯 소음으로 가득 찼다. 온갖 소음들이 좁은 공간을 어지럽게 소용돌이치고 있었다.

김을수 반장은 늘 그랬듯이 정전 후의 기계를 점검하러 돌아다녔다. 수윤에 이어 경일에게도 기계 이상 여부를 어김없이 물어왔다.

"이상 없습니다. 바이트가 조금 마모된 것 외엔……."

김을수 반장은 고개를 끄덕이며 반대쪽의 밀링 기계 사이를 비집고 들어갔다.

김 반장이 그 기계 사이로 지나는 순간 경일이 그를 불러 세웠다. 김 반장은 무슨 일이냐는 듯 작은 눈을 껌벅이며 되돌아보았다.

"조퇴했으면 합니다."

기계에 이상이 있어서 부른 줄 알았는데 엉뚱한 질문을 받은 김 반장은 평소 때와는 다르게 나직하게 물었다.

"무슨 일로 그러냐?"

"집안 일로 좀……."

"집안 일이 한두 가지야? 솔직히 말해."

경일은 뒷머리를 긁적이며 조심스럽게 입을 떼었다.

"애기 때문에……."

"애기라니?"

"처가 오늘 애기를 낳기 위해 아침부터 병원에……"

"맞아. 그래서 아침에 지각했다고 그랬지?"

김 반장은 스스럼없이 허락해줄 것 같은 인상이었다.

"그러니까 오늘만 좀……."

김 반장이 금니를 내보이며 슬핏 웃었다.

"마누라가 애 낳는데 니가 왜 가?"

"아무도 돌봐줄 사람이……."

"애 낳는 건 니가 아닌데 자꾸 왜 이래? 그러구 돈만 주면 병원에서 어련히 알아서 해줄라고."

"……."

"아무 걱정 말고 넌 일이나 해. 마누라에게 돈 한 푼이라도 더 벌어주는 게 도와주는 거야."

김 반장은 경일의 오른쪽 어깨를 툭툭 쳤다. 쓸데없는 생각 말고 일이나 열심히 하라는 뜻이었다.

제 기계로 다시 돌아온 경일은 한참을 멍하니 섰다가 겨우 기계에 손을 올려놓았다. 등 뒤에서 수윤의 격앙된 목소리가 들려왔다. 수윤은 경일을 탓한 게 아니라 김 반장의 인격을 사정없이 깎아내리고 있었다.

바깥은 벌써 어둑어둑해지고 있었다. 하루종일 흐린 날씨 탓인지, 저녁도 일찌감치 달려들고 있었다. 정문 옆의 수위실 앞엔 수은등이 희미하게 불을 밝히고 있었다.

잔업이 시작되도록 김 반장은 아무 말이 없었다. 경일이 부담스런 말을 걸어올까봐 의도적으로 피한다고 수윤이 말을 거들었다. 여태껏 보여온 관행 속에서 김 반장은 충분히 그럴 인물이라고 알고 있던 터였다.

무슨 마음에서인지 경일의 손놀림이 또다시 빨라지기 시작했다. 잔업을 두 시간이라도 하고 가겠다는 생각에서였다. 주춤거렸다가 턱없이 네 시간 잔업을 하게 되면 그건 더 큰 일이었다.

"앗!"

경일이 기계를 잡다 말고 물러섰다. 그리고는 손을 눈에 갖다 대고 비틀거리듯 하다가 그 자리에 주저앉았다.

수윤과 함께 드릴공 명호가 달려들었다. 경일은 쇠를 절삭하다가 눈에 뜨거운 칩을 맞은 거였다. 칩은 순식간에 살에 엉겨붙었고, 눈자위를 하얗게 데워놓았다. 칩은 눈자위와 눈

아래로 걸쳐있었고, 손으로 떼어내려고 해도 쉽지 않았다. 그러나 수윤과 명호는 그다지 놀라는 표정이 아니었다. 선반작업에서 자주 있는 일이었다. 안전보호망이 없는 보통 선반작업에선 그런 사고를 당하는 일이 허다했다. 수윤도 칩에 의한 사고를 세 차례나 당했다. 그의 눈자위에 흉터가 남은 것도 선반작업을 하다가 날아온 칩 때문이었다.

수윤은 시간이 흐른 뒤에 침착하게 경일의 눈에 박힌 칩을 떼어냈다. 경일은 그때까지 계속 눈물을 비 오듯 쏟아냈다. 칩을 떼어내긴 했어도 좀체 눈을 뜨지 못하고 있었다. 시간이 흐르면 괜찮겠지 했던 것도 잘못이었다. 수윤은 경일의 성격을 잘 알고 있었다. 책임감이 강한 데다 인정이 많았고, 엄살을 잘 부리지 않는 성격이라는 걸 누구보다 잘 알고 있었다.

수윤은 손수건으로 그의 눈자위에 줄곧 흘러내리는 눈물을 닦아내고 기계 앞에 붙어있는 손바닥만한 작업등을 그의 눈에 비추었다. 눈동자에 실오라기처럼 가는 가시 같은 게 붙어 있었다. 경일은 작업일지 뒷장을 찢어 가느다랗게 또르르 말았다. 바늘처럼 만들어진 종이 침은 경일의 눈에 붙은 쇳가루를 뽑아내기 위한 것이었다. 현장에서 수윤이만큼 눈에 붙은 쇳가루를 잘 빼내는 사람은 아무도 없었다. 사람들은 그더러 쇠를 깎지 말고 병원에 나가라고 할 정도였다.

그러나 웬일인지 오늘따라 그의 실력은 살아나지 않았다.

경일의 눈은 벌써 벌겋게 충혈되어 이미 사람의 눈이 아니었다. 뒤늦게 김 반장이 이를 알고 병원으로 보냈다. 경일은 아내가 있는 병원이 아닌 안과로 가게 되었다.

안과 전문의 송진우 의사는 눈동자에 흠집이 갔다고 했다. 좀 더 경과를 두고 봐야겠다고 했으나, 그의 말투는 자신이 없어 보였다. 의사는 당분간 치료를 받으라고 주문을 했으나 경일은 다음날 하루만 치료를 받고 그만두었다. 매일처럼 치료를 받으러 다닌다는 건 그에겐 불가능한 일이었다. 아기를 낳는다고 해도 조퇴조차 허락해 주지 않는 회사가 눈을 치료하도록 내버려둔다는 건 상식 밖의 일이기 때문이었다.

매일 눈에 눈곱이 누렇게 끼었다. 그는 간편한 처방으로 안약을 사서 눈에 수시로 넣었다. 한 달이 넘도록 안약을 썼지만 효험은 없고 시력만 계속 떨어질 뿐이었다. 불안해진 그는 작업시간 중에도 시력을 시험했다. 마이크로미터나 인디게이터를 멀찌감치 놓고서 오른쪽 눈과 비교를 했다.

시력이 눈에 띄게 떨어졌음을 느낀 그는 병원을 찾았다. 송 의사는 자신의 예측이 맞았다면서, 당장에 시력을 회복시킬 방법은 없다고 말했다.

그 다음날 경일은 회사에 정식으로 산재 신청을 했다. 회사에선 본인의 실수라며 인정하지 않으려 했다. 경일의 끈질긴 요구에도 불구하고 관리부장은 시간을 두고 고민해보자는 소리만 할 뿐이었다. 제 몸을 일부러 다치게 하는 사람이 어디 있겠냐며 볼멘소리를 했지만 경일이 얻어낸 것은 결국 아무 것도 없었다.

경일의 산재처리 문제가 차일피일 미뤄지던 어느 날, 임금을 올려달라고 요구하던 노동조합의 거센 요구에 경일의 문제는 어디론가 사라져버렸다. 노사간의 불협화음이 닷새를 넘어서면서 갑자기 회사가 부도났다는 소문과 사장이 해외로 도피했다는 소문이 꼬리를 물고 계속 이어졌다. 사무직 직원들이 하나 둘 회사를 등지면서 점차 그 소문은 현실로 드러났다. 회사 정문이 폐쇄되고 부도 소식이 신문기사에까지 나타나면서 노동자들은 회사 측의 비열한 처사에 울분을 삼켰다. 매달 매출을 신장시켜왔던 회사가 하루아침에 부도났다는 사실을 액면 그대로 믿는 사람은 아무도 없었다.

회사가 은행으로 넘어가면서 모든 기계들은 가슴에 명찰을 단 듯 빨간 딱지가 붙었다. 사장이 나타나기를 학수고대하던 그들의 간절함도 3개월이 지나자 숭숭 구멍이 뚫렸다. 모두들 제 길을 찾아 뿔뿔이 흩어지고 있었던 것이다.

산재처리가 될 거라는 경일의 꿈은 이미 먼 옛날 일이 돼버렸다. 산재처리는 고사하고 퇴직금까지 날아가 버린 상황에 직면하면서 경일은 초조한 하루하루를 보냈다. 백일을 갓 넘긴 아들 일성이가 눈 안에 쑥 들어왔다. 출산 때부터 젖이 나오지 않던 아내 때문에 아들은 분유를 먹으며 자랐다. 아들에게 분유 한 통 제대로 먹이기 어려운 형편에 이르자 경일은 자리를 박차고 일어났다.

결국 그가 가장 먼저 찾은 곳은 아파트 건설 현장이었다. 힘을 요하는 일이어서 마른 체구의 경일은 하루를 버티기가 힘들었다. 어깨뼈가 으스러지는 듯한 고통에 몇 번이나 주저앉고 싶었지만 아들 생각에 정신력으로 버텨냈다. 회사가 빨리 정상화돼서 다시금 옛 직장으로 돌아가고 싶었다. 그는 옛 직장에 대한 미련과 희망을 갖고 있었다. 전망이 없는 노가다 판에서 몸을 희생시킬 수는 없었다.

빗줄기는 눈에 띄게 굵어져 있었다. 경일은 송곳니가 빠진 걸 그제서야 알아차렸다. 입가에는 아직도 핏기가 엿보였다. 빗물이 속옷까지 스며들어 온몸에 냉기가 감돌았다.

경일이 발길을 멈춘 곳은 엊그제만 해도 열심히 다녔던 유일공업 앞이다. 황토색으로 벽을 칠한 공장 건물은 강한 비바람을 맞고 엎드려 있었다. 정문에는 생전 처음 보는 낯선 얼굴이 보였다. 그는 나이가 제법 들어 보였다. 턱수염이 거의 허연 색깔인 걸 보면, 머리는 분명 염색을 했을 거라는 생각이 들었다. 그는 찌들어 보이는 얼굴에 품이 넓은 점퍼를 입고 있었다.

경일은 그쪽으로 가려다가 멈춰 서서 다시 공장 안을 기웃거렸다. 공장의 긴 처마 아래로 뭔가 모를 물건들이 높이 쌓여있었다. 그것들은 푸른색의 두꺼운 비닐로 덮여있었는데 덩치가 큰 물건들로 보였다.

경일은 고개를 끄덕거렸다. 부도가 난 까닭에 딱지 붙은 기계들이 어디론가 실려 나갈 모양이었다. 저 중에 자신의 기계도 들어있을 거라는 생각에 일순간 숙연해졌다. 경일은 오랫동안 만졌던 기계와 뜻하지 않게 생이별을 해야 한다는 게 못내 허탈했던지 한참 그 자리에서 비를 맞고 서 있었다. 고생과 서러움이 뒤엉켜 있던 회사지만 얼마 전까지만 해도 이곳은 경일의 삶의 터전이었다. 미워하던 사람도 정작 헤어지게 되면 이렇듯 마음 한구석이 허전해지나 싶었다.

"아저씨, 공장 안에 아무도 없어요?"

경일은 지나가는 말로 가볍게 물었다. 의자를 뒤쪽 벽에 기대고 앉아 신문을 보던 노인이 신문을 아래로 내리며 말했다.

"아무도 없어요. 데모하던 사람들도 어제 낮에 모두 빠져나갔어요. 근데 그건 왜 물어요?"

"이 회사에 다녔던 사람입니다."

"아, 그래요?"

노인의 말투는 그렇게 밝지 못했다. 무엇 때문에 데모를 해서 회사를 이 지경으로 만들었냐고 속으로 생각하는 것 같았다.

"한번 들어가봐도 괜찮을까요?"

"그건 안 돼요."

"왜요?"

"다른 사람한테 공장이 넘어갔기 때문에 불가능해요."

노인 역시 경일이와 함께 근무했던 사람이 아니었다. 경일이 다시 한번 사정을 해보았지만 마찬가지였다. 노인은 경일을 보는 순간부터 마음에 들지 않았다. 머리는 비를 맞아 뭉쳐있고, 옷은 물기가 더 이상 스며들지 않을 만큼 젖어 있는 그의 몰골이 바른 사람으로 보이지 않았던 것이다.

경일은 물러섰다. 노인과의 대화는 그에게 도움이 되지 못하는 것들이었다.

언제 그쳤는지 비는 내리지 않았다. 길 양쪽엔 빗물이 널찍하게 괴어있고, 지나는 차들은 사정없이 그 물을 튀기고 달아났다. 그 물은 이따금 경일의 바짓가랑이까지 적시기도 했다. 그는 그저 무감각한 채로 걷기만 할 뿐이다.

아기를 안은 중년 여자가 시내버스를 타기 위해 차가 돌아나올 지점에서 한시도 눈을 떼지 않고 있었다. 경일은 두 개의 정류소만 거치면 집에 도착할 수 있으리란 생각에 무심코 그곳을 지나치려다 무슨 생각에서인지 갑자기 뛰기 시작했다. 아기를 맡긴 시간이 벌써 두 시간이나 지나 있었다. 지난번에도 늦게 도착했던 적이 있다. 그때 아이를 돌봐준 영천댁은 적이 불쾌해하며 한번 더 이런 일이 있으면 그만두겠다고까지 했다. 그렇게 되면 답답한 사람은 결국 경일이 내외다. 두 사람이 일하러 나가면서 수소문 끝에 겨우 알아낸 사람이 영천댁이다. 그녀가 아니었다면 적어도 한 사람은 아기 때문에 꼼짝없이 집에 묶여있어야 했다.

영천댁은 기계처럼 원리 원칙대로 움직이는 사람이다. 영천댁은 경일의 아기 외에도 두어 명의 아기를 더 돌보아 주고 있고, 밤이면 주점에서 주방 일을 하고 있어서 시간관념이 철두철미하지 않으면 손해가 막심하다고 입버릇처럼 말했다. 그래서 경일 내외는 어떤 대꾸도 소용없다는 걸 알고 있다.

집이 차츰차츰 가까워지면서 거리는 더욱 어두워졌고, 길가의 가로등이나 집집마다 켜둔 전등불은 마치 도깨비불처럼 현란하게 주위를 밝히기 시작했다.

집에 도착했을 때 경일은 땀을 비 오듯 흘렸다. 비에 젖은 옷에서 묻어나오는 땀 냄새는 불쾌하기 짝이 없다. 옷은 경일이가 주체하지 못할 정도로 무겁고 갑갑했다.

문 틈새로 불빛이 새어나오는 걸 보니 누군가 와 있었다. 아내가 돌아오려면 아직도 두 시간은 족히 남았다. 필시 방안에서 마음을 졸이고 있는 사람은 영천댁일 거라는 생각이 머리끝까지 일어났다. 그는 가쁜 호흡을 조절하며 무안한 표정으로 문을 열었다. 그 순간 그는 눈을 의심했다. 방안에 있는 사람은 영천댁이 아닌, 회사에서 함께 일했던 수윤이었다. 수윤은 아기를 안고 있었고, 경일에게 반가운 눈빛을 주었다.

"네가 웬일이냐?"

경일이 뜻밖의 만남을 황급히 물었지만, 수윤은 아기의 잠을 의식했는지 조용하게 말했다.

"웬일이긴. 애기 봐주러 왔지."

"뭐?"

"빨리 들어와서 앉기나 해. 남의 집처럼 왜 그러고 섰냐?"

경일이 영문을 모르겠다는 듯 들어오더니 작업복을 벗어던졌다.

"아줌마가 우리 애를 네게 맡기고 그냥 가버린 모양이지?"

"나한테 맡기다니? 애가 혼자서 울고 있길래 달래고 있는 중이야."

"그럼 아줌마가 애를 혼자 내버려두고 그냥 갔단 말야?"

"아줌마가 놔두고 갔는지 누가 놔두고 갔는지 모르지만, 여하튼 애는 혼자 울고 있었어."

경일은 기도 안 찬다는 표정으로 독백하듯 다시 중얼거렸다.

"에이, 쌀쌀맞은 사람 같으니라고."

수윤은 안고 있던 아기를 잠이 깨지 않도록 조심스럽게 옆으로 누이고는 경일의 추한 몰골을 그제서야 꼬집었다.

"어디 갔다 왔는데 비를 그렇게 맞았냐?"

"그까짓 흠뻑 맞아버렸지."

"왜?"

"세상 살기 싫어서."

"자식, 말 같지 않은 소릴 하고 있네. 제수씨가 출산할 때 그렇게도 난리를 피웠으면서……."

수윤은 조소가 섞인 말을 농담하듯 내뱉었다. 과거를 들먹 거리자 괴로움만 가중된다고 여겼는지 경일은 아무 대꾸도 없다.

경일은 아직 물기가 질펀한 양말을 마지막으로 벗어놓았 다. 아까보다는 눈에 띄게 차분해지고 있었다.

"일자린 구했어?"

"구하긴. 보시다시피 백수지……."

"무슨 일이든 해얄 것 아냐?"

수윤이 담배를 꺼내다 말고 다시 집어넣었다. 아기 앞에서 피운다면 금방이라도 아기의 입에서 마른기침이 터져 나올 것 같아서였다.

"일자리가 남아돈다느니 사람 구하기가 하늘의 별 따기라 고들 하지만, 실제로 한번 나서보면 그것도 한낱 꿈이더군. 뭐랄까, 뜬구름 잡기랄까. 안갯속에서 사람 찾기랄까…….

아무튼 난 포기했어."

이번엔 경일의 입가에서 비웃음이 새어나왔다.

"너답지 않은 소릴 하고 있어. 자신만만한 것 빼놓으면 시체면서……."

"그러게 말이다."

수윤은 한숨 섞인 말로 말꼬리를 흐리고 있었지만 그의 의지는 아직도 살아있었다. 매서운 눈빛과 다부진 어깨는 언제 보아도 힘 있어 보였다.

경일은 아들이 자는 모습을 물끄러미 쳐다보더니 머리맡에 놓여있는 가위를 옆으로 치워버렸다. 그에겐 아기의 머리맡에 널려있는 잡스런 것들은 죄다 치워주는 습관이 있었다.

"노가다 하고 오는 길에 우리 회사를 지나왔는데, 바깥에 기계들을 늘어놓았더라구."

"그럴 수밖에 더 있겠어. 부도났다니깐……."

"난 중간에 나왔지만, 넌 언제까지 하다가 그만뒀어?"

"끝까지 싸웠지만 얻은 건 아무것도 없어. 한마디로 헛수고만 잔뜩 하고 물러났지."

"그렇담 자연 해산하는 형식으로 끝이 난 게로군."

"기계를 실어 나르지 못하게 하려고 대판 싸운 적도 있었지만, 수적으로 열세여서 그것도 막지 못하고 말았지."

"그래서 이젠 완전히 포기한 거야?"

경일이 아쉽다는 듯 마른 침을 삼키며 넌지시 물었다.

"나도 그랬으면 좋겠는데, 세상은 나를 가만히 있게 놔두질 않더라구."

"무슨 소리야?"

"사장 놈이 해외로 도피한 게 아니라, 경기도 반월공단인가 어딘가에서 또 다른 한 회사를 경영하고 있다는 거야."

"뭐?"

"놀라지 말어. 정통한 소식통한테서 알아냈으니까."

수윤은 자신 있게 말하면서도 목소리는 낮고 무거웠다. 회사의 전무로 있던 윤길호를 미행해서 알아냈다는 얘기를 들려줄 때의 목소리는 그보다 훨씬 낮았다. 그리고 그는 본사가 있는 서울로 가기 위해 은밀히 노동자들을 꾸리고 있다는 말까지 숨김없이 말했다. 경일은 새로운 사실에 입이 닫히지 않았다. 자본가들은 어딘가 모르게 그렇게 특례를 받고 있었던 것이다.

경일은 눈을 감았다. 그냥 듣고 넘기기는 너무나 엄청난 일이었다. 한쪽 눈을 잃기도 했지만, 퇴직금도 한 푼 못 받고 쫓겨나서 마음에도 없는 노가다판을 전전긍긍하고 있는 자신이 이렇게 초라할 수 없었다. 더더구나 생활이 쪼들리면서 아내도 밤낮으로 일했고, 사람의 말귀도 알아듣지 못하는 아기는 다른 사람의 품에서 커가고 있었다. 자신을 이 꼴로 만든 책임은 회사에 있다고 몇 번이나 곱씹는 경일이었다.

"특별한 일이 있으면 나하고 서울 한번 올라갈까?"

"그걸 말이라고 해? 당장에 올라가자고."

수윤이 물컵을 입에 갖다 대며 목소리를 조심하라고 주의를 주었다. 한편으론 경일이가 서슴없이 제 뜻을 받아준 일은 처음 있는 일이라고 생각했다.

수윤은 바깥을 한번 경계한 뒤, 앞으로의 계획을 그에게 들려주었다. 두 사람은 만에 하나 사장이 외국으로 도망을 가게 되면 거기까지 쫓아가서 싸우겠다는 의지를 단단하게 굳히고 있었다.

오랜만에 마음이 후련해짐을 느끼는 경일의 얼굴은 낮에 있었던 일을 말끔히 씻은 듯했다.

시간은 10시를 넘어서고 있었다. 바깥에선 다시 비가 오는지 창가에 물 떨어지는 소리가 들렸다.

수윤은 창을 응시하다 말고 컵에 물을 붓는 경일을 쳐다보았다.

"제수씨는 언제 와?"

"곧 오겠지 뭐."

"남편 잘못 만나 죄 없는 제수씨만 골병드는구만……."

"사돈 남말 하지 말어. 똑같은 입장이면서."

두 사람은 낄낄거리고 웃었다. 그러나 왠지 마음이 후련하고 편안해지는 것 같았다.

"술 한 병 사올게."

수윤이 자리를 차고 일어났다. 경일이가 접대하겠다고 나섰지만, 수윤의 고집은 끝내 꺾지 못한다.

두 사람은 빈속에다 술을 기분 좋게 늘씬늘씬 마셨다. 속이 달아오르고 마음도 불덩이처럼 데워지고 있었다.

"제수씨가 오면 라면이라도 하나 얻어먹고 갈 테니까 쫓아낼 생각 말어."

경일에겐 라면이 문제가 아니었다. 그녀가 이다지 늦게 귀가하는 일은 예전에 없었다. 경일은 몇 번이나 바깥에 나가보려 했지만, 공처가란 소릴 들을까 봐 억지로 눌러 참고 있었다.

경일이 자신도 모르게 벽에 걸린 달력의 숫자를 바라보며 양쪽 눈을 번갈아 감았다 떠본다. 그걸 재빠르게 눈치채고 수윤이 술을 먹다 말고 말했다.

"갑자기 뭘 하고 있어? 눈이 이상해?"

"…… 아냐…… 아무것도……."

경일은 말을 얼버무렸지만, '내 눈을 찾을 때까지 끝까지 싸우겠다' 며 마음을 단단히 먹는다.

경일의 시선이 곤히 잠을 자는 아들에게로 옮겨지자 지난 날의 아스라했던 기억들이 다시금 떠올랐다. 아들이 세상에 나올 때 같이 있지 못한 자신이 오늘따라 더없이 부끄러워졌다. 눈을 잃고 난 이후로 아들 녀석까지 이렇게 고생을 시키고 있다는 생각이 들자 눈시울이 새삼 뜨거워지는 그였다.

경일은 이마를 가린 아들의 머리칼을 위로 걷어주었다. 아들의 이마는 불룩하니 넓게 드러났고, 창 밖의 빗소리는 심장 소리를 멎게 할 만큼 굵고 힘차게 내리고 있었다.

흐응 씨의 거위 꿈

흐응이 발목이 잘려 병원에 실려간 어처구니없는 일이 일어났다. 프레스 작업을 하다가 철판이 잘려나가면서 발목을 스치면서 일어난 사고였다. 날카로운 철판이 절단되면서 떨어지면 그것은 예리한 칼날과 다름없었다. 그녀는 아킬레스건이 잘렸다. 발목뼈도 절반이나 잘릴 만큼 치명적인 부상을 입었다. 고명수는 2시간의 잔업을 끝내고 나서야 병원으로 달려갔다. 일거리가 쟁여져 있는 것도 원인이 되었지만 외출이나 잔업을 빠지고 퇴근할 수 없었다. 명수를 뒤따라나온 동료는 그녀와 같은 나라 베트남 남자 짜우였다.

두 사람이 시내 외곽에 위치한 산재병원에 도착했을 땐 등에 땀이 배었다. 안내원에게 흐응의 입원실을 물었을 땐 숨이 턱까지 차 있었다.

흐웅은 막 중환자실에서 나와 일반 병동으로 옮겨와 있었다. 명수는 다리부터 바라보았다. 다른 쪽 다리에 비해 곱절의 두께였다. 그 순간 명수의 머릿속이 텅 비었다. 명수는 눈만 크게 트고 금붕어처럼 입을 떡 벌렸다. 마치 정지화면처럼 잠시 멍하니 흐웅을 바라봤다.

"좀 어, 어때요?"

그녀는 억지로 밝은 표정을 짓고 말했다.

"괜찮아요. 수술은 잘됐다고 했어요."

그 소리에 두 사람은 다소 안심이 되는지 긴 숨을 내쉬었다. 인대가 잘렸다는 사실을 뒤늦게 확인한 명수는 실의에 빠졌다. 걸음을 걸을 수 없을 것이라는 진단이 나 있었다. 재활훈련을 하더라도 불가능하다는 소견이었다. 명수는 그녀가 낙심할 것을 우려한 나머지 재활훈련으로 극복할 수 있다는 희망을 전했다.

"빨리 나아서 일하러 가야 하는데……."

명수가 말했다.

"지금은 안정을 취하는 게 더 중요해요."

명수 옆에 있던 짜우가 그의 말을 거들고 나왔다.

"건강이 최고야. 돈은 천천히 벌면 되지 뭐."

흐웅과 짜우는 동갑내기로 말을 터놓는 사이다. 흐웅이 멀쩡하다는 표정을 지으며 말했다.

"곧 나을 거야. 중병도 아닌데 뭘."

명수가 불만 섞인 어투로 혼잣말처럼 중얼거렸다.

"안전화만 신었다면 크게 다치진 않았을 텐데……."

짜우는 고개를 끄덕거리기만 했다. 흐응이 말했다.

"제가 잘못한 거죠 뭐. 다른 사람들도 안전화 안 신고 있잖아요."

회사는 관리자 외에는 안전화를 지급하지 않았다. 개인이 평소에 신고 다니는 운동화나 단화로 작업장에서 일했다. 하지만 바닥에 기름이 흘러 있거나 배어 있어서 작업자들은 자주 미끄러져 사고가 나는 일이 많았다. 신발 밑창은 기름을 먹어 며칠 있지 않아 멀쩡한 새 신발도 활처럼 휘어졌다. 그래서 대개의 작업자들은 메이커 있는 신발을 착용하지 않았다. 세일기간을 이용해서 구입하거나 재래시장이나 시골장에 가서 사기도 한다. 그녀가 신었던 신발은 명수가 생일선물로 사준 것이었다. 신발은 침대 아래쪽 벽에 놓여 있었는데 한 짝밖에 보이지 않았다. 한 짝은 회사에서 사고로 가져오지 못한 것을 명수가 수거하여 들고 있었다. 명수는 비닐을 벗겨 신발을 꺼내 아래로 내려다 놓았다. 흐응은 약간 겸연쩍은 눈빛을 했다.

"고마워요. 신발까지 챙겨주시고……. 병원 온다고 정신이 없어서⋯⋯."

"신발이 문제가 아니라 다친 게 문제죠. 신발이야 또 사면 그만이고."

"걱정을 끼쳐 미안해요. 일도 못하고 여기까지⋯⋯. 일거리가 많았을 텐데 어떻게 빠져 나왔어요? 작업량 못 채우면 조장이 가만있지 않을 텐데요?"

"일보다 사람이 우선이죠. 괜찮아요. 부족한 건 내일 밤샘해서 채워도 돼요. 걱정 말아요."

명수는 밝은 얼굴로 의기양양한 표정이다. 짜우도 질세라 한마디 했다.

"네 작업량은 내가 도와 줄 테니 염려 마. 자신 있어."

두 사람이 장담을 하고 있었으나 흐웅은 인정하는 눈치가 아니다. 그녀의 작업량을 해결하려면 밤을 꼬박 새워도 힘들 만큼 많은 양이었다. 그녀는 프레스 작업을 자동이 아닌 수동으로 했다. 제품을 한 개 더 생산하려면 자동보다 수동이 나았다. 그녀가 사고를 당한 것도 생산량을 올리기 위해 빠르게 움직이면서 일어난 일이다. 그래서 짜우가 그녀의 생산량을 맞추기는 힘들다. 짜우가 예의상 하는 말이란 걸 그녀는 내심 알고 있었다. 그녀는 두 사람의 말을 듣고 있었지만 마음은 회사에 가 있었다.

"우리 회사에서 일하다 죽은 사람이 벌써 여섯 명이나 돼요. 흐웅 씨도 앞으론 너무 무리하지 말아요.”

“우리 가족 먹여 살리려면 내가 열심히 벌어야 해요.”

“돈이고 뭐고 지 죽으면 무슨 소용이람…….”

“살다 보면 다칠 때도 있는 거죠.”

“이 사고는 조장한테 책임이 있어. 사람을 그렇게 쥐어짜니 누가 견뎌내겠어. 어~휴.”

명수는 긴 한숨을 내쉬었다. 조장 윤근수는 다른 부서와의 경쟁에서 이기기 위해 부하직원들의 식사시간까지 줄여서 일을 시켰다. 윤 조장은 식사시간도 교대로 일하자며 직접 기계를 붙들고 작업했다. 사고가 난 날도 윤 조장이 점심시간까지 이용해 작업을 시켰기 때문이다.

점심시간을 알리는 벨이 울리자 윤 조장은 흐웅에게 식사를 빨리 하고 오도록 지시했다. 그녀는 식사를 하는 둥 마는 둥 작업장으로 돌아왔다. 간밤에 몸살기가 있어서 그녀의 몸은 으슬으슬했고 뼈마디가 아프고 뒷목까지 열이 뻗쳤다. 잠을 자지 못해 머리도 무거운 상태였다. 그녀는 옷을 여러 겹 껴입긴 했으나 몸이 계속 떨렸다. 밤11시에 퇴근을 했기 때문에 약국 문을 닫아 약을 구입하지 못했다. 몸살을 낫게 하기 위한 행동은 옷을 두껍게 입고 따뜻한 물을 먹는 것 외에 아무것도 할 수 없었다. 그녀는 일을 열심히 하면 몸에 열이 날 것으로 생각했다. 그녀의 프레스 기계 옆으로도 중대형 프레스기가 일렬로 도열하고 있었다. 그녀 옆에 비정규직으로 일하는 중년 남자도 있었다. 흐응의 프레스에서 오토바이 머플러 펼친 형상의 원형이 잘려 나오면 남자는 머플러를 둥그렇게 마는 작업을 했다.

흐응의 기계 옆으로 키 높이 사각 철판이 쌓여있었다. 그녀는 철판을 한 장씩 금형 안쪽으로 밀어넣었다. 그녀의 손이 떨어지기 무섭게 발은 스타트 스위치를 눌렀다. 위아래 암수 금형이 맞닥뜨리면서 철판은 무 썰리듯 잘려 나갔다. 그녀는 회사에 입사한 지 1년이 채 되지 않았지만 이미 숙련공이 돼 있었다. 같은 일을 반복한 탓에 눈 감고 느낌으로 일할 수 있을 만큼 숙련된 모습을 보여 주었다. 철판 작업을 계속하면서 양 어깨가 뭉쳤지만 시간이 흐르면서 근육이 붙었다. 그녀는 평소 샤워를 하고 거울을 보면서 어깨가 넓어졌다는 생각을 하곤 했다.

그녀는 쉬지 않고 반복적으로 작업을 하면서 몸에 기운이 빠졌다. 조장이 오면 조퇴를 해야겠다는 생각을 했다. 조퇴를 하더라도 작업량을 최대한 확보해 두어야 다른 조원들에게 피해를 주지 않게 된다. 그녀는 한 개의 제품을 더 뽑아내기 위해 입술을 깨물고 부지런히 몸을 움직였다. 그러던 중 갑자기 그녀의 외마디 비명이 허공을 수직으로 그었다. 제품을 찍어내면 철판 슬러그가 바깥으로 떨어져 나가는데 그 중

한 개가 그녀의 발목을 스치고 지나갔다. 그녀가 발목을 잡는 순간 손에 끈적한 피가 거침없이 흘러나왔다. 남자가 목에 걸고 있던 수건으로 그녀의 발목을 칭칭 감았다. 피는 두꺼운 수건을 순식간에 빨갛게 물들였다. 그녀는 남자의 등에 업혀 공장 밖으로 나갔다. 차에 오를 즈음 그녀의 몸은 축 늘어져 있었고, 입술은 핏기가 없었다. 짜우가 뒤늦게 소식을 듣고 현장으로 뛰어갔을 때 그녀는 이미 병원으로 후송된 뒤였다. 그녀가 일하던 현장엔 핏자국이 선연했다. 그는 작업대 위에 있는 기름장갑을 뒤집어 바닥에 떨어져 있는 피를 닦아냈다. 그리고 그는 프레스기 옆에 뒤집어져 있는 그녀의 운동화를 발견했다. 운동화에도 핏방울이 맺혀있었다. 그는 운동화에 묻은 피를 닦아내고 비닐봉지에 넣었다.

"의사 선생님이 발은 괜찮대요?"

"아직 자세한 건 몰라요. 불치병도 아닌데 곧 낫겠죠 뭐."

"목이 올라오는 신발이나 안전화를 사줬더라면 이런 일이 없었을 텐데……."

명수는 마치 자신의 책임인 양 말했다. 흐응은 그런 그에게 오히려 더 미안한 눈빛을 했다.

"명수 씨는 아무 잘못도 없어요. 제가 칠칠맞지 못해서 그런 걸요."

"흐응 씨만큼 성실하고 야무진 사람이 어딨어요."

흐응은 남자 일을 도맡아 할 정도로 무겁고 힘든 노동을 했다. 그녀가 작업하는 기계도 남자들이 일하는 10톤짜리다. 그녀는 남자보다 더 많은 작업량을 해냈다. 그녀가 열심히 하면서 동일한 기계를 운전하던 박씨는 회사에서 쫓겨났다. 그일로 그녀는 한동안 자책감에서 고뇌한 일이 있었다. 하지만 생존하기 위해서는 옆눈 돌리지 않고 열심히 일하는 수밖에 다른 수단이 없었다.

어둠이 짙어가자 복도를 지나치는 실내화 끄는 소리가 선명하게 들렸다. 창가는 검은색으로 덧칠된 듯 칠흑 같은 어둠이 거머리처럼 붙어있었다. 가끔 병원 옆 한길을 오가는 자동차들의 전조등 불빛이 창을 스윽스윽 복사하듯 스쳐 지나갔다. 명수가 손목시계를 슬쩍 내려다보고 나서 말했다.

"시간이 늦어 가봐야겠네. 근데 왜 조장은 안 나타나는 거야?"

짜우가 병실 출입문으로 고개를 돌리고 나서 말했다.

"회사 일이 바빠서 그렇겠죠. 이 시간이면 집으로 퇴근했겠네요. 병원에 왔다 가면 너무 늦으니까 다음에 오려고 하는 거겠죠."

명수가 비웃음 섞인 말을 했다.

"조장이 오면 내 손에 장을 지지지. 돈이 아까워 문병을 안 가는 사람이야. 회사에 경조사가 있으면 우리보다 돈을 더 적게 내.”

짜우가 말했다.

“부지런히 모아야 나중에 집도 살 테니까 이해해야죠.”

“솔직히 그 자식 안 와도 돼. 내가 원하는 건 사고 상황을 제대로 윗사람한테 보고했는지가 더 궁금해. 그 자식이 예전에 한 짓을 보면 모두 작업자 잘못으로 돌리거나 뒤집어 씌웠거든……. 이번에도 마찬가지잖아. 흐웅 씨가 몸살로 힘들어하는데 점심시간까지 일을 시키는 바람에 이런 사태가 일어난 거잖아.”

짜우도 눈을 꿈뻑이며 인정하는 눈치였다. 흐웅이 낮은 목소리로 말했다.

“제가 잘못한 일인데 괜히 조장한테 책임 묻지 말아요.”

명수가 말했다.

“흐웅 씨에게 부탁하고 싶은 것은 절대로 조장이나 회사에서 물으면 책임을 자신한테 모두 돌리지 말고 분명하게 말해요. 자칫하면 징계당할 수도 있어요. 회사에서 괜히 남생각하거나 양보하다가는 신세 조져요.”

“그, 그래두…….”

“물론 약자니까 쉽지 않겠지만 그래도 아닌 건 아닌 거죠.”

명수는 그녀가 마음이 약해져 약삭빠른 조장의 술수에 넘어갈까 우려했다. 짜우는 불법체류자여서 눈만 뜨면 붙들려갈까봐 늘 초조하고 긴장된 나날을 보내고 있다. 그래서 명수만큼 자유롭게 흐응의 입장을 비호할 수가 없었다. 명수가 말했다.

"옆에서 일했던 사람이 증인이 될 테니 이번만큼은 조장도 어쩔 수 없을 거예요. 그러니 잘 해결되리라 믿어요."

그녀는 고개를 끄덕거릴 뿐 아무 말도 하지 않았다. 그녀는 회사생활을 하면서 베트남에 있을 때처럼 활동적이거나 자존심을 내세우지 않았다. 무조건 남의 말을 듣고 수용하는 입장에 서 있었다. 그런 일이 계속되면서 소화장애를 겪게 되었다. 스트레스성 위장장애였다. 그녀는 여러 스트레스를 갖고 있었지만 작업량에 대한 스트레스가 가장 심했다. 회사는 매출을 올리기 위해 매일같이 작업량을 수치로 검사했다. 작업장 한쪽에다 일일 작업실적을 막대그래프로 표기해두었다. 작업자들은 매일 그 수치를 확인하고 그에 따른 노력을 아끼지 않았다. 조장은 작업 실적에 따라 징계를 주었다. 작업장 청소하기, 기름장갑 세척하기, 계측기나 작업기구 청결관리……. 나아가 호봉수 깎기, 심지어 해고까지 시키겠다고 으름장을 놓았다. 이러한 지시는 조장의 단독 결정에서 나왔다기보다 관리직원들의 요구가 그 배후에 있었다. 조장은 관리직원들의 끄나풀에 불과했다. 현장에서 일하는 노동자들의 직속 상사는 조장이므로 그들이 가장 몸조심해야 될 대상이었다. 조장 입에서 습관적으로 내뱉는 말 중에서 해고시키겠다는 소리가 가장 두드러지는 것도 그런 이유에서였다. 조장의 입김에 의해 해고된 사람이 일 년에 두 자리 숫자를 기록하고 있었다. 정규직원이 적은 탓에 희생자는 모두 비정규직이나 실습생, 그리고 불법 해외노동자들이었다. 회사는 입사하는 사람도 많았지만 해고당하는 사람도 적지 않았다. 국내 경기가 어려워지면서 일자리 부족 현상이 지속되었다. 고용수급이 불균형을 이루면서 회사는 사회적으로 인식이 좋지 않았지만 몰려드는 인원은 줄지 않았다.

흐웅이 병원에 입원한 지 일주일이 지났다. 그녀는 산재처리가 빨리 되길 바랐으나 회사는 본인 부담으로 돌렸다. 천재지변에 의한 실수가 아니라는 이유로 모든 책임을 그녀가 감수하게 만들었다. 회사 측 결정에 불만을 가진 명수가 구모길 팀장을 만나기 위해 사무실로 찾아갔다.

"일부러 사고를 내는 사람이 어디 있겠습니까? 흐웅 씨는 회사를 위해 쉬는 시간에도 억척같이 일하다 일어난 사고입니다. 간밤에 잠을 설친데다 몸살 기운이 있는 가운데서도 열심히 일했다는 걸 감안한다면 이번 사고는 잘 처리해주셨으면 합니다."

구 팀장이 눈을 내리깔며 말했다.

"몸이 아프면 일을 하지 말았어야지."

"다 회사를 위해서 몸을 아끼지 않고 일하다 일어난 사고 니까 배려 좀 해주세요."

구 팀장이 의자를 뒤로 뉘이며 말했다.

"긴말 할 것 없다. 남의 일에 개입하지 말고 네 일이나 똑바 로 해."

"흐웅 씨가 불쌍해서 그럽니다. 모은 돈도 없어서 병원비 도 감당하지 못해요."

"그렇게 안됐으면 네가 도와줘."

구 팀장은 두 사람을 이성 관계로 접근시켰다. 명수가 말했 다.

"제가 그럴 만한 입장은 아니구요."

"괜히 의리있는 척하지 말고 나가. 지금 시시끌끌한 얘기 나눌 시간 없어. 어떻든 이번 일은 순전히 본인 잘못이니 깔 끔하게 책임지라고 가서 전해줘."

명수가 흥분을 가라앉히려는 듯 침을 꿀꺽 삼키며 호흡을 조절했다.

"흐웅 옆에서 일했던 짜우가 이번 사고를 잘 알고 있습니 다."

"잔소리 마. 짜우가 제 입으로 흐웅이 실수로 사고를 일으 켰다고 증명했어. 그러니 더 이상 말 거들지 마."

명수가 눈을 크게 떴다. 흐웅과 짜우는 가까운 사이일 뿐만 아니라 같은 베트남 사람이다. 그가 흐응에게 불리한 말을 진술했을 리가 없다.

"제가 알기론 그렇지 않아요."

"내가 도와주고 싶어도 못 도와주니 나 자신도 답답해. 옆에 일했던 동료마저 작업자 실수로 인정하는데 내가 어떻게 할 수 있겠어? 더 이상 날 힘들게 하지 마. 내 입장 난처하니까. 만약 이를 인정해주어서 앞으로 이런 일이 자꾸 일어나면 그땐 어떡할 거야? 관행이 되면 안 되지 않아?"

구 팀장은 산재처리가 불가능하다는 것을 분명히 하고 나왔다. 프레스 부서는 회사 창립한 지 15년이 되도록 단 한 건도 산재처리 건이 없는 부서였다. 회사에서는 모범부서로 표창을 했다. 구 팀장은 공든 탑을 무너뜨리고 싶지 않았다. 현장 작업자 중에는 손가락이 절단된 사람도 많았다. 다른 부서 사람들은 프레스 반을 문둥이반으로 불렀다. 그만큼 프레스 반은 장애인이 많았다. 금형을 정착시키려다 목이 잘려 죽은 사건도 있었다. 대개 미숙련공에 의해서 일어나는 일이었다. 힘들고 지저분한 일은 불법체류자나 비정규직에게 맡겼다. 흐응도 그 중 한 사람이다. 구 팀장과 조장은 산재처리에 관한 한 인정하지 않겠다는 의지를 보였다.

명수는 사무실을 내려오면서 흥분을 가라앉히지 못해 하마터면 철재 계단에서 넘어질 뻔했다. 흐응이 병원비를 감당하는 건 불가능한 걸 알면서도 등을 돌리고 있는 회사 측이 잔인하다는 생각을 했다. 그녀는 발목을 다친 아픔보다 정신적 아픔이 더 클 것이다. 명수는 동료가 위기에 빠졌지만 아무런 해결을 해줄 수 없는 자신이 부끄러웠다. 회사는 이미 그녀에게 사형선고를 내린 것이나 다름없었다. 흐응은 집안 형편을 돌보기 위해 한국 땅을 밟았다. 그 한국 땅이 오히려 희망이 아닌 절망의 땅이 되어 버린 것이다. 짜우는 한국에 관광객으로 왔다가 불법체류하게 되었는데, 흐응과는 같은 고향 사람인데다 고등학교 동창이었다. 두 사람은 자주 연락을 취했다. 그러던 어느 날 흐응은 짜우의 제안으로 한국 땅에 온 것이다. 베트남에 머물러도 생활비를 충당하기 힘들다는 것을 그녀는 알고 있었다. 그녀의 가족은 식구도 많은데다 하루하루가 힘든 생활을 하고 있었다. 짜우가 한국에서 부쳐준 돈으로 짜우의 식구들은 큼지막한 식당을 열 정도로 형편이 부유해졌다. 이 일은 흐응이 한국에 오게 된 결정적 이유가 됐다. 그녀는 한국 남자와 결혼할 마음도 없진 않았지만 언제까지 기다릴 여유가 없었다. 친구 짜우가 한국에 있었으므로 자신감이 생겼던 것이다.

"한국에 와. 여기 불법체류자 엄청 많아. 물론 재수 없이 걸려 추방되는 사람이 있긴 해. 그렇지만 그 위험이 도사리는데도 왜 사람들이 한국으로 몰려들겠어?"

짜우는 돈을 벌려면 한국 땅이 적격지라는 것을 말했다.

"우리집에 있어. 내가 경험 있으니 다른 사람보다는 불법 체류자로 잘 걸리지는 않을 거야. 그러니 너무 걱정 마. 베트남에 있으나 한국에 있으나 힘들긴 마찬가지겠지만 그래도 한국 땅이 나아. 나중에 돈 벌어 베트남에 돌아가서 작은 가게라도 내서 살면 되잖아."

그녀는 짜우의 말에 수긍했고, 혈혈단신 한국으로 건너온 것이다. 회사에서 불법체류자를 미끼로 괴롭히거나 신고한다고 하지만 흐웅은 자신이 회사를 위해 열심히 해서 필요한 직원이 되면 회사도 자신을 배신하지 않을 것으로 믿었다. 그래서 그녀는 몸을 아끼지 않고 일했다. 그녀의 성실함에 회사는 그녀를 신뢰했고, 남자에 버금가는 월급과 일거리를 맡게 했다. 그녀는 짜우 때문에 한국에 정착하게 되어서 늘 짜우를 고맙게 생각했다.

그런 와중에 흐웅은 명수를 만났다. 명수는 동료에서 평생을 같이할 상대로 발전하고 있었다. 불법체류자라는 올가미를 벗기기 위해서는 한국 사람과 결혼하는 게 최선이긴 하지만 그녀는 명수를 이용해서 그런 욕심을 챙기려는 의도가 없었다. 사실 명수가 먼저 손을 내밀었으며 평생을 함께하자고 했다. 하지만 짜우도 그녀에게 관심이 많았다. 그녀가 베트남에 올 때는 이성 감정보다 친구 쪽에 무게를 두었으나 세월이 흐르면서 이성적 감정이 무르익었던 것이다. 하지만 흐웅은 짜우를 친구 이상으로 발전시키지 않았다. 그녀는 명수를 마음에 두었다. 명수의 부모와 인사치레도 이미 한 상태였다. 그러던 중에 흐웅이 프레스 사고를 당한 것이다. 그녀의 꿈이 하르르 무너져 내렸다. 그녀는 몸을 다치면서 명수의 사랑도 식을까 긴장하고 있었다.

명수는 병원 옆 공원 벤치에 앉아 담배를 입에 물었다. 구 팀장에게 소극적으로 대응했다는 게 자존심 상했다. 사랑하는 사람을 위해 목숨도 버린다고 했는데 왜 자신은 그만한 일도 용기 있게 처리하지 못했는가 자책했다. 명수는 자신의 무능함을 탓하느라 그녀의 병실에도 가지 못하고 한참을 그 자리에 앉아 있었다. 우선 명수는 짜우를 만나고 싶었다. 그를 만나 구 팀장의 말을 확인하고 싶었다. 밤 7시. 짜우는 작업 중이었고, 작업시간에는 휴대폰 전원을 꺼놓아야 했기 때문에 연락이 불가능했다.

한두 방울 비가 얼굴로 떨어졌다. 명수는 하늘을 응시하며 한참을 그렇게 있었다. 하늘은 어두웠고, 저 멀리 가로등 불빛으로 빗방울이 흩날리듯 초연히 내리고 있었다. 나뭇잎에 빗방울 떨어지는 소리가 났다. 명수는 얼빠진 사람처럼 어깨를 옹송그리고 담배만 간헐적으로 빨아당겼다. 구 팀장의 얼굴이 떠오를 때마다 목을 타고 구역질이 올라왔다. 구 팀장의 눈빛은 흐응의 산재 문제를 떠나 자신에게도 어떤 경고 메시지를 주는 듯했다. 회사 방침을 수용하지 않는 사원에게는 징계가 뒤따를 것임을 암시했다. 30대 중반의 나이에 회사에서 쫓겨난다는 건 두려운 일이다. 그는 3개월 후 비정규직에서 정규직으로 승격될 예정이다. 그가 구 팀장에게 완강하게 맞서지 못한 것도 정규직에 대한 우려 때문이었다. 그는 미혼이고 홀어머니를 부양하고 있다. 가정의 안정을 만회하기 위해서는 흐응이 필요했다. 그는 정규직과 흐응 중 한 가지를 선택할 수밖에 없었다. 그래서 그는 고민 끝에 흐응을 변호하는 정도로 어정쩡하게 마무리 짓고 만 것이다. 직업과 사랑 중 한 가지를 선택했을 때 따라올 후유증이 두렵기도 했다.

　명수는 양손으로 머리를 감싸 쥐고 괴로워했다. 머리에 물기가 묻어났다. 빗방울이 갈수록 늘어났다. 생각할수록 머릿속은 혼미할 뿐이었다. 피가 머리로 몰려드는 것 같았다. 잠시 후 그의 얼굴로 불빛이 비춰졌다. 밤 근무를 서는 경비가 주변을 정찰하다가 그를 발견한 것이다. 그가 얼굴을 들고 아무 일 없다는 표정을 짓자 경비는 병원 건물 쪽으로 가버렸다.

　명수가 뒤늦게 병실을 들어섰을 때 짜우가 그녀 옆에 있었다. 금방 도착한 듯 그의 어깨엔 물방울이 퍼지지 않고 동글동글 맺혀있었다. 흐응이 명수에게 한마디 했다.

"피곤하실 텐데 또 오셨어요?"

명수가 애써 밝은 표정을 지으며 가까이 다가왔다.

"피곤하긴요. 별 한 것도 없는데……."

짜우가 소매를 접어 올리며 사무적으로 말했다.

"오늘 잔업 안 하고 퇴근하신 것 같은데…… 무슨 일이라
도……."

"피곤해서 퇴근한 게 아니라 제사 핑계 대고 빠져나왔지."

흐웅이 말했다.

"저 때문에…… 미안해요."

"제가 못 도와주니 오히려 더 미안하죠."

명수는 머릿속으로 구 팀장과의 대화를 떠올리고 있었다.
구 팀장과의 대화가 원만하게 이루어졌더라면 그녀에게 기
쁜 소식을 전해줄 수 있었을 것이다. 명수는 허탈했다. 짜우
는 흐웅의 머리맡에 있는 가습기를 건드렸다. 수증기를 뿜어
내는 방향을 그녀의 얼굴에 직접 쐬지 않도록 세심한 손길을
주고 있었다. 간호사가 주사를 놓기 위해 들어왔다. 명수와
짜우는 눈치 빠르게 자리를 피해 밖으로 나왔다. 명수가 앞서
서 복도 끝으로 걸어갔다. 복도 끝은 유리벽으로 되어 있었
고, 공원 풍경이 내다보였다. 명수가 유리창에 시선을 주었다
가 거두었다.

"흐웅 씨의 안전사고가 작업 미숙에 의해 일어난 일이라고

했다며?”

짜우가 눈을 감았다 뜨며 얼떨결에 대답한다.

“누가 그래요?”

“누구긴, 구 팀장이지…….”

짜우가 뒷머리를 긁적거렸다. 눈동자가 가늘게 떨렸다.

“그런 식으로 말하진 않았어요. 좀 왜곡되었네요. 회사에서는 천재지변이 아닌 이상 모두 작업자 책임으로 돌리니까 으레 작업자 실수 같았다는…….”

“그러면, 우리나라에 안전사고는 과연 몇 건 있을 거라고 생각해? 천재지변은 거의 없지. 대개가 인재인 거지.”

“……”

“생각해보라구. 인간은 기계가 아니야. 그리고 일부러 안전사고를 내는 사람이 세상에 어딨겠어? 그러니 인간인 이상 융통성을 발휘해서 판정해줘야지……. 더구나 가장 가까이 있는 사람이 남의 일처럼 가볍게 말하면 안 되지.”

“뭐 그렇게 말하면 저야 할 말이 없죠.”

“구 팀장은 너를 마치 증인처럼 여기고 막 나오는 바람에 난 제대로 대항도 못하고 이렇게 돌아왔어.”

명수는 흥분해 있었다. 짜우가 일을 결정적으로 그르치게 했다는 생각에 아직도 분이 풀리지 않았다. 그녀 앞에서 이 사실을 말하지 않은 것만 해도 다행이라고 생각하라고 말해주고 싶었다. 짜우가 맥 풀린 목소리로 말했다.

"이젠 어떻게 하죠?"

짜우의 머릿속으로 죄의식이 번져왔다. 그는 회사에서 쫓겨날까봐 구 팀장의 의도대로 응해주었던 것이다.

"네가 바른대로 말하지 않으면 책임을 분명히 물을 거야. 불법체류자 신분인 걸 안다면 매사에 조심해야지. 안 그래?"

구 팀장은 불법체류자를 내세워 강압적으로 나온 것이다. 구 팀장의 말에 부응하지 않으면 불법체류자로 신고하겠다는 뜻이 내면에 깔려있었다. 그래서 그는 우선 불을 끄고 보자는 심정에서 허위자백하듯 대답했던 것이다.

짜우는 후회해도 늦었다는 생각을 했다. 구 팀장에게 했던 말을 번복해서 말할까도 생각해보지만 그건 무의미한 의사 표현일 뿐이라는 걸 곧 깨닫는다. 그는 해고에다 불법체류자라는 딱지가 붙어있어 회사에서 쫓겨날 각오로 그를 찾아가야만 한다. 짜우는 자신감이 생기지 않았다. 은근히 그는 명수의 지혜를 바라고 있었다.

짜우는 해결책을 찾지 못하고 침묵을 지키다 말고 흐웅의 이야기를 꺼냈다.

"흐웅이 발목을 못쓸 것 같다는 진단을 받았어요……."

"그게 무슨……."

"아직 흐웅은 몰라요. 특별히 보호자가 없으니 의사 선생이 나한테 슬쩍 귀띔해줬어요."

"정말 그랬어?"

짜우가 말없이 고개를 끄덕였다. 명수는 둔기에 맞은 듯 정신을 잠깐 잃었다. 잠깐 정적이 흘렀다. 짜우가 신발을 바닥에 하릴없이 슥슥 끌었다. 그는 손을 바지주머니 속 깊이 찌르고 말했다.

"재활을 꾸준히 하더라도 비관적이라는 예상을 하더군요."

"전혀 가망이 없다는 얘긴가?"

"발목을 절단하지 않은 것만 해도 다행이라고……."

명수는 자신도 모르게 입에서 한숨을 길게 내뿜었다. 철판 슬러그에 발목이 못쓰게 되었다는 게 거짓말처럼 다가왔다. 흐웅이 사실을 알게 되면 얼마나 절망 속으로 빠져들까 싶었다. 산재처리도 되지 않으면 그 충격은 불을 보듯 뻔했다. 그녀는 바늘방석에 누워 죽음 같은 하루하루를 보내게 될 것이다. 한순간의 안전사고로 인해 모든 것을 잃게 되었다. 사람이 물에 빠졌지만 주변 사람들은 구경만 하고 있다는 생각이 들자 명수는 내심 분노가 일었다. 하지만 흐웅과 가장 가깝게 지내는 자신도 똑같은 입장에 놓여있지 않은가.

명수는 줄담배를 연신 피워댔다. 어려울 때 친구를 알게 된다는 말이 생각났다. 명수는 흐웅을 결혼 상대로 여기고 서로를 확인하며 미래를 설계하다가 걸림돌을 만난 것이다. 그는 자신이 그녀의 눈물을 외면하는 파렴치한이라는 생각이 들었다. 그녀는 회사에서 외면당한 채 수술대 위에 누워 한 가닥 희망을 안고 자신과의 싸움을 벌이고 있는데…….

명수가 머리를 떨구고 있다가 그에게 다짐시키듯 말했다.

"흐웅의 병원비는 내가 감당할 테니 그리 알고 아무 말 말어. 산재처리는 이미 물 건너갔으니 기다릴 필요 없어."

명수는 결혼비용으로 모아둔 적금을 모두 해약시키기로 마음 먹었다. 그게 최선의 방법이었다.

"그 많은 병원비를 어떻게……. 그냥 솔직히 말해요."

"아무 소리 말고 회사에서 산재 처리해준 걸로 얘기해. 더 이상 대안은 없어. 일단 불을 끄고 봐야 돼."

"흐웅이 언젠가는 알게 될 텐데……."

"지금 흐웅은 중환자야. 마음의 병까지 얻으면 어떻게 되겠어? 내 말대로 하면 돼."

명수는 굳은 의지를 보여 주었다. 생각 같아선 회사와 맞붙고 싶은 생각이 굴뚝같았으나 이미 승패가 갈린 일이었다. 무모한 싸움이었다. 명수는 자신이 희생하면 흐웅이 갈등 없이 회사에 복귀할 수 있을 것이라 믿었다. 명수가 내심 바라는 건 그녀의 다리가 빨리 회복되는 것이다. 다리 후유증으로 오랜 시간을 끌게 되면 회사 복귀가 용이치 않을 거라는 불안감도 없지 않았다. 명수는 먼 미래까지 예상하여 절망적인 생각은 하지 않기로 했다.

두 사람이 병실로 돌아왔을 때 흐웅은 초조한 눈빛으로 옷가지를 주섬주섬 챙기고 있었다. 명수가 의아한 듯 황급히 물었다.

"퇴원할 것도 아닌데 왜 그래요?"

"좀 도와줘요. 빨리 병원을 빠져나가야 돼요."

"도대체 무슨 일 때문에 이래요? 도대체 아픈 다리를 끌고 어디로 가겠다는 거요?"

그녀가 머리맡에 있는 휴대폰을 건네주며 말했다.

"나하고 함께 사는 친구가 보낸 문자예요."

명수가 문자를 확인한 순간 얼굴이 사색이 됐다. 주변에 살고 있는 동료들이 불법체류자로 발각돼 경찰한테 붙들려갔다는 내용이었다. 명수가 애써 마음을 누그러뜨리며 말했다.

"차분하게 대응하면 돼요. 당장 경찰이 여기까지 온 것도 아니고…… 또한 회사 사람들을 대상으로 단속 나온 것도 아닐 텐데……."

옆에 섰던 짜우가 상기된 얼굴로 말했다.

"빨리 조치를 취해야지 이러고 있을 때가 아닙니다."

명수가 다그치듯 쏘아붙였다.

"나도 확신이 서는 것은 아니지만, 설마 회사에서 협조했겠어? 회사에 근무하는 불법체류자를 모두 신고했다가는 매출이 떨어져 회사가 망할 텐데 회사가 그런 어리석은 짓을 하겠어? 그러니 침착하게 논의해 보자고……."

흐웅이 연신 출입문 쪽을 바라보며 말했다.

"경찰한테 붙들린 친구들이 내 얘길 하면……."

그녀의 말도 일리가 있었다. 명수가 다시 말했다.

"그래도 같은 나라 사람들인데 친구들이 말하지는 않을 거예요. 더구나 병원에 입원해 있다는 것을 알고 있는데 인간으로서 그런 짓은 하지 않겠죠."

두 사람은 고개를 끄덕거리고 있었지만 여전히 불안감에서 벗어나지 못했다. 짜우도 안절부절못하며 아무런 방도를 내지 못했다. 명수가 병실에 배치해 둔 환자용 휠체어를 끌고 왔다. 두 사람은 명수의 말에 동의를 하고 있었지만 대책 없이 가만히 있을 수 없다고 생각했다.

결국 흐웅은 바람 쐬러 가는 것처럼 위장해서 병실 밖으로 나왔다. 택시는 여전히 손님들을 태우기 위해 로비 앞에서 줄지어 기다리고 있었다. 세 사람은 주위를 경계하며 택시에 올랐다. 모텔을 갈까 고민했지만 명수의 집으로 가는 게 낫겠다는 판단이 섰다. 명수의 집은 시내 외곽에 자리하고 있고, 그녀의 집과도 버스로 1시간 남짓 되는 거리다. 명수의 집이 있는 곳은 불법체류자가 살지 않는 지역이다. 명수의 어머니와 흐웅은 이미 인사를 나눈 관계여서 부담도 되지 않을 것이다. 명수는 그녀를 당분간 자기집에 머물게 할 생각이다. 불법체류자 단속이 잠잠해지면 다시 병실로 옮길 작정을 했다.

흐웅은 차로 움직이는 동안에도 차창 밖에 시선을 고정시키고 있었다. 가슴이 뛰었다. 작년에도 불법체류자 단속이 있었다. 그땐 회사 인근 음식집에서 일어났다. 동료 간 회식이 있어서 참석했다가 단속 나온 경찰한테 다섯 명이 붙들린 것이다. 그녀는 회사에서 야근으로 뒤늦게 식당을 찾았다가 식당주인한테 전해 들었다. 그 이후로 그녀는 불법체류자끼리는 가능한 한 모임이나 어울리는 일을 꺼렸다. 짜우 역시 불법체류자 신분이어서 회사 밖에서 만나는 것은 피하는 입장이었다. 그래서 흐웅은 짜우가 영화를 보러 가자거나 야외로 놀러가자는 제의를 단 한 번도 수용한 적이 없다. 짜우는 이를 이해했다. 흐웅은 위험을 무릅쓰고 일을 했다. 돈을 많이 벌어 베트남으로 돌아가고 싶지만 명수와 결혼을 하는 것도 좋은 방안 중의 하나라고 생각했다.

흐웅은 함께 동거하는 친구를 떠올렸다. 친구는 지금 집을 떠나 몸을 피했을 것이다. 문자를 보낸 것으로 보아 아직 붙들린 것은 아닌 모양이다. 하룻밤 지내고 나면 소식을 들을 것 같았다. 그녀는 빨리 밤이 지나가길 바랐다. 그녀는 명수를 알게 된 것이 든든하고 운이 좋다고 생각했다. 그가 없었더라면 큰 위기에 직면했을 것이다. 또한 명수는 자신을 진정으로 사랑하는 사람이라는 생각이 들었다. 그 생각에 그녀는 다소 마음이 편안해졌다. 하지만 그녀는 휴대폰을 손에서 놓지 않고 습관적으로 메시지를 확인하고 있었다.

택시는 명수의 집 뒤쪽 길에서 멈추었다. 그의 집으로 돌아가려면 5분 남짓한 거리다. 집 주변에 미행자가 있을지 모른다는 생각 때문에 명수는 그녀를 등에 업었다. 그녀의 두 다리가 명수 옆구리 사이로 보였다. 한쪽 발이 부상당해 다른 쪽 발에만 신발을 착용했다. 짜우는 그녀의 신발이 든 비닐봉지를 들고 뒤따랐다. 그믐달이긴 했으나 사방이 제법 밝았다. 명수는 건물 아래로 바짝 붙어 걸었다. 가능한 달빛을 피했다. 그는 집으로 곧바로 들어가지 않고 주위를 몇 번이나 휘둘러보고 들어갔다. 짜우는 두 사람이 안전하게 집에 들어가자 안도의 숨을 내쉬며 등을 돌렸다. 그가 슈퍼가 있는 길 모퉁이를 돌아 나오는 순간 두 사람이 길을 가로막고 섰다. 그가 누구냐고 묻기도 전에 겨드랑이 사이로 묵직한 팔이 쑥 들어왔다.

"앞장 서, 다 알고 왔으니……."

짜우는 아무 말도 못했다. 경찰 단속에 걸려든 것이다. 어떻게 미행을 했을까 하는 의문이 생겼다. 회사 내부에 밀고자가 있었다는 생각이 들었다. 깍두기 머리 경찰이 위압적으로 말했다.

"안내해. 아까 동행했던 사람."

경찰은 그가 안내하지 않더라도 어느 위치에서 내렸는지 다 아는 눈치였다. 그들은 미리 알고 미행하거나 잠복하고 있었고, 어떤 방법으로 모두 검거할 것인가를 고민했던 것 같았다. 그의 심장이 뛰고 있었다. 흐엉에게 연락을 취하고 싶었지만 이미 두 팔이 제압당한 상태라 문자 하나도 보낼 수가 없다. 흐엉이 명수의 집으로 이동하면서 자주 휴대폰을 열었다 닫았다 하는 바람에 휴대폰이 경찰에 추적당했다는 생각이 들었다. 그 휴대폰은 짜우가 큰 맘 먹고 생일선물로 사줬던 최신형 스마트폰이었다.

명수의 집 옆으로 경찰이 타고 온 검은 승용차가 있었다. 명수의 집은 전등이 소등되어 어둠 속에 잠겨 있다. 경찰은 잰걸음으로 명수의 집으로 들어갔다. 짜우는 차에서 초조하게 숨죽이며 기다렸다.

잠시 후 발걸음소리가 마구 뒤엉켰다. 남녀의 목소리가 뒤섞이면서 정적이 깨졌다. 여자 목소리보다 남자 목소리가 더 컸다. 애걸하기도 하면서 날선 목소리의 주인은 명수였다.

흐엉은 차에 올랐지만 짜우를 보고 알은 체하지 않았다. 문이 닫히면서 차는 어둠 저편으로 사라졌다. 명수는 발로 땅을 치며 분을 참지 못했다. 그의 뒤로 명수 어머니가 목석처럼 멀뚱히 서 있었다. 두 사람은 한동안 차가 떠난 길모퉁이 쪽을 응시하고 있었다. 찬바람이 얼굴을 발톱으로 할퀴듯 지나갔다. 주먹을 꽉 쥐고 있던 명수의 손이 스르르 풀렸다. 등 뒤로 그의 어머니가 다가왔다. 그리고 중얼거리듯 혼잣말로 말했다.

"아가씨가 신발 한 짝을 놓고 갔네……."

파파라치

"언제까지 그 일 계속할 거예요?"

아내의 볼멘소리는 어제 오늘 일이 아니다. 아내의 말에 김오성은 별 반응이 없다. 아내의 역정을 끊임없이 들어왔던 탓이다. 그는 오늘도 카메라 렌즈를 손질하기 바쁘다. 고급카메라 DSLR에다 렌즈도 단렌즈부터 광각 줌렌즈까지 고루 보유하고 있다. 그는 거금을 카메라 장비에 투자한 셈이다. 카메라 가격은 어림잡아 천만 원은 거뜬히 넘어설 액수다. 그는 눈만 뜨면 카메라를 손질했고, 머릿속에는 하루 일정을 계획잡고 있었다. 마치 어부가 출항하기 전에 그물을 손질하는 것과 진배없었다. 이러한 모습을 바라보는 아내의 시선은 불만으로 가득 찼다. 버젓한 직장을 잡지 못하고 파파라치를 직업으로 여기고 있는 남편이 한심스러웠다.

"나이가 오십줄에 앉아 벌어놓은 것도 없는데 이 짓이라도 해야지 뾰족한 수가 있나."

"이웃 사람들이 당신을 사진기자로 아는데 언제까지 숨겨야 해요? 정말 창피해서……."

"다 먹고 살자고 하는 것이니 그냥 참아요."

오성은 아내와의 대화를 피해 왔다. 소득 없는 대화가 지속되면 그 마무리는 감정싸움으로 이어지고 급기야 며칠 동안 등을 돌리는 것으로 진전되어 왔기 때문이다. 당장 수입이 창출되지 않는 상황에서 신경전을 벌이는 것은 소모전일 수밖에 없었다. 그에겐 초등학교에 다니는 두 자식이 있다. 부부싸움만 하면 애들은 소리치거나 울어댔다. 학교에 안 가겠다고 외고집을 부리기도 했다. 그가 아내와의 감정싸움에 휘말리지 않으려는 것도 아이들을 의식하기 때문이다. 그는 파파라치 일을 하고 있지만 죄의식에 사로잡히지는 않았다. 남을 해치는 일이 아닌 사회질서를 바로잡는 일에 종사하는 사람이라고 생각했다. 공식적으로 국가가 인정한 일이다. 공무원의 손이 부족한 것을 대신하는 일이어서 국가에서 인적 관리를 효율적으로 하고 있다고 생각했다. 불법행위를 신고해서 그에 따른 사례를 받는 일은 부끄러운 일이 아니다. 무엇이든 정착되기 전에는 사람들의 따가운 눈초리 정도는 감내해야

한다.

　카메라 장비를 꼼꼼히 손질하는 오성의 모습은 마치 장인의 손길처럼 섬세했다. 에어주머니로 먼지를 불어내고 브러시로 구석구석 이물질을 털어냈다. 렌즈에 낀 얼룩은 세제로 닦아내었다. 아파트 담보로 대출을 내어 구입한 카메라 장비다. 아내의 눈총을 받아가며 구입한 것들이어서 적어도 카메라 값을 빼려면 열심히 일을 나가야 했다. 그는 일반 직장인들이 움직이는 노동량을 매일 충실히 해냈다. 심심풀이로 그가 파파라치를 선택한 것은 아니다. 무슨 일이든 프로의식을 가져야한다는 게 그의 철학이다. 아내의 심정을 모를 리 없지만 그는 굳이 내색을 하지 않았다. 아내의 뜻대로 파파라치 일에서 손을 놓으면 앞일이 막막해지는 것을 누구보다 잘 알기 때문이다. 분명한 직업이 눈앞에 나타나기 전까지는 현재 일에 충실하겠다는 생각이었다.

　"과거에 집착하면 아무것도 못해. 지금은 현실을 인정해야 할 때야."

　오성은 아내가 정히 자신의 일을 부정하겠다면 직접 돈 벌러 나가라는 말투로 대했다. 그는 6개월 전만 해도 대기업에서 인정받는 직원이었다. 그는 상사로부터 신임을 받았고, 연봉도 같은 동료들보다 30퍼센트를 더 받고 있었다. 그는 윗사람으로부터 신뢰를 잃지 않기 위해 온몸을 던지다시피했다. 회사는 생산성 증대를 위해 전 직원 감시체제를 도입했다. 주 5일제 근무로 전환되면서 생산성이 저하될 것을 우려하여 내린 조치였다. 근무시간에 화장실 출입금지, 휴대폰 사용금지, 동료 직원과 잡담 금지, 불량제품 감추기 등을 감시 감독했다. 이러한 행위가 적발되거나 기록되면 연봉이 조정되거나 징계조치로 이어지게 했다.

오성은 생산직 노동자들의 파업을 적극 파악하는 일을 했다. 그는 파업 움직임이나 회사에 대한 비난이 있게 되면 암암리에 상부에 보고했다. 최근에 일어났던 정부의 대운하 사업이나 한미 FTA 반대 궐기대회에 참여한 직원도 어김없이 찾아내어 보고했던 것이다. 회사는 그의 열정적인 모습에 만족해했고, 그에 따른 연봉도 상향시켜 주었다. 그의 이러한 행위는 회사 직원들의 눈에 띄지 않도록 은밀히 행해졌다. 그의 활동이 활발해질수록 주변에서 징계를 받은 직원들의 숫자는 늘어났다. 그에 따른 직원 간의 불신도 싹텄고, 회사에 대한 불만도 증가했다. 그의 용의주도한 행동은 직원들이 알아차리기 힘들었다. 그는 동료들과의 대화에서 의심을 살만한 일은 하지 않았다. 동료들이 회사에 대한 비난을 하면 그는 덩달아 흥분했고, 때로는 상대방보다 먼저 유도하는 말로 현혹하기도 했다. 회사의 발전을 위해서라면 그 어떤 일도 가리지 않았던 것이다. 회사가 존재해야 자신도 존재한다는 것이 그의 신념이었다.

그의 부서는 연삭기기로 엔진 부품을 생산하는 부서였다. 작은 연삭기는 앉은뱅이책상 크기 정도였고, 규모가 큰 연삭기는 집채만한 것도 있었다. 성능에 있어서도 수동과 반자동, 자동으로 다양했고, 예전에 비해 컴퓨터 시스템으로 치수가 설정되고 그에 따라 제품을 연마했다. 대개 0,001밀리의 정밀가공을 했다. 연삭공정이 끝나면 제품은 열처리공장으로 보내졌다. 입사한 지 5년차였던 그는 노동자들을 관리하였고, 자기 부서일 뿐 아니라 다른 부서까지 관심을 갖고 감시했다. 회사에서 이롭지 않은 일들은 철저히 기록해서 상부에 보고했다. 그의 노력으로 생산성은 갈수록 상승곡선을 그렸다. 회사는 노동자의 생산성을 높이기 위해 작업 실적이 떨어지거나 잡담을 하는 사람, 그리고 현장을 자주 뜨는 사람에게 징계를 주기도 했다.

그가 한 번은 인사부장으로부터 파격적인 제안을 받았다.

"이제부터 회사 발전을 위해 지위고하를 막론하고 좀 협조해주게."

오성은 가슴이 뛰었다. 동료와 부하직원들을 대상으로 감시해왔던 일이 상사까지 확대되었기 때문이었다. 부장은 그의 능력에 따라 지위를 올려주겠다는 생각도 없지 않았다. 그의 충성심을 회사는 이미 인정하고 있었다.

그 이후 오성은 더욱 바빠졌다. 범위가 확대된 만큼 주위 사람들한테 의심을 받지 않도록 전에 없이 몸조심을 했다. 자칫 생각지 않은 저항을 받게 되면 망신살이 뻗힐 수도 있기 때문이었다. 하지만 회사 측에서 뒤를 보아주겠다는 약속이 있었으므로 심적으로 큰 부담은 없었다.

오성은 등에 날개를 단 듯 더욱 열성적으로 변했다. 그의 성과에 걸맞게 회사는 성과급을 동료들 몰래 지급했다. 이러한 초과수익이나 보너스는 가족을 위해 기꺼이 썼다. 아내가 남편을 알고 있는 것은 회사에서 열심히 일한다는 사실 뿐이지 그가 전 직원을 상대로 감시하는 것은 모르고 있었다.

오성에게도 고민은 없지 않았다. 절친한 동료들이나 존경하는 상사까지 감시 대상이었고, 그로 인해 그들은 회사에서 징계를 받거나 구조조정 대상에 포함되었다. 그는 일과 사랑을 구별했다. 사적인 감정을 공적인 일에 적용시키고 싶지 않았다. 냉정하지만 자업자득이라고 생각했다.

그러던 어느 날 오성은 퇴사 통보를 받게 되었다. 차장에 오를 거라는 희망이 물거품이 되는 순간이었다.

"회사 입장을 이해해주게. 김 과장 부서를 외주로 내보내게 돼서 어쩔 수 없네."

"지난달까지만 해도 저희 부서에 설비를 더 들여놓아서 확장한다고 하셨는데 그… 건… 어떻게……?"

“아, 물론 그랬지. 그런데 외주로 내보내지 않으면 타산이 맞지 않다는 결론을 내렸어. 정말 힘든 결정이었어.”

오성은 퇴사하면서 1년 치 급여를 더 지급받게 되었고, 그 돈으로 값비싼 카메라를 구입했던 것이다. 대기업에 근무할 당시에는 실업자를 이해하지 못했는데 실직하면서 취업의 벽이 얼마나 높은가를 실감했다. 그는 여러 직장에 서류를 넣었지만 번번이 퇴짜를 맞았다. 막노동이나 단순노동 외에는 일자리가 없었다. 그 직업들은 거의 영세한 중소업체들이었다. 주변 사람들의 인식 때문에 허접한 일에 손을 뻗기가 힘들었다. 대개 명예퇴직이나 정년퇴직을 하고 식당이나 체인점에 발을 들이는 것도 다 이유가 있었다. 그는 냉철하게 자신의 특성을 점검했다. 그러다가 우연히 언론에서 파파라치를 접하게 되었고, 그 수입이 수억 원을 호가한다는 얘기에 호기심을 가졌다. 전직에서도 그가 했던 일은 파파라치에 준하는 행위였다. 그 일로 상사로부터 인정을 받았던 것이다. 그 모든 일은 남을 해치는 것이 아니라 회사의 규범에 어긋나지 않게 하는 것이니 죄책감을 가질 필요가 없었다. 파파라치 역시도 사회정의를 실현하는 일이라고 그는 생각했다. 그래서 주변 사람들의 개운치 못한 시선을 의식할 필요가 없었다. 불법을 저지르는 행위는 우리 사회에서 단호하게 근절시킬 필요가 있기 때문이다. 그는 학원에서 행해지는 초과 학원비나 불법 과외 등을 단속하는 것은 어려운 경제를 회복시키는 일에도 다소 기여하는 일이라 여겼다.

오성은 학원 감시, 즉 학파라치 외에도 쓰레기 무단투기를 잡는 쓰파라치 일도 했다. 차량 밖으로 내버리는 쓰레기나 담배꽁초 투기도 그의 감시 대상이었다. 그는 시간이 흐를수록 주변에 일어나는 모든 불법행위는 자신의 손으로 해결하겠다는 신념을 갖고 발이 부르트도록 뛰었다. 그의 수입은 1년을 넘어서자 7천만 원에 육박했다. 그는 연봉 1억 원은 만들어내겠다는 신념을 가졌다. 수입으로 계산하면 직장생활 하는 것보다 훨씬 높은 수익이었다. 하지만 아내는 여전히 불만이 가득했다. 이웃사람한테 창피하다는 말도 서슴없이 했다.

"이제 그 일에 손 씻고 차라리 시골로 내려가 텃밭이나 일구고 살아요."

"조금 기다려 봐요. 나도 영원히 할 생각 없어요."

그는 일정 기간이 지나면 정리하겠다고 했지만 그것은 입막음에 불과했다. 그는 이미 파파라치 일에 맛들어 있었다. 아내가 날이 갈수록 그의 직업관에 문제를 삼는 데는 그만한 이유가 따로 있었다. 최근에 밤낮을 가리지 않고 걸려오는 의문의 전화는 그녀의 심기를 불편하게 만들었다. 대개의 경우 수화기를 들면 상대의 응답을 듣지 못하고 끊기는 경우가 많았다. 간혹 장난전화와 협박성 내용도 있었다. 처음엔 대수

롭지 않게 여겼던 그녀는 좀처럼 줄어들지 않는 불쾌한 전화
질에 가슴까지 두근거리는 지경에 이르렀다. 이러한 상황에
대해 그는 그다지 예민한 반응을 보이지 않았다.

"요즘 장난전화나 보이스 피싱이 얼마나 많아. 그냥 흘려
들으면 되지."

"이웃집이나 친구들 말을 들어보면 우리집처럼 심하지 않
으니까 하는 소리죠."

"그야 뭐 전화번호가 좋지 않아 그럴 수도 있지 않을까?"

"무슨 대책을 세우든지 해야지 이대로 계속 두면 스트레스
받아 못 살아요."

"그럼 전화번호를 바꾸는 게 어떨까?"

두 사람은 여기까지 대화의 진척을 보았지만 차일피일 전
화번호를 변경시키지 않고 있었다. 오성도 다소 의문을 가지
는 부분은 자신한테 걸려오는 전화에서는 수화기를 들면 곧
바로 상대방이 통화를 끊어버리는데, 아내한테는 협박성 전
화가 전반적으로 많다는 것이었다. 하지만 대개의 경우 전화
피해자는 여자가 많은 법이어서 대수롭지 않게 여겼다. 그는
여가가 나면 전화국에 들러 변경신고를 하겠다고 했지만 일
에 집착하다보면 잊어버리기 일쑤였다. 남편이 전화에 관해
진지하게 받아들이지 않아 아내는 불만이었고 더이상 남편
을 신뢰하지 않았다.

벌써부터 장딴지가 뻐근해왔다. 뒷목도 뻣뻣하고 손목도 묵직했다. 신경이 철사줄처럼 변한 듯했다. 오래 섰거나 걷기도 하고 주변 사람들을 의식해서 카메라를 드러내놓고 자연스레 찍을 형편이 못되었다. 사회정의를 위해 카메라를 잡긴 했지만 촬영하는 데 있어서는 여전히 떳떳하게 셔터가 눌러지지 않았다. 조폭 같은 업주한테 붙들려 카메라를 뺏길 뻔도 했고, 간혹 멱살이 잡히는 경우도 있었다. 찍은 사진을 상대방의 협박으로 삭제하는 일까지도 발생했다. 그래서 가능하면 상대방에게 노출되어서 감정 대립을 하고 싶지 않았다. 그 생각에 그는 카메라를 노출시키지 않으려고 애썼다. 그가 망원렌즈를 비롯해서 고가 렌즈를 구입한 것도 최대한 촬영을 효과적으로 해내기 위한 방편이었다.

오성은 카메라를 가방에 가지런히 넣고 잠금 고리를 채웠다. 그리고는 간단한 요깃거리를 찾았다. 음식값이 만만치 않아 동네를 돌다가 포기하고 '포장마차' 라는 글귀가 쓰인 건물로 갔다. 포장마차는 이동식이 아닌 한 평 남짓한 협소한 건물을 터서 김밥을 비롯한 떡볶이와 오뎅을 만들어 팔고 있었다. 포장마차에서 음식을 만드는 사람은 중년의 여자였고, 머리에는 두건을 둘러 위생적으로 깔끔해 보였다. 음식을 만지는 데 있어서도 위생장갑을 끼고 움직였으며 음식차림표도 깔끔하게 걸어두었다. 그녀는 손님을 끌기 위함인지 영세한 분식집이긴 했지만 꽤 청결해보였다. 주 고객층이 학생층인지 포장마차 한쪽에는 포장마차를 선전하듯 학생들이 꼼꼼히 적은 포스트잇이 빼곡하게 붙어 있었다. 여러 색의 포스트잇은 그것만으로도 훌륭한 인테리어로 보였다. 그는 포스트잇에 적힌 글귀에 시선을 한참 고정시켜 놓았다. 음식을 먹는 동안에도 혼자 먹는 적적함을 달래듯 자주 바라보았다. 한참을 바라보던 그의 눈이 갑자기 크게 뜨였다. 음식에 대한 원산지 표기가 되어 있지 않다는 것을 발견한 것이다. 사업장으로 보기엔 포장마차와 별반 다름없지만 불법행위는 분명하다. 포장마차는 영세한 상인들이 손쉽게 하는 일이지만 불법인 것은 틀림없는 일이다. 법 집행에 있어서는 그 누구도 특권이 있을 수 없다. 전직 회사에서도 그는 직위고하를 막론하고 크고 작은 불법행위를 고발해왔다.

그는 음식값을 지불하고 포장마차를 빠져나왔다. 포장마차 주인의 면전에 대고 카메라를 내놓을 수 없어서 그는 포장마차가 바라보이는 길모퉁이로 가서 앵글을 맞추었다. 500밀리 줌렌즈로 당겼다. 렌즈 초점을 맞추고 셔터를 누르려고 손가락 끝에 힘을 주려 하자 시야에 흐릿함이 나타나 멈추었다. 렌즈에 빗방울이 맺혔던 것이다. 그의 치아 사이로 짜증이 새어나왔다. 극세사 헝겊을 꺼내 렌즈를 황급히 닦아냈다. 그리고 다시 초점을 맞추었다. 그즈음 가게를 나오던 사람들이 그가 있는 곳을 힐끔 바라보며 손가락질을 했다. 오성은 황급히 카메라를 가방에 집어넣고 등을 돌렸다. 상대방과 부딪히지 않으려면 피하는 것이 상책이었다. 비가 내리고 있었지만 우산이 없었다. 빌딩이나 인근 은행에 가서 비를 피할 생각으로 걸음을 빨리했다. 그는 은행에 비치된 정수기에서 물을 마셨다. 따뜻한 물 한 모금이 목덜미를 타고 내려가면서 가슴이 따뜻해짐을 느꼈다. 그는 카메라를 꺼내 비에 젖은 렌즈 부분을 손질했다. 셔터도 두어 번 눌렀다. 오후 3시를 넘어서고 있었다.

그는 카메라 가방을 어깨에 메고 학원가로 발길을 돌렸다. 학원의 불법 행태를 카메라에 담기 위해서였다. 학원가를 오가는 학생들을 상대로 학원 실정을 직접 물어보기도 했다. 그리고 인근 공원에서 학부모로 가장하여 수강료를 비롯하여 강의 내용을 전화로 꼼꼼히 물었다. 그는 학원가 가까운 곳에 사는 주민이라는 점을 밝혔고, 자녀가 중학교와 초등학교 다니고 있으며, 평소 책을 읽지 않는데 어떻게 하면 좋겠냐는 것도 물었다. 물론 학원비도 잊지 않고 물었다. 또는 "요즘 신고하지 않은 불법학원이 많은데 그곳은 믿을 수 있는 곳인가요?" 라는 말로 학부모임을 자청하듯 말했다. 학원 측에서 의구심을 보이면 직접 학원을 찾아가는 열성까지 보였다. 그는 마치 수사관 신분을 가진 사람처럼 행동하기도 했다. 이러한 노력으로 학원비 과다징수, 야간 불법강의, 미신고학원 등속을 적발하였는데 그 건수가 수십 건에 달할 정도였다. 그의 자녀들도 여러 학원에 다니고 있었다. 그는 자식이 다니는 학원도 예외 없이 신고했다. 그 결과 학원비가 줄어들었으며 그의 가계 지출도 꽤 줄어들었다. 그의 학파라치 행위를 자식들은 모르고 있었다. 그러나 아내는 남편의 행위라는 것을 알고 있었다. 학원비가 줄어들어 가계에 보탬이 되긴 했지만 아내의 마음은 불편해 보였다. 남편이 아닌 다른 사람에 의해 학원비를 줄일 수 있었으면 했다.

"가능하면 애들 학원이나 이웃은 좀 피했으면 해요. 꼬리가 길면 잡힌다고 주변에서 알기나 해봐요. 그땐 어떻게 감당하려고……."

"내가 뭐 나쁜 짓 하는 것도 아닌데 뭘 그러나."

"난 인정하기 어려워요. 현실은 당신 생각 같지 않다는 걸 왜 몰라요? 요즘은 쓰레기 하나 버리러 가더라도 동네 사람들이 의식돼서……."

그녀는 가슴이 두근거린다는 것을 입버릇처럼 말했다. 남편의 카메라를 내다버리거나 부수고 싶은 눈빛도 없지 않았다. 얼마 전부터 그는 아내의 눈을 피해 카메라를 손질했다. 거실이나 안방에서 카메라를 꺼내놓는 일은 없었다. 촬영한 사진도 아내의 시야를 벗어난 위치에서 편집하거나 정리했다. 자식들은 아버지의 직업을 아마추어 사진가로 생각하고 있었다. 오성은 파파라치 일을 하다가 다리쉼을 하거나 귀가할 때 가끔 풍경을 찍는 일이 있다. 풍경에 대한 관심이 있어서라기보다 아이들에게 보여 주기 위한 수단이다. 그래서 자식들이 보아왔던 오성의 사진은 풍경 사진이 전부다. 그는 아내와의 약속을 지키기 위해 파파라치로 얻은 사진들은 공개하지 않았고, 평소에도 사진작업을 하면서 자녀들 눈에 띄지 않게 하려고 경계를 늦추지 않았다. 그는 컴퓨터 바탕화면에도 풍경 사진을 띄워 놓았다.

저녁이 되자 얼굴에 부딪히는 빗방울은 마치 얼음 알갱이처럼 차갑고 따끔거렸다. 늦은 밤이 되면 비가 눈으로 바뀔 것 같은 날씨다. 퇴근시간에 걸맞게 길거리에는 행인들의 발걸음이 눈에 띄게 증가했다. 차들은 전조등을 켰고, 가로등에도 우윳빛 전구가 발광하고 있었다. 어깨를 나란히 한 빌딩들도 조명이 하나 둘 들어오고 있었다. 그는 양어깨를 안쪽으로 옹송그리며 걸었다. 발목이 뻐근해왔다. 온기가 있는 집으로 돌아가고픈 생각이 굴뚝처럼 떠올랐지만 애써 참았다.

차도 가장자리로 학원버스들이 바쁘게 오갔다. 학원버스에서 내리는 학생들이 튕기듯 도로로 내려섰다. 인도는 아이들로 한동안 왁자지껄했다. 아이들은 학원 주변 상가에 들어가 분식을 사먹거나 팬시점에 들르기도 하고 휴대폰을 꺼내

영업사원처럼 전화질을 해댄다. 학원에 도착했다는 통보를 하기도 하고 욕을 섞어가며 대화를 한다. 마치 닭이 모이를 쪼아대듯 숙달된 손놀림으로 문자를 찍어대는 아이들도 보였다. 오성은 도로 한쪽에 서서 잠시 그들의 모습을 보며 넋을 잃고 있었다. 놀지도 못하고 공부에 찌든 아이들이 안됐다는 생각이 들었다. 입시를 향한 주야 학습으로 학생들은 이미 휴대폰이 놀거리를 대신하고 있었다. 집에서 식사를 거른 아이들은 패스트푸드나 음료 등 인스턴트 식품으로 해결한다. 아이들의 행동을 바라보면서 그의 자식들도 저 아이들 같을 거라고 생각했다. 가족이 한 식탁에서 식사를 함께하는 일은 드물다. 그만큼 가족과의 대화는 줄어들었고, 서로 내면적 대화를 나눈 지 오래되었다. 그러다 보니 서로를 알려고 노력하는 일도 없다. 모두가 자기 일에 지쳐 있어서 다른 사람에게 관심을 가질 여유가 없었다. 아내도 달포 전부터 일자리를 구하기 위해 동분서주하고 있다. 남편의 일을 못마땅하게 여긴 나머지 무슨 일이든 해야겠다는 생각을 한 모양이었다. 아내는 결혼하기 전에 회사 홍보실에서 근무했다. 그녀는 회사에서 사보 제작과 각종 홍보물을 만들었다. 오성과 결혼하면서 그녀는 회사를 사퇴했다. 그 후 아내는 아이를 가졌고 수입이 두 동강 나자 오성은 많은 고민을 했다. 아내의 수입을 만회하기 위한 궁리를 해보았지만 별다른 방책이 나오지 않았다.

급여는 정해진 액수만큼 지급되기 때문에 투기나 자영업자만큼 벌 수가 없었다. 그래서 그가 생각해낸 것이 회사에 대한 열성적 충성심이었다. 회사의 매출에 따른 구조조정이 발생해서 피해자가 될 수 없었다. 우선 회사에서 필요한 사람으로 인정받아야 불상사를 미연에 막을 수 있다는 계산이 섰던 것이다.

오성은 자기가 맡은 업무들 외에 회사에서 이득이 될만한 일을 찾았다. 그 한 가지 방법이 파파라치였다. 그 일은 생산성을 높이고 경쟁력을 향상시키는 일이었다. 하지만 아내는 남편의 행위를 인정하고 싶지 않았고, 그 대안으로 일자리에 관심을 가졌던 것이다. 아내는 오랫동안 직업을 가지지 않은 탓에 사회 적응도 쉽지 않았다. 회사에서 홍보실에 있긴 했지만 그 일을 내세워 취업할만한 직장은 없었다. 방문 학습지, 정수기 홍보, 보험설계사, 전화국 콜센터, 전단지 배포, 마트 계산대 점원, 식당일 등 여자가 할 수 있는 일은 대개 이러한 직업군뿐이었다. 집안사람들의 눈치도 보이고 대학 동창들의 시선도 의식하여 선뜻 발을 들이지 못하던 분야였다. 남편도 아내가 그런 일을 하는 것을 원치 않았다. 혼자 벌 수 있으니 가정이나 잘 챙기라는 말만 했다.

"두 다리가 튼튼할 때 무엇이든 해서 돈을 벌어놔야지. 늙어 봐요. 노후는 고사하고 애 학교나 제대로 보내겠어요?"

"걱정도 팔자군. 애 둘을 못 키울까봐 벌써 걱정인가?"

"두 사람이 서로 발 벗고 나서면 빨리 벌 것 아녜요."

아내는 직장을 얻겠다는 뜻을 굽히지 않았다. 끊임없이 아내의 의지를 꺾으려던 오성도 시간이 흐를수록 지쳐 갔다. 아내는 금전적 궁핍함보다 남편의 파파라치 일에 대한 반감이 더 컸다. 그녀는 자신이 일정한 수입을 얻어서 남편의 직업을 다른 쪽으로 돌리게 할 생각이었다. 식당이나 체인점을 하나 얻어서 부부가 같이 운영했으면 하는 마음도 간절했다.

간간이 떨어지던 빗방울 대신 차가운 바람이 살갗을 스쳤다. 그는 옷깃을 올리며 자라목을 했다. 추위가 몸을 위축시키는 상황에서는 하루쯤 일찍 일을 접고 집으로 돌아가고 싶었다. 하지만 곧 아내와 신경전을 벌이기보다 늦은 밤에 귀가하는 게 속편하다고 생각했다. 심야교습을 적발하기 위해 11시 이전에 일을 마치고 귀가한 적이 없던 그였다.

그는 어두운 밤을 밝히는 입간판을 바라보았다. 건물 벽을 남김없이 도배하듯 광고 간판이 붙어 있었다. 헤아릴 수 없을 만큼 각종 학원들이 많았다. 우리나라 학생들의 사교육비가 얼마나 많이 지출되는가를 한눈에 보여주고 있었다. 그는 한숨을 길게 내쉬었다. 입에서 나온 하얀 김이 어둠 속에서 더욱 하얗게 포말을 이루었다. 다리를 가볍게 흔들거나 동동거리며 수시로 시간을 확인했다. 그때였다. 전화가 걸려왔다.

낯선 전화번호를 확인하면서 통화를 거부할까 잠시 고민했
다. 수화기에서 들려오는 목소리는 다름 아닌 전직 회사의 자
재 부서에서 근무했던 조철연이었다. 철연은 오성에 의해 구
조조정당한 친구였다. 그는 업무시간에 흡연한 것과 휴대폰
통화, 그리고 자재를 빗물에 노출시켜 녹슬게 한 행위로 징계
를 당한 것이다.

"가까운 날에 시간 좀 내줘. 뭐 오늘 밤 늦은 시간도 좋구."

철연은 외향적인 성격에 남의 눈치를 보지 않는 배포 좋은
녀석이었다. 약주를 좋아해서 간혹 회사에 대한 불만을 노골
적으로 언급하기도 했다.

"글쎄. 먹고 살려고 바지런히 뛰어다니니까 늘 시간이 없
긴 해."

"잠깐이면 돼. 어차피 시간 끌 것 없이 오늘 당장 만나. 지
금 어디야?"

철연은 오성의 위치가 어디에 있든 당장 달려올 기세다. 오
성은 머뭇거리다가 철연의 뜻에 따라주었다. 그동안 친구 한
사람 접촉 없이 혼자서 파파라치 일을 하러 다닌다고 적적했
던 참이다. 한 번쯤 약주나 한 잔 해서 심적 여유를 가질 필요
가 있다. 단지 상대가 자신의 손에 의해 퇴사당한 친구라는
게 꺼림칙하다. 갑자기 걸려온 철연의 전화에 대한 의문이 쌓
여 갔다. 그가 전화상 힌트를 준 것은 구조조정 당한 사람끼

리 의논할 일이 있다는 것이 전부였다.

철연은 30분도 채 되지 않아 나타났다. 그는 구형 승용차를 끌고 왔다. 오성은 운전석 옆에 앉았다. 철연은 오성을 납치하기라도 한 듯 난폭하게 차를 몰았다.

"왜 그렇게 서두르냐? 날 멍텅구리 배에 팔아넘기려는 사람처럼 왜 그래?"

철연이 배시시 웃으며 말했다.

"너같이 비쩍 마른 놈이 배나 타겠어? 안심해도 돼. 내가 원래 성격이 좀 급하잖아."

철연의 차는 시내 변두리에서 멈추었다. 히터에서 나온 바람에 코점막이 건조했다. 오성은 물 한 모금을 마시고 차 문을 열었다. 차 문을 열면서 삐걱거리는 쇳소리가 났다. 철연은 차문을 잠그고 오성보다 한 발 앞서 걸어갔다. 철연의 걸음걸이는 무겁고 잰걸음이었다. 그가 안내한 곳은 낮에는 차를 팔고 밤에는 술을 파는 곳이었다. 가벼운 식사도 할 수 있었다. 철연은 자리에 앉자마자 외투를 벗어 의자에 걸치면서 상대방의 긴장을 풀어놓고 있었다. 그리고 커피를 주문한 다음 담배를 꺼내 물었다. 철연은 커피와 흡연에 있어서 주변 동료들이 혀를 내두를 정도로 즐겼다. 철연의 얼굴은 커피색처럼 구릿빛을 띠고 있었고, 입을 열면 니코틴 냄새에 눈살이 찌푸려질 정도였다.

철연이 담뱃재를 툭툭 털고 나서 말했다.

"얼굴이 좋다야. 회사 다닐 때보다 더 젊어졌는데?"

보통 사람들이 습관처럼 하는 마음에도 없는 통상적 인사였다. 오성은 내심 냉소를 보내고 있었다. 이전 직장에 비하면 하루하루가 파김치가 된 상태다.

"백수생활로 고생을 안 해서 얼굴이 좋은 건가."

오성은 일부러 백수임을 자처했다. 철연이 으레 직업을 물어볼 게 뻔했기 때문이다. 차마 파파라치 일을 한다는 말은 목구멍에서 올라오지 않았다. 파파라치 일을 한다고 하면 철연은 그 일에 대해 끊임없이 질문을 할 것이며 그에 따른 얘기를 구구절절 해줘야 한다는 게 고문일 터였다. 그래서 그는 아주 말뚝을 박고 나온 것이다.

"백수생활? 아 힘들겠다야. 나도 일자릴 못 구하고 생고생하고 있어. 이 모두는 우리 책임이 아니라 회사가 만든 것 아냐?"

"이제 와서 그 얘기 하면 뭐하냐. 괜히 기분만 더럽지."

"내가 널 만나자고 한 것도 바로 이 부분이야. 구조조정 당한 사람끼리 뭉쳐 복직투쟁을 했으면 해서……."

"그만둬. 그런다고 회사가 어서 오십쇼 하겠어?"

"난 이대로 가면 밥만 굶는 게 아니라 마누라와 이혼할 형편이야."

철연의 말 속에 어떤 결연함이 묻어났다. 복직에 대한 열망이 넘쳐났던 것이다. 다른 직장을 구하기보다 복직에 모든 정력을 쏟겠다는 뜻으로 보였다. 오성은 그의 뜻에 부응하기보다 침착해지려고 노력했다. 소득 없는 일에 발을 들였다가 자칫 파파라치 일에 소홀하면 가족들에게 또 한 번의 생활고를 맞게 할 터였다.

"난 관심 없어. 복직에 대한 확신도 서지 않고, 만약 복직이 된다 하더라도 엄청난 시간이 소요될 것 아냐. 그럼 그때까지 손 빨고 있으란 소린데……."

오성은 고개를 흔들며 부정적 반응을 보였다. 철연은 한숨을 깊게 내쉬며 답답한 시선으로 그를 바라봤다. 오성은 철연의 눈을 마주치지 않고 커피 잔을 들었다. 철연을 만난 게 후회로 돌아왔다. 적당히 핑계를 대고 피했더라면 하는 생각이 떠오르면서 후회로 가득 찼다. 철연이 담뱃불을 짓이겨 끄면서 말했다.

"넌 억울하지도 않아? 우린 그렇다 치고 네가 회사에서 방출될 줄은 꿈에도 몰랐어. 너같이 일 잘하는 사람이 어느 날 갑자기 쫓겨나? 이건 문제가 있는 거야. 어떻게 보면 널 위해서라도 우리가 나서고 싶은 심정이야. 한마디로 말해서 이건 회사의 불평등한 조처야."

"그건 생각하기 나름이지. 나도 처음엔 황당했지만 이젠 잊었어."

"실은 너도 너지만 우리도 꼭 알고자 하는 게 있어."

"그건 또 무슨?"

"회사에 감시 카메라가 있긴 하지만 그 이상으로 우리의 일거수일투족을 잘 알고 있다는 거지. 이는 어떤 밀고자가 있지 않으면 불가능한 일이지. 그래서 복직도 복직이지만 그 놈을 잡고 싶은 거야. 그래야 속이 풀리지."

그 말에 오성의 심장이 크게 뛰었다. 엉덩이가 근질거리고 얼굴이 화끈거렸다.

"어떻게 그런 생각을 했어? 무슨 근거로?"

"완전범죄는 없는 법이야. 너 역시 밀고자 때문에 희생양이 된 지도 몰라."

"밀고자를 논하기 이전에 내 탓이라고 생각하는 게 낫지 않을까? 밀고자도 무슨 이유가 있으니까 그랬겠지."

"그렇게 따지면 우리 회사에 죄짓지 않은 사람 아무도 없을 걸?"

철연은 결연한 의지로 말했다. 밀고자를 적발하면 살해라도 할 사람처럼 득의의 눈빛이었다. 오성은 태연한 척하기 위해 호흡을 조절했다. 회사 측에 우호적 입장을 취하게 되면 철연에게 의심의 빌미를 줄 수 있었다. 오성은 커피 잔을 수시로 들며 마음을 안정시켰다. 손이 가늘게 떨리고 있었다.

철연에 의해 해고자들이 결성되면 회사와 대립각을 세우게 될 것이고 오성도 자연히 한 배를 탈 수밖에 없었다. 한편으론 모든 사람들이 협조하는 상황에서 오성 혼자 등을 돌릴 수도 없는 일이었다. 파파라치 일은 그들에게 좋은 표적이 될 수 있었다. 오성은 그들과 뜻을 같이 하지 않더라도 잠시나마 파파라치 일을 접어야 할 것 같았다. 오성은 불안했던 나머지 자꾸만 몸이 흔들렸다. 철연이 자리를 고쳐 앉았다.

"겁먹을 게 뭐 있어. 이제 회사 직원도 아닌데……. 우린 정당하게 권리를 찾으면 그만이야. 원수처럼 대할 필요도 없는 거고……."

오성은 옷의 윗단추를 풀며 말했다.

"난 뭐가 뭔지 모르겠다."

"내가 앞장설 테니 넌 옆에서 지켜보기만 해."

철연은 혈기왕성한 젊은이처럼 거칠 것이 없어 보였다. 오성은 온몸이 오그라드는 듯했다. 복직투쟁을 한다는 것 자체에 제동 걸 이유는 없었지만 자칫 그 과정에서 자신이 밀고자로 드러나는 게 두려웠던 것이다. 오성에 의해 해고되거나 감봉을 받은 사람은 수십 명에 달했다. 오성은 회사에서 인정받는 사원이 되긴 했지만 사람과의 불편한 관계는 늘 마음을 불안하게 만들었다. 징계를 받은 사람들을 만나거나 얘기가 나오면 자신도 모르게 피하는 버릇이 생겼다. 법은 냉정하게 결단을 내리지만 사람의 정은 쉽게 정리되는 것이 아니었다. 그는 직장을 그만둔 현재까지 그 굴레를 벗어나지 못하고 있었다. 가끔 아내가 과거를 꺼내면서 더욱 그 일은 마음의 짐이 되고 있었다. 철연을 만나면서 앞으로 다가올 파고에 오성은 심장이 멎을 지경이었다.

철연이 등을 세우더니 오성을 향해 더 가까이 상체를 당겼다.

"토사구팽이란 말 알지?"

"으, 응."

철연이 손을 턱에 받히며 말했다.

"할 말이 아니지만 네가 그 경우인 것 같아."

그 말에 오성은 숨이 턱 막히고 머리끝이 쭈뼛 서는 듯했다.

"그, 그게 무슨 소리야? 내가 뭘 어쨌다고…… 나, 난 회사로부터 이용당한 적 없어."

철연이 웃으며 말했다.

"네가 이용당했다고 한 적 없어. 단지 네가 회사에서 너무 열성적으로 일했잖아. 그 결과 회사는 직급도 올려줬고……. 물론 이걸 좋은 쪽으로 생각하면 성실한 사람으로 인식되지만 나쁜 쪽으로 생각하면 회사에 충성한 셈이 되지. 즉 네가 너무 열심히 하는 바람에 상대적으로 다른 사람들은 더 힘들게 된 거지. 윗사람들이 걸핏하면 너를 모델로 괴롭혔으니까."

오성이 머리를 긁적거리며 말했다.

"아, 그렇게 해석될 수도 있겠다."

"실은 너한테 주변 사람들의 시기가 없지 않았어. 하지만 네가 회사에서 해고되면서 그 불만들은 사그라졌지. 사람들은 오히려 네가 안됐다는 생각들이야."

"……."

"이제 한마디로 정하면 모두가 한 배를 탔고, 서로 동지가 된 거야. 결과적으로 우리 모두가 피해자인 것은 분명하니까."

오성은 말없이 고개를 끄덕거렸다.

"사실 우리보다 네가 더 억울한 것 아냐? 우리야 뭐 회사의 규칙을 일부 어기긴 했지만 넌 털끝만큼도 회사에 누를 끼친 적이 없었잖아. 그러고도 쫓겨났으니……."

"회사가 어려워 외주로 내보낸다는데 어쩔 수 없는 것 아냐?"

오성은 회사로부터 징계를 받고 해고된 사람과는 은근히 구별 짓고 있었다. 철연이 혀를 차며 말했다.

"이 맹추, 쫓아내려고 하는 말 같지 않은 소리를 곧이곧대로 믿냐?"

"내 입장에서 보면 현실로 받아들일 수밖에 더 있겠어?"

"내가 알기론 아직 네 부서는 그대로 있어."

"곧 어떤 조치가 있겠지."

"그건 네 생각이고. 어떻든 예전처럼 회사에 충성할 생각은 그만둬."

철연의 말에 오성은 뱃속이 근질거렸다. 철연의 말은 황당무계한 소리가 아니었다. 퇴사한 지 6개월이 넘도록 부서가 존재한다는 게 의구심이 났다. 회사는 오성의 이용가치를 더 이상 못 느끼고 축출한 것이라 볼 수도 있었다. 회사 안팎을 너무 많이 알게 되면 회사 측 또한 오성을 의식하지 않을 수 없었다. 오성에게 직원감시 업무를 내린 윤 부장도 자신의 허물이 노출될 걸 우려했을 수 있었다. 오성은 그에게 동참하겠다는 의사를 표시했으나 마음이 그다지 편하지는 않았다.

그로부터 사흘 후, 오성에게 전화가 걸려왔다. 낯익은 목소리였다. 칼칼하고 쉰소리의 음성은 윤 부장이었다. 그는 간단한 근황을 묻고 나서 다소 사무적이고 서운한 감정을 실은 말투로 오성을 긁었다.

"자네가 복직투쟁에 앞장섰다는데 사실인가?"

"아, 어떻게……."

"아니까 이렇듯 전화를 한 것 아닌가. 벌써 복직투쟁자 명단이 다 접수됐어."

"……."

"설마 했는데 자네가 이럴 줄 몰랐네. 자네는 부서가 구조 조정되면서 어쩔 수 없이 퇴사한 것 아닌가? 그런데 왜 그런 사람들한테 끼어드는지 도통 이해가 안 돼. 남의 눈에 흙을 넣으면 안 되지."

오성은 아무 말도 하지 않았다. 죄송하다는 말이 입 밖으로 나올 뻔했지만 겨우 참아냈다. 그리고 전화 수화기를 놓았다. 윤 부장의 말꼬리를 잡을 건더기가 없었다. 남의 말에 귀를 기울이지 않는 일방적인 윤 부장을 상대하는 건 버거운 일이었다. 그는 자재부서가 외주로 넘어가지 않은 데 대한 질문을 빠트린 게 후회됐다.

오성은 아내에게 아무 말도 하지 않았다. 그는 철연과의 접촉 이후 우울해졌다. 윤 부장과의 전화통화는 그의 가슴을 더욱 옥죄어 왔다. 이들을 잊고 싶었지만 좀처럼 뇌리에서 떠나지 않았다. 철연이 복직투쟁을 선포한 만큼 그 여파가 머지않아 미칠 것이다. 그 파장은 윤 부장에 의해 생각보다 빠르게 나타나고 있었다. 오성은 미신고 불법학원과 쓰레기 무단투기 그리고 식당의 원산지 미표시나 허위표시 등을 구분하여 컴퓨터에 입력시키고 있었지만 머릿속은 온통 철연과 윤 부장에게 가 있었다. 방문은 잠가놓았다. 아내와 자식들에게 작업실을 공개하지 않았다. 3년째 그는 가족들에게 방을 개

방하지 않고 방 청소도 맡기지 않았다. 출입문 쪽의 2평 남짓한 방은 그만 드나드는 방이었다. 그가 외출하거나 출근하게 되면 방문은 잠가놓고 다녔다. 아내는 못마땅하게 여겼지만 시간이 흐르면서 스스로 물러섰다.

오성은 지난 한 달여의 수입을 계산했다. 650만원의 수입이 예상됐다. 그는 입가에 미세한 웃음을 머금었다. 회심의 미소였다. 내년 봄 이사 계획에 차질이 없을 것 같았다. 그는 안양을 떠나 분당으로 집을 옮겨서 치킨 체인점을 열 생각이었다. 전직 회사나 파파라치를 하며 거쳐 갔던 각종 업소들로부터 멀리 떠나고 싶었던 것이다. 그것은 아내를 위한 조치이기도 했다. 주변 사람들의 시선을 의식해왔던 아내가 타 도시로 가게 되면 기존의 고민거리는 해결될 수 있었다. 그래서 그는 인내하며 올 겨울을 보낼 작정이다. 철연이 복직투쟁을 한다고 하더라도 3개월 후인 봄까지 쉽게 해결될 가능성은 없다. 그는 봄에 이사를 가게 되면 복직투쟁이니 뭐니 해서 골치 썩을 필요가 없을 터였다. 그 생각으로 인해 그의 마음은 다소 안정을 찾았다.

간밤에 내린 눈은 온 도로를 두껍게 얼러놓았다. 차들은 거북이걸음을 하고 사람들은 신발을 끌며 조심조심 걸음을 옮겼다. 영하 16도. 바람 먹은 영하의 날씨는 체감온도가 영하 20도를 훌쩍 상회하고 있었다. 오성은 카메라 가방 속으로 찬 기운이 들어가지 않도록 단단히 채웠다. 추운 날은 카메라 배터리도 수명이 짧은 법이서 여분 배터리 2개를 더 준비했고, 밤새 충전도 완벽하게 해두었다. 사진촬영 후에는 재빨리 가방 속으로 넣었다. 따뜻한 온기가 있는 건물 안에서는 가방을 열지 않았다. 습기가 낄 것을 우려했던 것이다. 고가의 카메라는 방습 기능이 있긴 했지만 자신의 분신 같은 카메라를 함부로 다루고 싶지 않았다. 그는 엉덩방아를 찧더라도 카메라는 안고 넘어졌다.

"오늘은 날씨도 만만찮은데 그냥 쉬세요. 회사 출근도 아닌데 아득바득 나갈 필요까진 없잖아요."

아내는 건강을 생각해서 던진 말이지만 오성은 듣는 둥 마는 둥 집을 나섰던 것이다. 집에서 쉬게 되면 아내와 티격태격할 게 뻔했다. 그는 내년 봄까지는 아내와의 갈등을 최소화하기 위해선 거리를 두는 게 좋다고 생각했다.

내복을 껴입고 양말을 두 겹으로 신었지만 살갗은 이미 찬 기운이 감돌았다. 가방에서 카메라를 꺼내는 것도 귀찮을 정도였다. 그는 종종걸음으로 주위를 살피며 횡단보도를 건넜다. 여기저기 미끄러지는 사람들이 많았다. 걸은 지 얼마 되지 않아 배가 출출해왔다. 주변을 살폈다. 따뜻한 국물이라도 마시고 싶었다. 편의점을 돌아 식당들이 모여있는 곳으로 갔다. 검게 그을린 식당에 시선이 멈추었다. 맞은편에 있던 떡볶이집은 셔터 문이 내려져 있었다. 날씨가 추워서 가게 문을 열지 않았다고 생각했다. 찬 기운이 감도는 식당가는 무거운 기운이 감돌았다. 그는 떡볶이집을 몇 번이나 쳐다보았다. 원산지 미표시로 고발했던 가게였다. 원산지를 표기하진 않았지만 맛은 꽤 있던 집이었다. 그는 원산지를 확인할 겸 저렴하게 오뎅 국물이라도 먹을 참이었는데 할 수 없이 슈퍼마켓 옆 식당으로 들어갔다. 국수 한 그릇을 먹을 생각이었다. 늙수그레한 노인 둘이 국수를 먹느라 고개를 숙이고 있었다. 그의 눈은 으레 차림표로 향했고, 차림표에 표기되어 있을 원산지에 눈이 갔다. 국수는 호주산임을 표기해놓았는데 한글을 갓 배운 것처럼 글씨가 반듯하지 못하고 기우뚱했다. 주인으로 보이는 머리가 희끗희끗한 앞치마 남자가 주문을 받았다. 주방에는 부인으로 보이는 여자가 있었다.

앞치마 남자가 물컵을 탁자 위에 내놓았다. 오성은 잔치국수를 주문하면서 바깥쪽을 손짓하며 말을 붙였다.

"저 건너편 식당 화재 났나요?"

앞치마 남자가 미간을 찌푸리며 말했다.

"자기 가게 장사 안 되니까 심술 나서 싸우더니 저런 일이 벌어진 거라우."

"무슨 꼬투리를 잡았는데요?"

"미국산 소고기를 호주산으로 속여 팔았다고 고발했다나

봐요."

오성이 고개를 끄덕이며 호기심을 갖고 다시 말을 붙였다.

"성질이 급한가 봐요. 그만한 일로 불까지 놓았으니……."

"이웃사촌이라는 말은 이미 물 건너간 소리지 뭐. 지 먹고 살기 바쁜데 이웃이고 뭐고 없는 거지. 세상말세라니깐……."

오성은 생각난 김에 떡볶이집도 물었다.

"그 집도 잘 안 됐지요. 어떤 자식이 밀가루 원산지 표시하지 않았다고 구청에다 신고를 했던 모양이에요."

"……."

그 말에 오성은 숨이 뚝 멈추었다. 혀가 굳은 듯 말문을 잇지 못했다.

"회사에서 명퇴 당하고 나서 자식새끼 먹여 살리겠다고 손바닥만한 가게 하나 얻어서 부부끼리 알콩달콩 열심히 일했는데……."

"원산지 표시 안 했다고 곧바로 폐쇄조치하는 건 아닌 걸로 아는데요. 뭐 1차 경고조치와 함께 일정한 벌금만 내고 다시 영업하면 될 텐데 문 닫을 필요까지 있었을까요?"

앞치마 남자가 손사래를 치며 말했다.

"벌금이 문제가 아녀. 동네 장사를 하다보니까 소문이 쫙 다 퍼져서 아무도 사먹으러 안 오니까 문제지."

오성은 말없이 고개를 끄덕거렸지만 아무 말도 할 수 없었다. 장사를 망하게 한 장본인은 자신이었기 때문이다. 사진 한 장에 떡볶이집은 문을 닫은 것이다.

오성은 국수를 입에 갖다 대었지만 넘어가지 않았다. 예상치 않은 상황을 만나면서 깊은 시름에 빠졌다. 정의로운 행위가 모두 옳은 것이 아니라는 것을 알았다. 그는 불법 단속을 고발했지만 상대에 대한 감정은 없었다. 사회정의 차원에서 고발정신을 발휘한 것 외에는 그 어떤 원한이나 복수심도 없었다. 구청에서는 신고자를 보호하는 차원에서 피의자에게 파파라치 신분을 알려주지 않는다. 만약 구청에서 신고자를 떡볶이 주인에게 알려 주었다면 그는 온전하지 못하리라는 것은 불을 보듯 뻔했다. 이러한 사고를 미연에 방지하기 위해 정부는 신고자를 보호한다고 생각했다. 그 생각에 그는 안도의 숨을 내쉬었다. 위기를 피하긴 했지만 명치끝은 음식이 체했는지 숨쉬기조차 힘들었다.

오성은 물을 두 컵이나 들이키면서 호흡을 조절했다. 갑자기 기침이 났다. 두어 번의 기침에 얼굴이 상기됐다. 그는 옷매무새를 바로하고 가방을 메고 밖으로 머쓱하니 빠져나왔다. 등 뒤에서 욕을 하는 것 같아 그의 걸음은 빨라지고 있었다. 가방을 멘 어깨가 여느 때보다 무거워 보였다. 고개를 떨구고 얼마쯤 걸어가다가 택시기사가 담배꽁초를 창 밖으로 버리고 있었지만 그는 못 본 척 지나쳤다. 평소 같으면 재빠르게 가방에 손이 갔을 터였다. 담배꽁초를 길에 버리는 순간을 촬영하는 건 신속한 행동이 없으면 포착이 불가능한 일이었다. 그는 버스 세 정류소를 걷는 동안 직업의식을 상실하고 있었다. 머릿속은 헝클어진 실타래처럼 복잡했다. 정의로운 행위를 했다고 하더라도 그 결과는 한 가정을 파멸로 몰아갔다. 사람이 살면서 수입이 없으면 삶은 벼랑 끝에 설 수밖에 없었다. 그의 어린 시절도 아버지가 노름과 가무에 빠져 어머니는 시장에서 노점일을 하며 생계를 꾸렸다. 여섯 식구를 책임진 어머니는 하루하루가 힘겨울 수밖에 없었다. 물에 불린 누룽지밥에 간장을 타서 먹은 기억이 그의 눈물샘을 자극했다. 학비를 내지 않는다며 학교 담임에게 벌을 서거나 체벌도 숱하게 받았다. 그는 장학금과 아르바이트로 번 수입에 의해 무사히 대학을 마칠 수 있었다.

오성은 유년시절의 어렵게 살았던 기억을 쉬 지울 수 없었다. 그가 악착같이 돈을 버는 이유도 거기에 있었다. 가난을 자식한테 대물림하지 않겠다는 마음에서 남들의 따가운 시선을 받더라도 감수할 생각이었다. 안정된 재산을 확보하기 전까지는 그 누구보다 열심히 세상과 부딪히겠다는 의지로 살아왔던 그였다.

시간이 흐를수록 길은 더욱 미끄러웠다. 귀가 떨어져나갈 것 같았다. 그는 두 손으로 양귀를 감싸고 걸었다. 차 접촉사고가 나서 레커차가 앞서거니 뒤서거니 요란한 경적음과 눈이 부시는 경적 불빛을 돌리며 몰려갔다. 차들이 길게 꼬리를 물었다. 차 사고를 구경하는 사람들이 삼삼오오 추위를 마다 않고 서 있었다. 사고를 낸 차주들은 남자와 여자였고, 그들은 입에 한가득 김을 뿜어내며 정당함을 내세웠다. 그는 간혹 차 사고를 목격하면서 사진에 담는 일이 있었다. 그 일로 경찰서에 가서 목격자가 되기도 했지만 그것은 비능률적인 일이었다. 목격자는 시간과 금전적 손해가 뒤따랐다. 사람들이 목격을 하고서도 증인으로 나서지 않는 이유를 그는 자신이 경험한 연후에야 알았다. 그 이후 그는 차량사고에 관해서는 무관심했다.

오성은 횡단보도를 건너 고가도로 아래로 걸었다. 얼마 가지 않아 경승합차를 주차해놓고 유사 석유를 파는 사람이 있었다. 정부에서 유사 석유에 대한 우려를 홍보하거나 단속하겠다고 했지만 좀처럼 유사 석유는 근절되지 않고 있었다. 막 불법기름을 주유받기 위해 승용차 한 대가 미끄러지듯 승합차 쪽으로 접근하고 있었다. 그는 카메라를 꺼내기 위해 가방의 잠금을 풀었다. 그리고는 주변을 휘둘러보았다. 간혹 불법행위를 일삼는 사람들은 조직적으로 움직였고, 적당한 거리에서 바람잡이나 연락조가 있었다. 그보다 더 경계해야 될 부분은 폭력을 행사하는 일도 있었다.

오성은 상대방의 시야를 생각해서 적당한 각도를 계산했다. 그리고는 몸을 숨기고 망원렌즈의 줌을 당겼다. 눈앞에 유사 석유의 판매 장면이 선명하게 보였다. 셔터를 누르는 손이 얼었는지 카메라가 흔들렸다.

주유 차량이 떠나고 나서야 오성도 그 자리에서 돌아 나왔다. 다시 귀를 감싸고 걸었다. 다음에 이 자리에 오면 유사 석유를 파는 승합차는 없을 것 같았다. 그의 뇌리에 셔터 문을 내린 떡볶이집이 선명하게 스쳐 지나갔다. 그의 손길이 간 불법행위자들은 낙엽 쓸려가듯 하나 둘 사라지고 있었다. 그 생각에 그의 가슴 한 구석이 휑한 기분이었다. 오랜만에 느끼는 감정이었다. 그때였다. 전화벨이 울렸다. 말문이 잠겨 말을 잘 잇지 못하는 사람은 그의 아내였다.

"사, 사람들이…… 떼거지로 나, 나타나서…… 컴퓨터와 서류들을 모두 갖고 갔어요."

"그 사람들이 누군데 그래? 경찰이라도 들이닥쳤다는 거야?"

"당신이 근무했던 회사 직원 같았어요."

오성은 격앙되고 떨리는 목소리로 다급하게 물었다.

"좀, 자세히 말해봐. 차분하게."

"내가 어떻게 알아요? 당신 때문에 신세 조졌다는 소릴 얼핏 들었어요."

오성은 순간적으로 자신에 의해 회사에서 쫓겨난 직원임을 간파했다. 그가 밀고자라는 것이 파다하게 퍼졌다. 그의 손이 떨리고 있었다. 찬바람에 입술은 새파래져 있었다. 그가 집에 있었더라면 그들에게 곤죽이 되었을 터였다. 그는 어두운 밤하늘에 시선을 두었다. 어떻게 이 사실을 그들이 알고 함께 자신의 집으로 들이닥쳤을까 싶었다. 컴퓨터에 저장돼 있는 모든 자료들이 그들의 손에 들어간 이상 닥쳐올 일은 불을 보듯 뻔했다. 그는 어디론가 달아나지 않으면 생명을 부지하기 힘들 것이라는 위기감이 밀물처럼 밀려들었다. 그때 전화벨이 또 한번 울렸다. 휴대폰 창에는 아내가 아닌 철연의 번호가 떴다. 그는 선뜻 통화버튼을 누르지 못한다. 철연의 분노가 귀를 타고 올 것이기 때문이다. 그는 신호음이 끝날 때까지 내버려두었다. 그 이후에도 전화는 두 번 연거푸 울렸지만 그는 통화할 생각이 없다. 휴대폰 창을 한참 동안 멍하게 내려보고 있으니 문자 하나가 떠올랐다. 철연에게서 온 문자라고 생각했는데 전직회사 윤 부장의 문자메시지였다.

'해고 직원들이 회사를 상대로 경찰에 고발을 했어. 나중에 법정에서 자네가 증인으로 해명 좀 해줘야 되겠네.'

오성은 문자를 확인한 순간 자리에 주저앉을 뻔했다. 온몸에 기운이 빠졌다. 그는 회사와 동료직원들 사이에서 옴짝달싹 못하게 됐다. 그는 어디론가 도피할 수도 가만히 머무를 수도 없는 처지가 됐다. 황량한 들판에 혼자 서 있었다. 법정에 서게 되면 그동안 계획했던 모든 꿈이 수포로 돌아가게 된다. 그 생각에 눈물이 나올 지경이었다.

오성의 걸음은 흐트러져 있었다. 집으로 가기 위해 등을 돌리려는 순간 셔터 내린 떡볶이집이 눈에 들어왔다. 그 가게 앞으로 인테리어 업자로 보이는 사람들이 트럭에서 자재를 내리고 있었다. 그는 고개를 숙이고 등을 돌려 한길로 미끄러지듯 나섰다. 그의 머리 위로 눈이 내리고 있었다. 어깨에 멘 카메라 가방 위의 눈 두께가 제법 두꺼워졌다.

글 쓰는 사람이라면 누구나 글을 쓸 때 무엇을 써야 할지 고민을 할 것이다. 하지만 내 경우엔 글을 쓰고 난 후가 더 힘들다. 작품에 대한 부족함이나 독자들의 시선도 그렇지만 그보다는 그동안 이런 작품을 쓰기 위해서 문학을 붙들었나 하는 자괴감 같은 것이 있기 때문이다. 물론 부족함을 극복하기 위해 글을 쓰고 또 쓰고 하는 것이지만 과연 그 끝은 무엇이고, 그 결과 내가 얻는 것은 무엇이며, 독자들에게 어떤 영향을 미쳤을까 생각해보지 않을 수가 없다.

글을 쓰는 일은 수행이다. 독자의 구미에 맞는 생계형 작품 생산의 유혹을 떨치기 쉽지 않은 현실이다. 그래서 글이 제 갈 길을 곧바로 가지 못하고 흐트러진 걸음걸이로 먼 길을 가는 경우가 많은 것이다. 이러한 부작용은 자본주의 체제 때문이기도 하지만 일부는 개인 의지와도 무관하지 않아 보인다.

난 그동안 작품 활동에 부지런하지 않았고, 이번 작품을 출간하기까지 여러 해가 걸렸다. 더 늦을 수도 있었는데 출간을 서두르게 된 것은 한국문화예술위원회가 곁에서 지켜보고 있었기 때문이다. 글을 쓰기 위한 자구책으로 한국문화예술위원회에 지원 신청을 했고, 생각잖게 수혜자로 선정되었다. 선정되고 나서도 수년을 질질 끌다가 이 책이 나오게 되었으니 난 신용불량자(?)인 셈이다. 어떻든 늦게라도 책을 내게 된 것에 대해 한국문화예술위원회가 한몫한 것은 부인할 수 없는 일이다.

창작집 속에 소개된 작품들은 그동안 피부로 느끼고 발로 뛰면서 쓴 작품들이 대부분이다. 그 중 「매향리 사람들」은 더없이 애정이 가는 작품이다. 나는 한때 내가 운영하는 교육원 차를 몰고 자주 매향리를 드나들었다. 지금은 미군들이 철수하여 군사훈련은 이뤄지지 않고 있지만 그 당시는 전쟁터를 방불케 했고, 취재하는 동안 등골이 오싹했던 적이 한두 번 아니었다. 나는 발품을 팔며 매향리 구석구석을 찾아다니면서 피해상을 살펴보았다. 마을 사람들과 대화를 나누면서 주민들의 언론에 대한 불신, 특히 정치인들에 대한 반감을 온몸으로 느낄 수 있었다. 매향리에 드나드는 언론인, 정치인들은 많지만 취재만 해갈 뿐 그 실효성은 미미하다는 게 그들의 공통적인 생각이었다. 외부 사람들에 대한 불신이 그들의 가슴 언저리에 깔려있었고, 웬만해서는 깊이 있는 대화를 하지 않으려 해서 말 붙이기가 쉽지 않았다. 반세기가 넘도록 당한 고통을 보면 이해가 갔다.

나 역시도 매향리를 작품 소재로 정해 놓고 그들에게 실망을 주면 안 될 것 같아 소설 쓰기를 몇 번이나 망설였다. 미군이 떠난 매향리는 아직도 원래의 모습으로 회복되지 않고 환경오염으로 신음하고 있다. 수많은 포탄과 잔해물들은 매향리 주민들을 시름 깊게 만들고 있다. 우리는 너무 오랫동안 그들에게 인내심을 요구하고 있다. 너무 오랜 인내는 미움으로 바뀔 텐데 말이다.

「매향리 사람들」은 여러 작품들 중에서 가장 조심스럽게 쓴 작품이다. 매향리 사람들에게 상처가 아닌 희망의 메시지를 주고 싶었다. 매향리가 악몽 같은 현실에서 벗어나 예전처럼 매화 향기 가득한 곳으로 돌아갔으면 하는 바람이다.

나는 젊은 시절 노동현장 경험을 한 적이 있어서 이번 소설도 역시 그것을 비켜가지는 못했다. 더구나 여전히 우리 주변에는 노사간 소통이 원활하지 못하다. 비정규직, 외국인 노동자문제 등은 좀처럼 해소되지 않는 영원한 과제처럼 보인다. 부존자원이 없는 우리나라는 노동자의 힘이 보태지지 않으면 생존하기 힘들다. 80년대 전후에 노동문학이 활발한 모습을 보였으나 오늘날엔 그러한 작품을 찾기가 쉽지 않다. 노동문제가 여전히 산더미처럼 쌓여 있음에도 불구하고 말이다. 물론 시대적 요구나 독서 성향의 변모가 문학작품의 지형에 다소 영향을 미친 것은 사실이다. 나는 그 누구보다 노동자의 삶에 관심이 많다. 다소 억지스럽더라도 노동에 관한 이야기를 다루고 싶다. 인간의 삶에서 노동이 분리되면 노동이 대상화되고, 노동에서 소외된 사람들에겐 노동이 삶의 무거운 짐이 되기 때문이다.

난 원래 유행을 쫓아가는 일에 그다지 익숙지 못한 편이다. 오히려 남들이 모두 선택하는 길에 좀처럼 발을 들여놓지 않는 습성이 있다. 그것은 어릴 때나 지금이나 마찬가지다. 어버이날, 어린이날 등 연중 하루만 그들을 생각하는 게 아니라 일년내내 서로 사랑하는 마음을 가져야 하듯이 노동문제 역시 노동자의 날에만 관심을 가질 것이 아니라 우리가 늘 관심을 갖고 고민해야 할 문제이다. 80년대 마치 돌개바람처럼 사회를 휩쓸었던 노사문제가 지금은 소원하다 못해 소외된 느낌마저 든다. 문학도 노동문제에 관한 한 가장 뒷줄에 서 있거나 이탈해 있는 상태다.

아무튼 노동자의 현실을 다룬 소설이 현대인의 세련된 입맛에 다소 맞지 않겠지만, 우리가 사는 동안 벗어날 수 없는 일이지 않은가. 때문에 어린 고집을 피워서라도 더 버텨볼 생각이다. 음식도 같은 재료를 가지고서도 사람의 손맛에 따라 달리 나타나듯, 글도 마찬가지일 것이다. 그래서 난 시대적 유행에 편승하여 자신의 정체성을 희석시키기보다는 꼭 다뤄야 할 이야기는 할 것이다. 그게 내가 소설을 쓰는 이유, 아니 내가 살아가는 이유일 것이다.

끝으로 늘 남다른 관심을 가져주고 작품을 세상에 나오도록 힘써준 양문규 시인에게 감사의 말을 전한다. 그리고 내 인생의 그림자로 남아있는 윤정모 소설가, 언제나 국그릇처럼 변함없는 이적 시인, 그 외에도 관심을 준 분들에게 고마움을 전하고 싶다. 아 그렇지, 또 한 사람 1990년대 내 소설집에 발문을 써 주었던 문학평론가 백진기 씨의 안부가 궁금하다. 그리운 사람 중 한 사람이다.

2012년 7월
녹음이 짙어가는 여름에
정수리

매향리 사람들

2012년 7월 23일 초판 1쇄 찍음
2012년 7월 31일 초판 1쇄 펴냄

지은이 _ 정수리
펴낸이 _ 양동문
펴낸곳 _ 詩와에세이

신고번호 _ 제319-2005-000014호
주소 _ (120-865) 서울시 서대문구 북아현동 1-495 세방그랜빌 2층
대표전화 _ (02)324-7653, 070-8877-7653
팩시밀리 _ 0505-116-7653
휴대전화 _ 010-5355-7565
전자우편 _ sie2005@naver.com
공 급 처 _ 한국출판협동조합
주문전화 _ (070)7119-1741~2
팩시밀리 _ (031)944-8234~6

ⓒ정수리, 2012
ISBN 978-89-92470-74-2 03810